21世纪高职高专创新精品规划教材

SQL Server 2005 数据库案例教程

主　编　严　波

副主编　吕玉桂　吴　俭

内容提要

本书主要从数据库的使用和数据库编程、数据库的设计、数据库的高级概念等3个方面介绍数据库在实际工作中的运用。

本书由两部分组成，即理论部分和上机实验部分。理论部分共12章，内容包括数据库基础，SQL Server数据库表管理，SQL Server数据管理，检索数据，复杂查询，高级查询，数据库的设计，数据库的实现，T-SQL编程，事务、索引和视图，存储过程和触发器等。

本书适合在校大学生、高等职业院校学生以及从事数据库编程和开发的人员学习和使用。

本书配有免费电子教案，读者可以从中国水利水电出版社网站上下载，网址为：http://www.waterpub.com.cn/softdown/。

图书在版编目（CIP）数据

SQL Server 2005数据库案例教程 / 严波主编. —北京：中国水利水电出版社，2009

21世纪高职高专创新精品规划教材

ISBN 978-7-5084-6261-5

Ⅰ. S… Ⅱ. 严… Ⅲ. 关系数据库－数据库管理系统，SQL Server 2005－高等学校：技术学校－教材 Ⅳ. TP311.138

中国版本图书馆CIP数据核字（2009）第013290号

书　　名	21世纪高职高专创新精品规划教材 SQL Server 2005数据库案例教程
作　　者	主　编　严　波 副主编　吕玉桂　吴　俭
出版　发行	中国水利水电出版社（北京市三里河路6号　100044） 网址：www.waterpub.com.cn E-mail：mchannel@263.net（万水） sales@waterpub.com.cn 电话：（010）63202266（总机）、68367658（营销中心）、82562819（万水）
经　　售	全国各地新华书店和相关出版物销售网点
排　　版	北京万水电子信息有限公司
印　　刷	北京蓝空印刷厂
规　　格	184mm×260mm　16开本　13.25印张　324千字
版　　次	2009年2月第1版　2009年2月第1次印刷
印　　数	0001—4000册
定　　价	24.00元

序

近年来，我国高等职业教育蓬勃发展，为现代化建设培养了大量高素质技能型专门人才，对高等教育大众化作出了重要贡献，顺应了人民群众接受高等教育的强烈需求。高等职业教育作为高等教育发展中的一个类型，肩负着培养面向生产、建设、服务和管理第一线需要的高技能人才的使命，在我国加快推进社会主义现代化建设进程中具有不可替代的作用。随着我国走新型工业化道路、建设社会主义新农村和创新型国家对高技能人才要求的不断提高，高等职业教育既面临着极好的发展机遇，也面临着严峻的挑战。

教材建设是整个高职高专院校教育教学工作的重要组成部分，高质量的教材是培养高质量人才的基本保证，高职高专教材作为体现高职高专教育特色的知识载体和教学的基本工具，直接关系到高职高专教育能否为一线岗位培养符合要求的高技术性人才。中国水利水电出版社本着为高校教育服务，为师生提供高品质教材的原则，按照教育部《关于全面提高高等职业教育教学质量的若干意见》的要求，在全国数百所高职高专院校中遴选了一批具有丰富的教学经验、较高的工程实践能力的学科带头人和骨干教师，成立了高职高专教材建设编委会。编委会成员经过几个月的广泛调研，了解各高职院校教学改革和企业对人才需求的情况，探讨、研究课程体系建设和课程设置，达成共识，组织编写了本套“21世纪高职高专创新精品规划教材”。

本套教材的特点如下：

1．面向高职高专教育，将专业培养目标分解落实于各门课程的技术应用能力要求，建立课程的技术、技能体系，将理论知识贯穿于其中，并融“教、学、做”为一体，强化学生的能力培养。

2．理论知识的讲解以基础知识和基本理论“必需、够用”为原则，在保证达到高等教育水平的基础上，注重基本概念和基本方法讲解的科学性、准确性和正确性，把重点放在概念、方法和结论的阐释和实际应用上，推导过程力求简洁明了。

3．在教材中按照技术、技能要求的难易和熟练程度，选择恰当的训练形式和内容，形成训练体系；确定实训项目，并将实训内容体现在教材中。对于单独设置实训的课程，我们将实训分成基础实训和综合实训两个部分。综合实训中重点体现了工学结合的原则，提高学生的社会实践能力。

4．在编写方式上引入案例教学和启发式教学方法，采用以实际应用引出的问题为背景来设计和组织内容，增强了教材的可读性和可操作性，激发学生的学习兴趣，使知识点更容易理解掌握，从而使学生能够真正地掌握相关技术，为以后的就业打好基础。

5．教材内容力求体现经济社会发展对应用技术的新要求和新趋势，将新兴的高新技术、复合技术等引进教材，并在教材中提出了一些引导技术发展的新问题，以期引起思考和讨论，有利于培养学生技术应用中的创新精神和能力。

6．大部分教材都配有电子教案和相关教学资源，以使教材向多元化、多媒体化发展，满足广大教师教学工作的需要。电子教案使用 PowerPoint 制作，教师可根据授课情况任意修改。相关教案和资源可以从中国水利水电出版社网站 www.waterpub.com.cn 下载。

本套教材凝聚了众多奋斗在高等职业教育教学、科研第一线的教师和科研人员多年的教学经验和智慧，教材内容选取新颖、实用，层次清晰，结构合理，概念清晰，通俗易懂，可读性和实用性强。本套教材适用于高职高专院校，也可作为社会各类培训班用书和自学参考用书。

我们期待广大读者对本套教材提出宝贵意见和建议，以便进一步修订，使该套教材不断完善。

21世纪高职高专创新精品规划教材编委会

2008年4月

前　言

SQL Server 2005 是一个高性能的客户机/服务器结构的关系数据库管理系统，是目前使用广泛、运行在 Windows 平台的数据库管理系统之一。它具有易学易用的特点，便于读者掌握和运用 SQL Server 的相关知识和技巧，深受数据库技术人员的欢迎。

本书遵循理论联系实际、重视实践与应用的原则，选入了大量数据库应用案例，意在从数据库的使用和数据库编程、数据库的设计、数据库的高级概念等 3 个方面深入浅出、循序渐进地介绍数据库在实际工作中的运用，便于读者学习与掌握。

本书在编写过程中根据不同读者的要求和认知特点，侧重专业技能和数据库应用系统项目积累的训练，尤其在技能上通过大量的上机练习、代码阅读、代码编写规范化以及读者编写程序的熟练度方面进行规范性的指导与训练，旨在提高学习效率、缩短学习进程；在项目经验积累方面，通过多个数据库应用案例，增加读者对实际项目的感受与体验，加快读者学习与掌握数据库应用技能的速度。

本书由两部分内容组成，即理论部分和上机实验部分。理论部分共 12 章内容，每章均配有相应的实验内容；实验部分有精心设计的数据库案例，有很强的实用性和可读性。本书的理论部分包括以下三部分主要内容：

（1）数据库的使用。主要针对初级用户，介绍数据库的发展历史、基本概念、SQL Server 2005 的新特性和功能等，最终让读者学会通过 SQL Server 2005 对数据库进行管理。

（2）数据库的设计。主要针对中级用户，在用户已经掌握了数据库的基本应用的基础上，重点学习数据库的设计，掌握数据库设计 E-R 模型、数据的规范化范式、T-SQL 编程、高级查询知识与技能。

（3）数据库的高级概念。主要针对高级用户，介绍数据库开发中的高级主题，包括事务、索引和视图，存储过程及触发器等。

本书根据编者多年的教学体会和企业工作的实践经验以及目前关系数据库的最新发展趋势编写而成，具有博采众长、言简意赅、易学好懂的特点，适合在校大学生、高等职业院校学生以及从事数据库编程和开发的人员学习和使用。

本书由严波任主编，吕玉桂、吴俭任副主编，参加写作的人员还有卞君和吴燕等，王军为本书的初稿提出了很多宝贵意见，在此表示感谢。

由于编者水平有限，加之时间仓促，书中不当之处在所难免，恳请同行和广大读者批评指正。如果读者使用本书时遇到问题，可以发 E-mail 到 hljyanbo@163.com 与我们联系。

编　者

2008 年 12 月

目　录

第1章 数据库基础

目标

- 了解数据库的必要性和数据库的发展
- 了解 SQL Server 2005 的特性
- 了解 SQL Server 2005 的安装方法
- 学会使用 SSMS 登录、创建、附加、分离数据库

1.1 数据库存在的必要性

2006 年全球每年制造、复制出的数字信息量共计 1610 亿 GB，这大约是有史以来出版的图书信息总量的 300 万倍。从 2006 年到 2010 年，数字宇宙的信息量将增长 6 倍多。其中，中国数字信息量为 127.1 亿 GB，占全球信息量的 7.9%；受“富媒体”、用户创建内容和 16 亿网民三大因素推动，到 2010 年，全球数字信息量预计为 9880 亿 GB。从上述报道可以看出数据量的增长如此迅速和惊人，如何有效地存储数据便于统计和查询将是非常关键的。

现代社会是一个信息时代，每时每刻都可能产生新的信息，用户又在时时刻刻访问这些信息。安全、有效地存储数据并进行快速、简捷的检索和管理就交给数据库来完成了。

用数据库存储数据主要有以下几个原因：

（1）可以存储大量的数据，便于用户进行检索和管理。比如，在如火如荼的电子商务应用中，琳琅满目的产品信息可以让用户快速地通过关键字查找到，这些信息就是有组织地在数据库中存储的。还有使用频率很高的搜索引擎 Google 和百度，它们巨大的数据量，都是存放在数据库中的。

（2）可以保持数据的一致性、完整性，降低数据冗余。如果不通过数据库来存储数据而是通过文件，经常会出现同样的数据保存在多个地方，并且有不同的版本，造成数据的不一致，浪费存储空间。

（3）实现应用程序的数据共享和安全。如果把数据存储在文件中，则数据很有可能被恶意地查看或者更改。如果使用数据库，则通过用户授权可以限制某些用户只能查看某些数据，而其他人可能对数据有较高的权限，以此来保证数据的安全性。而且只要将数据存放在数据库，任何有权限的用户可以通过不同的应用来访问数据达到共享的目的。

（4）利用数据库可以智能地对数据进行分析和统计。对于企业来说，对数据进行统计和分析是至关重要的。比如一个超市，对销售数据进行统计、分析可以帮助业务人员更加理性地进货，这种统计和分析为企业提供有力的决策和支持。所以在现代社会，这种应用很广，也只

有通过数据库存储数据才能更好地实现该需求。

在掌握了数据库的基本作用后，有必要了解数据库的基本发展历史。

1.2 数据库的发展史

数据库技术从诞生到现在，在不到半个世纪的时间里，形成了坚实的理论基础、成熟的商业产品和广泛的应用领域。数据库的诞生和发展给计算机信息管理带来了一场巨大的革命。30 多年来，国内外已经开发建设了成千上万个数据库，它已成为企业、部门乃至个人日常工作、生产和生活的基础设施。同时，随着应用的扩展与深入，数据库的数量和规模越来越大，数据库的研究领域也已经大大拓广和深化了。下面让我们沿着历史的轨迹，追溯一下数据库的发展历程。

1.2.1 第一代数据库——层次模型和网状模型

最早的数据存储是基于文件系统的，随着数据量不断增大和数据安全性的问题，文件系统已不再适用。数据库系统的萌芽出现于 20 世纪 60 年代。当时计算机开始广泛地应用于数据管理，对数据的共享提出了越来越高的要求，传统的文件系统已经不能满足人们的需要，能够统一管理和共享数据的数据库管理系统（DBMS）应运而生。数据模型是数据库系统的核心和基础，各种 DBMS 软件都是基于某种数据模型的。最早出现的网状数据库和层次数据库成为第一代数据库。1961 年通用电气公司（General Electric Co.）开发出世界上第一个网状 DBMS 也是第一个数据库管理系统——集成数据存储（Integrated Data Store，IDS），奠定了网状数据库的基础，并在当时得到了广泛的发行和应用。之后，IBM 公司在 1968 年开发的 IMS（Information Management System），是一种适合其主机的层次数据库。

1.2.2 第二代数据库——关系型数据库

网状数据库和层次数据库已经很好地解决了数据的集中和共享问题，但是在数据独立性和抽象级别上仍有很大欠缺。用户在对这两种数据库进行存取时，仍然需要明确数据的存储结构，指出存取路径。而后来出现的关系数据库较好地解决了这些问题。

关系数据库是建立在关系模型之上的数据库，关系模型的主要特点是表中的记录由属性之间的关系来进行连接，在保证数据集之间的逻辑关系表达的同时，保持数据集之间的独立性。在关系模型中，数据存储在由行和列组成的表中。使用关系数据库可以节省程序员的时间，以便将注意力尽量放在数据库的逻辑框架上，而不需要在物理框架方面花费太多精力。

1.2.3 第三代数据库——面向对象数据库

随着信息技术和市场的发展，人们发现关系型数据库系统虽然技术很成熟，但其局限性也是显而易见的：它能很好地处理所谓的“表格型数据”，却对技术界出现的越来越多的复杂类型的数据无能为力。“面向对象的数据库系统”（Object Oriented Database，简称“OO数据库系统”）出现了，然而，数年的发展表明，面向对象数据库系统产品的市场发展的情况并不理想。理论上的完美并没有带来市场的热烈反应。其不成功的主要原因在于，这种数据库产品的主要设计思想是企图用新型数据库系统来取代现有的数据库系统。这对许多已经运用数据库系统多年并积累了大量工作数据的客户，尤其是对大客户来说，是无法承受新旧数据间的转换而带来的巨大工作量及巨额开支的。另外， 面向对象数据库系统使查询语言变得极其复杂，从而使得无论是数据库的开发商家还是应用客户都视其复杂的应用技术为畏途。因此，到目前为止，关系型数据库仍然是数据库应用的主流。

1.3 常用数据库简介

1.3.1 DBMS和RDBMS的概念

在了解数据库产品之前，先来理解几个重要的概念。

DBMS（DataBase Management System），为了保证存储在其中的数据的安全和一致，必须有一组软件来完成相应的管理任务，这组软件就是数据库管理系统，简称DBMS。

RDBMS（Relational DataBase Management System），即基于关系模型的数据库管理系统。

随着数据库技术的不断发展，出现了很多数据库产品，下面就来介绍几种常见的数据库系统。

1.3.2 Access简介

Access是Microsoft于1994年推出的微机数据库管理系统，它具有界面友好、易学易用、开发简单、接口灵活等特点，是典型的新一代桌面数据库管理系统。其主要特点如下：

- 完善地管理各种数据库对象，具有强大的数据组织、用户管理、安全检查等功能。
- 强大的数据处理功能。
- 可以方便地生成各种数据对象，利用存储的数据建立窗体和报表，可视性好。
- 作为Office套件的一部分，可以与Office集成，实现无缝连接。
- 能够利用Web检索和发布数据，实现与Internet的连接。

Access主要适用于中小型应用系统，或作为客户机/服务器系统中的客户端数据库。

1.3.3 Oracle简介

Oracle是美国Oracle公司研制的一种关系型数据库管理系统，是一个协调服务器和用于支持任务决定型应用程序的开放型RDBMS。它可以支持多种不同的硬件和操作系统平台，从台式机到大型和超级计算机，为各种硬件结构提供高度的可伸缩性，支持对称多处理器、群集多处理器、大规模处理器等，并提供广泛的国际语言支持。

Oracle 属于大型数据库系统，主要适用于大、中小型应用系统，或作为客户机/服务器系统中服务器端的数据库系统。

目前超大型通信、民航及银行证券等信息、交易系统 80%采用了 Oracle 作后台数据库服务器。

1.3.4 MySQL 简介

MySQL 是最受欢迎的开源 SQL 数据库管理系统，它由 MySQL AB 开发、发布和支持。MySQL AB 是一家基于 MySQL 开发人员的商业公司，它是一家使用了一种成功的商业模式来结合开源价值和方法论的第二代开源公司。

MySQL 是一个快速的、多线程、多用户和健壮的 SQL 数据库服务器。MySQL 服务器支持关键任务、重负载生产系统的使用，也可以将它嵌入到一个大配置（mass-deployed）的软件中去。MySQL 网站（http://www.mysql.com）提供了关于 MySQL 和 MySQL AB 的最新消息。MySQL 是一个数据库管理系统，一个数据库是一个结构化的数据集合。它可以是从一个简单的销售表到一个美术馆、或者一个社团网络的庞大的信息集合。如果要添加、访问和处理存储在一个计算机数据库中的数据，就需要一个像 MySQL 这样的数据库管理系统。从计算机可以很好地处理大量的数据以来，数据库管理系统就在计算机处理中和独立应用程序或其他部分应用程序一样扮演着一个重要的角色。MySQL 是一个关系型数据库管理系统，关系型数据库把数据存放在分立的表格中，这比把所有数据存放在一个大仓库中要好得多，这样做将提高速度并且增加灵活性。

MySQL 是开源的，开源意味着任何人都可以使用和修改该软件，任何人都可以从 Internet 上下载和使用 MySQL 而不需要支付任何费用。如果愿意，可以研究其源代码，并根据需要修改它。

MySQL 也可以是一个嵌入的多线程库，可以把它连接到应用中而得到一个小、快且易于管理的产品。有大量的 MySQL 软件可以使用。

1.3.5 Sybase 简介

1984 年，Mark B. Hiffman 和 Robert Epstern 创建了 Sybase 公司，并在 1987 年推出了 Sybase 数据库产品。

Sybase 是基于客户机/服务器体系结构的数据库，是真正开放的数据库，也是一种高性能的数据库。

Sybase 真正吸引人的地方还是它的高性能。一般的数据库都依靠操作系统来管理与数据库的连接。当有多个用户连接时，系统的性能会大幅度下降。Sybase 数据库不让操作系统来管理进程，把与数据库的连接当作自己的一部分来管理。此外，Sybase 的数据库引擎还代替操作系统来管理一部分硬件资源，如端口、内存、硬盘，绕过了操作系统这一环节，提高了性能。

1.3.6 SQL Server 简介

SQL Server 是 Microsoft 公司开发的一款关系型数据库产品，具有成本低、易上手、工具全等优点。适用于大型或超大型数据库服务器端。SQL Server 2005 是目前的最新版本，Microsoft 软件的特点是版本分得细，可适合各种使用者不同的需要。其中 Express 版是免费的。它所使用的是增强型 T-SQL 语言。

SQL Server 2005 的一个卖点是实现了关系型数据库系统对图像数据的处理，还有很多改进，如安全选项、连接设置等。

1.4 数据库的基本概念

1.4.1 数据和信息

数据和信息这两个概念既有联系又有区别。数据是信息的符号表示，或称载体；信息是数据的内涵，是数据的语义解释。数据是信息存在的一种形式，只有通过解释或处理才能成为有用的信息。数据可用不同的形式表示，而信息不会随数据不同的形式而改变。例如，某一时间的股票行情上涨就是一个信息，但它不会因为这个信息的描述形式是数据、图表或语言等形式而改变。在数据库中，数据是最基本的概念。

1.4.2 实体和记录

实体就是一个客观存在的事物或者抽象的概念，比如一个学生就是实体。部门是一个抽象的概念，它也是一个实体。

记录是用来描述实体的数据。比如学生有学号、姓名、年龄这 3 个特征，那么（001,"王莉", 16）就是一条记录。

1.4.3 数据库和数据库表

数据库（DataBase，DB）顾名思义就是存放数据的仓库，是存储相关数据的集合。这些数据是结构化的、无害的，并且不存在垃圾数据。

数据库表是一个用来结构化存储数据的二维表，由行和列组成。

1.4.4 数据冗余和数据完整性

数据冗余即相同的数据存在了多个地方。这种情况多出现在设计的表不合理，导致重复字段出现在多个表中。既浪费了存储空间，又会出现数据不一致性。比如有学生表，存储学生学号、姓名和地址信息，另外一张成绩表存储学生学号、姓名、成绩、科目等。这样姓名就存在于多个表了，一旦学生改了名字，如果只是修改了学生表没有修改成绩表，则该学号对应的学生将存在两个名字而造成数据不一致。

数据完整性是指数据库中数据的准确性。比如用一个表来描述学生，其中有性别这个特征。准确的数据应该是只能有“男”和“女”，但是用户可能输入错误，就会导致不合法的数据存入数据库。借助于数据库完整性约束就可以避免这个问题。

如果合理地设计数据库，以上问题可以很好地解决。

1.5 SQL Server 2005 概述

本书主要介绍 SQL Server 2005 的开发，下面将详细介绍它的主要特征。

1.5.1 SQL Server 2005 简介

2005 年 11 月 7 日，Microsoft 公司在旧金山正式发布了 Microsoft SQL Server 2005。它是一个全面的数据库平台，使用集成的商业智能（BI）工具，提供了企业级的数据管理。SQL Server 2005 数据库引擎为关系型数据和结构化数据提供了更安全、可靠的存储功能，使用户可以构建和管理用于业务的高可用和高性能的数据应用程序。

1.5.2 SQL Server 2005 的新增功能

在当今的互联网世界中，数据和管理数据的系统必须始终为用户可用且能够确保安全。有了 SQL Server 2005，组织内的用户和信息技术（IT）专家将从减少的应用程序停机时间、提高的可伸缩性及性能、更紧密而灵活的安全控制中获益。SQL Server 2005 也包括了许多新的和改进的功能来帮助 IT 工作人员更有效率地工作。SQL Server 2005 在企业数据管理中关键方面有所增强。

1. 易管理性

SQL Server 2005 使部署、管理和优化企业数据以及分析应用程序变得更简单、更容易。作为一个企业数据管理平台，它提供单一管理控制台，使数据管理员能够在任何地方监视、管理和协调企业中所有的数据库和相关的服务。它还提供了一个可以使用 SQL 管理对象轻松编程的可扩展的管理基础结构，使得用户可以定制和扩展他们的管理环境，同时使独立软件供应商（ISV）也能够创建附加的工具和功能来更好地扩展其功能。

2. 可用性

在高可用性技术、额外的备份和恢复功能以及复制增强上的投资，使企业能够构建和部署高可用的应用程序。在高可用性上的创新有数据库镜像、故障转移群集、数据库快照和增强的联机操作，这有助于最小化停机时间，并确保可以访问关键的企业系统。

3．可伸缩性

可伸缩性的改进（如表分区、快照隔离和64位支持）将使用户能够使用SQL Server 2005构建和部署最关键的应用程序。大型表和索引的分区功能显著地增强了大型数据库的查询性能。

4．安全性

SQL Server 2005在数据库平台的安全模型上有了显著的增强，由于提供了更为精确和灵活的控制，数据安全更为严格。在许多性能上进行了大量投入，用于为企业数据提供更高级别的安全性，其中包括以下方面：

- 在身份验证空间中，强制执行 SQL Server 2005登录密码的策略。
- 在身份验证空间中，根据在不同范围内指定的权限来提供更细的粒度。
- 在安全管理空间中，允许所有者和架构的分离。

1.6 安装SQL Server 2005

1.6.1 SQL Server 2005版本

1．学习版

学习版（Express Edition）是免费的、易于使用的SQL Server 2005轻量级版本。该版本可以免费下载，免费重复安装使用，并且易于被开发新手所使用。

2．工作组版

小型企业的数据库不能对规模和用户数量设限制。工作组版（Workgroup Edition）是满足小型企业这种需求的数据管理解决方案。工作组版能服务于企业的部门或分支机构，或作为一个前端Web服务器。它包含SQL Server产品系列的核心数据库特点，并便于升级至标准版或企业版。

3．开发版

开发版（SQL Server 2005 Developer Edition）使开发人员能够在32位和X64平台的基础上建立和测试任意一种基于 SQL Server 的应用系统。它包括企业版所有功能，但只被授权用于开发和测试系统，不能作为服务器。开发版可被升级至SQL Server企业版以用做服务器。

4．标准版

标准版（SQL Server 2005 Standard Edition）是为中、小企业提供的数据管理和分析平台。标准版包括电子商务、数据仓库和解决方案所需的基本功能。标准版的集成商务智能和高可用性特性为企业提供了支持其操作所需的基本能力。

5．企业版

依据对企业联机事务处理（OLTP）、高度复杂的数据分析、数据仓储系统和 Web 站点不同级别的支持，SQL Server 2005 企业版（SQL Server 2005 Enterprise Edition）可调整能性度。由于具备广泛的商务智能、健壮的分析能力，如失败转移集群和数据库镜像等高可用性特点，SQL Server 企业版能承担企业最大负荷的工作量。

6．移动版

移动版（SQL Server 2005 Mobile Edition）是 SQL Server Mobile、SQL Server 和 Visual Studio 的成功组合，可轻松建立、测试、部署和管理移动设备的应用系统。SQL Server 2005 移动版与 SQL Server 2005 及 Visual Studio 2005 的完美集成，为开发人员提供了一个快速建立应用系统的平台，将企业数据管理能力延伸到移动设备。

本书的目标对象主要是开发人员，所以建议读者安装开发版（SQL Server 2005 Developer Edition）。

1.6.2 安装步骤

（1）准备安装。首先，确认以管理员身份登录，从而能够在机器上创建文件和文件夹，这显然是成功安装所必需的。

（2）要使用数据库服务器，才能完成后续的章节内容，所以在初始安装界面中选择安装服务器组件、工具、联机丛书和示例，如图 1-1 所示。

图 1-1 开始安装

（3）安装过程中选择组件只需要选择 Database Service，其余的不属于本书学习范畴，可以不选。

（4）安装过程中用户可以指定身份验证方式，如果选择混合身份验证，则建议给用户 sa 设置密码。

（5）在同一台计算机上可以安装多个 SQL Server 实例，默认第一个实例是计算机名，用户也可以指定名称。

1.7 SQL Server 2005 的主要组件

SQL Server 2005 数据库管理系统包含以下主要的组件和服务：

（1）关系型数据库。安全，可靠，可伸缩，高可用性的关系型数据库引擎。

（2）复制服务。数据复制可用于数据分发，处理移动数据应用，实现多个服务器之间的数据同步。

（3）通知服务。用于开发和部署可伸缩应用程序的先进的通知功能，能够向不同的连接和移动设备发布个性化的、及时的信息更新。

（4）集成服务。用于数据仓库和企业范围内数据集成的数据提取、转换和加载（ETL）功能。

（5）分析服务。联机分析处理（OLAP）功能可用于对使用多维存储的大量和复杂的数据集进行快速高级分析。

（6）报表服务。全面的报表解决方案，可创建、管理和发布传统的、可打印的报表和交互的、基于 Web 的报表。

（7）管理工具。SQL Server 包含的集成管理工具可用于高级数据管理，它和微软的其他开发工具紧密集成在一起。

（8）开发工具。SQL Server 为数据库引擎、数据抽取、转换和装载（ETL）、数据挖掘、OLAP 和报表提供了和 Microsoft Visual Studio 相集成的开发工具，以实现端到端的应用程序开发能力。SQL Server 中每个主要的子系统都有自己的对象模型和应用程序接口（API），能够将数据系统扩展到任何独特的商业环境中。

1.8 SQL Server Management Studio 介绍

在 SQL Server 2005 中没有像 SQL 2000 那样独立的查询分析器和企业管理器工具，但是提供了一个统一的管理工具 SQL Server Management Studio（SSMS），它提供了一种新集成环境，用于访问、配置、控制、管理和开发 SQL Server 的所有组件。它将一组多样化的图形工具与多种功能齐全的脚本编辑器组合在一起，可为各种技术级别的开发人员和管理人员提供对 SQL Server 的访问。

1.8.1 SSMS 简介

SQL Server 是作为单独的 Windows 进程在基于 Windows 的计算机上运行的，它可以运行在独立的桌面计算机上，也可以运行在服务器或者网络计算机上。在“任务管理器”的“进程”选项卡，可看到许多进程，其中有 sqlservr.exe。该进程（或服务）在它自己的进程空间中运行，与机器上的其他进程相隔离。SQL Server 不应受任何不与其组件通信的其他软件的影响。如果必须关闭其他组件的进程，SQL Server 引擎仍将继续运行。

SQL Server 作为服务运行，该服务由 Windows 自身进行监控。Windows 确保给了服务恰当的内存、处理能力和处理时间，保证所有一切都运行良好。因为 SQL Server 是作为服务运行的，所以它没有供用户使用、与用户进行交互的界面。因此，至少要有一个单独的工具，能够将用户的命令和函数传递到 SQL Server，进而再传到底层数据库。完成这一使命的 GUI 工具就是 SSMS。

SSMS 能够在一个应用程序中进行多个 SQL Server 安装中的开发和工作。这些 SQL Server 可以安装在一台计算机上，也可以安装在通过局域网（LAN）、广域网（WAN）甚至是因特网（Internet）连接起来的多台计算机上。因此，从 SSMS 的一个实例来处理 SQL Server 的开发、系统测试、用户测试和生产实例是有可能的。SSMS 在开发数据库解决方案中提供帮助，包括创建和修改数据库组件、修改数据库本身及处理安全问题。

SSMS 中的一个重要的工具就是查询编辑器（query editor）。该工具可用于编写和执行程序代码。代码可以是对象，也可以是用来操作数据的命令，甚至可以是完整的任务（如备份数据）。这里所用的代码称为 Transact SQL（T-SQL）。T-SQL 其实是微软在支持美国国家标准化组织（ANSI）发布的 ANSI-92 标准的基础上进行扩展的数据库查询语言。

1.8.2 SSMS 的主要工具

使用 SSMS 管理器时系统会自动弹出如图 1-2 所示的对话框，提示用户连接到指定的服务器。服务器类型中选择默认的数据库引擎选项管理数据库，在服务器名称中输入要管理的服务器名，身份验证中选择合适的验证方式，这一点和 SQL Server 2000 是一样的。

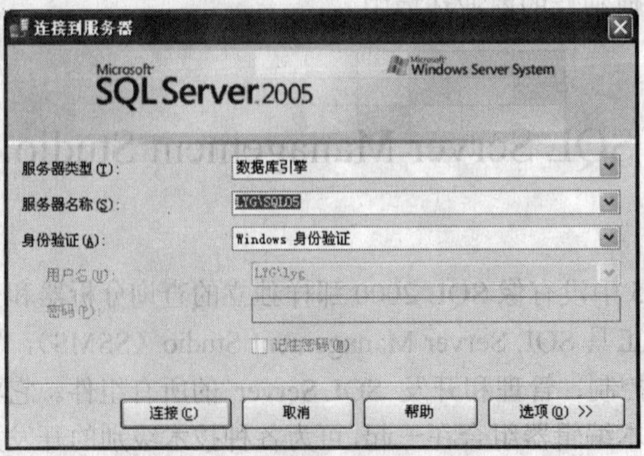

图 1-2 “连接到服务器”对话框

图 1-3 所示就是 SSMS 用来管理数据库的统一窗口。与 SQL Server 2000 的企业管理器工具很相似。

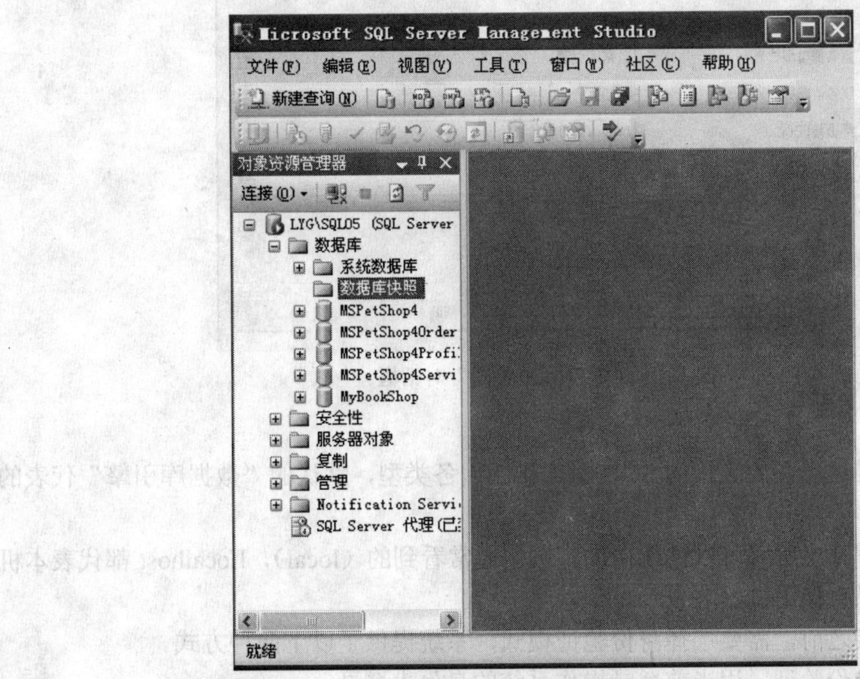

图 1-3　对象资源管理器

对象资源管理器是服务器中所有数据库对象的树视图。此树视图可以包括 SQL Server Database Engine、Analysis Services、Reporting Services、Integration Services 和 SQL Server Mobile 的数据库。对象资源管理器包括与其连接的所有服务器信息。打开 Management Studio 时，系统会提示将对象资源管理器连接到上次使用的设置。可以在“已注册的服务器”组件中双击任意服务器进行连接，但无需注册要连接的服务器。

1.9　SQL Server 2005 的使用

在连接 SQL Server 之前，要保证 SQL Server 服务必须已经启动。该服务位于操作系统服务中的 SQL Server（MS SQL Server）。

1.9.1　创建数据库连接

使用 SSMS 之前首先要连接 SQL Server 实例，并且可以连接和管理网络上的多个 SQL Server 实例。下述步骤描述如何新建一个连接。

（1）在 SSMS 的“文件”菜单中，选择“连接对象管理器”命令，弹出“连接到服务器”对话框，如图 1-4 所示。

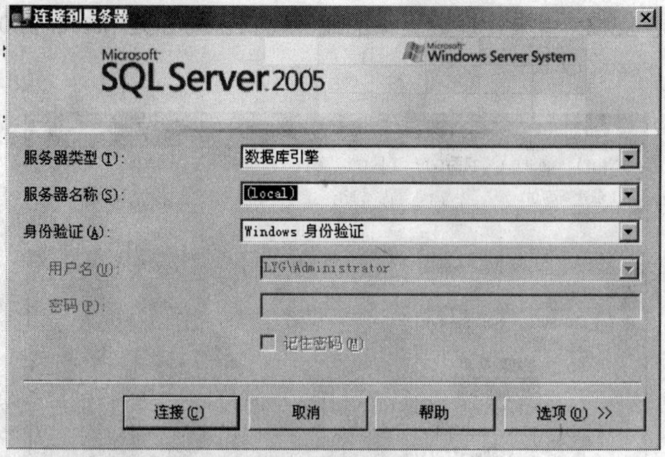

图 1-4 “连接到服务器”对话框

其中：

服务器类型：描述现在要连接的 SQL Server 的服务类型，默认的“数据库引擎”代表的就是数据库服务。

服务器名称：罗列出所有可以供连接的实例。通常看到的（local），Localhost 都代表本机的默认实例，也可以直接用机器名表示。

身份验证：连接之前，需要选择身份验证模式，系统提供了以下两种方式。

- Windows 身份验证：用当前登录操作系统的身份去登录。
- SQL Server 身份验证：用 Windows 加 SQL Server 的混合模式进行验证，需要用合法的 SQL Server 登录用户去访问，默认系统在安装以后会自动产生一个 sa 的登录用户，具有最高权限。

（2）在上述 3 个下拉列表框中选择合适的选项进行登录，就可以进入管理界面。

1.9.2 创建数据库登录账户

在实际应用中，经常要根据不同的用户设置不同的访问权限来限制对数据库的操作。可以创建不同的登录账户并设置权限来实现。具体步骤如下：

（1）在对象资源管理器窗口中，右键单击“安全性”节点下的“登录名”选项，在弹出的快捷菜单中选择“新建登录名”命令，如图 1-5 所示，进入登录名新建窗口。

（2）在登录名新建窗口的登录名对话框中输入登录名，指定用 SQL Server 身份验证的密码，并指定该用户登录后默认时用的数据库。

注意 新建登录时如果选择的是 Windows 身份验证，则单击“搜索”按钮查找当前系统下的账户，否则就是用混合验证模式，直接输入有效的登录名。

在 SQL Server 中对密码默认实施了一些保护措施，提高了安全性，建议选中“强制实施密码策略”复选框。

（3）建立了登录名后，还需要赋予一些操作权限。即使没有设置用户，也有一些基本的权限。详细的权限管理在后面的章节中有专门介绍。

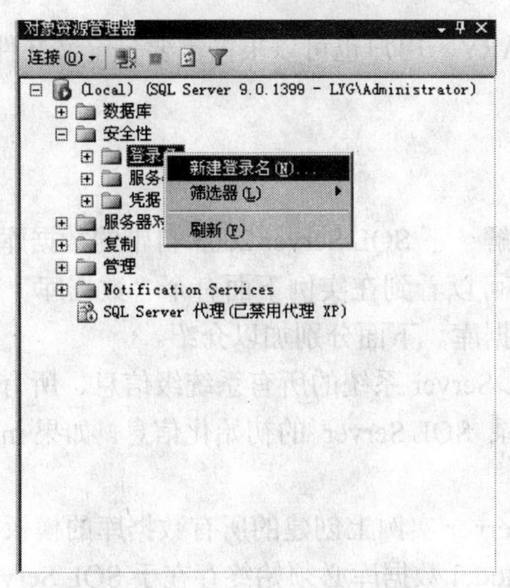

图 1-5　新建登录名

1.10　创建和管理 SQL Server 数据库

在创建和操作数据库之前，首先要了解与数据库相关的一些概念。

每个 SQL Server 2005 数据库至少具有两个操作系统文件：一个数据文件和一个日志文件。数据文件包含数据和对象，如表、索引、存储过程和视图。日志文件包含恢复数据库中的所有事务所需的信息。为了便于分配和管理，可以将数据文件集合起来，放到文件组中。

1.10.1　数据库文件和文件组简介

SQL Server 2005 数据库具有 3 种类型的文件。

主要数据文件：主要数据文件包含数据库的启动信息，并指向数据库中的其他文件。用户数据和对象可存储在此文件中，也可以存储在次要数据文件中。每个数据库有一个主要数据文件。主要数据文件的建议文件扩展名是 .mdf。

次要数据文件：次要数据文件是可选的，由用户定义并存储用户数据。通过将每个文件放在不同的磁盘驱动器上，次要文件可用于将数据分散到多个磁盘上。另外，如果数据库超过了单个 Windows 文件的最大值，可以使用次要数据文件，这样数据库就能继续增长。次要数据文件的建议文件扩展名是 .ndf。

事务日志文件：保存用于恢复数据库的日志信息。每个数据库必须至少有一个日志文件。事务日志文件的建议文件扩展名是 .ldf。

SQL Server 2005 不强制使用 .mdf、.ndf 和 .ldf 文件扩展名，但使用它们有助于标识文件的各种类型和用途。

当数据库包含多个数据文件，这些文件又存放在不同的磁盘上。为了更好地组织和管理这些文件，可以通过文件组来进行逻辑上的组织。如果用户不显式地创建文件组，系统会自动创建一个默认文件组 PRIMARY。用户也可以根据需要自定义文件组。

1.10.2 创建数据库

创建数据库之前先来了解一下 SQL Server 2005 自带的数据库。

进入对象资源管理器，可以看到在实例下面有个“数据库”节点，进入之后，看到系统数据库节点下面包含 4 个数据库。下面分别加以介绍。

（1）master：记录 SQL Server 系统的所有系统级信息、所有其他数据库是否存在以及这些数据库文件的位置，还记录 SQL Server 的初始化信息。如果 master 数据库不可用，则 SQL Server 无法启动。

（2）model：在 SQL Server 实例上创建的所有数据库的模板。因为每次启动 SQL Server 时都会创建 tempdb，所以 model 数据库必须始终存在于 SQL Server 系统中。

（3）msdb：由 SQL Server 代理用来计划警报和作业。

（4）tempdb：是连接到 SQL Server 实例的所有用户都可用的全局资源，它保存所有临时表和临时存储过程。另外，它还用来满足所有其他临时存储要求，如存储 SQL Server 生成的工作表。每次启动 SQL Server 时，都要重新创建 tempdb，以便系统启动时该数据库总是空的。在断开连接时会自动删除临时表和存储过程，并且在系统关闭后没有活动连接。因此 tempdb 中不会有什么内容从一个 SQL Server 会话保存到另一个会话。

下面通过 SSMS 工具介绍创建自定义数据库的步骤：

（1）右键单击“数据库”选项，在弹出的快捷菜单中选择“新建数据库”命令，弹出“新建数据库”窗口，如图 1-6 所示。

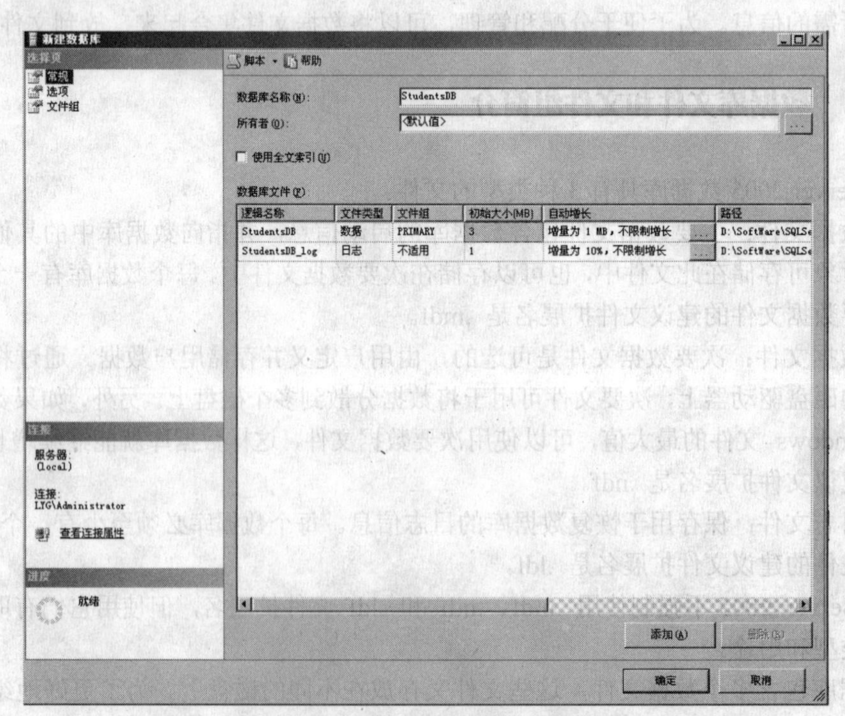

图 1-6 “新建数据库”窗口

（2）输入数据库名称StudentsDB，系统会自动在数据库文件列表中产生相应的数据库文件和日志文件。第一列显示逻辑文件名，“路径”列显示物理的数据库文件。如果还需要创建多个数据库文件，可以单击“添加”按钮，添加多个数据库次要文件。可以在“初始大小”列中指定文件的初始大小，默认数据库文件为3MB，日志文件为1MB。“自动增长”列指定随着数据库容量增大后，文件的增长方式，用户可以自行设定。在左侧的窗口中还有数据库选项可以设定，如果没有特殊要求便采用默认值。在文件组选项中，用户可以根据需要创建自定义文件组，如果不设置，系统自动使用默认文件组。

（3）数据库创建后，如果要修改数据库属性，可以右键单击目标数据库，在弹出的快捷菜单中选择“属性”命令，进入属性设置对话框进行设置。

1.10.3 数据库管理和维护

数据库创建完成以后，会涉及很多管理的操作，比如数据库的备份恢复、分离附加等。本小节重点介绍数据库的分离、附加和收缩。

1. 分离数据库

有时需要将数据库移植到其他物理的服务器上，要保证数据库的状态完全一致。这是可以通过分离来完成的。分离数据库是指将数据库从SQL Server实例中删除，但使数据库在其数据文件和事务日志文件中保持不变。之后，就可以使用这些文件将数据库附加到任何SQL Server实例，包括分离该数据库的服务器。具体步骤如下：

（1）在SQL Server Management Studio对象资源管理器中，连接到SQL Server Database Engine的实例上，再展开该实例。

（2）展开“数据库”选项，并右键单击要分离的用户数据库的名称，弹出快捷菜单。

（3）指向“任务”，再选择“分离”命令。将显示“分离数据库”对话框。

（4）“选中要分离的数据库”网格将显示“数据库名称”列中选中的数据库的名称。验证这是否为要分离的数据库。

（5）分离数据库准备就绪后，单击“确定”按钮。

2. 附加数据库

附加是分离的反操作。可以使用分离后的数据文件和日志文件将数据库附加到任何SQL Server实例，包括分离该数据库的服务器。

（1）在SQL Server Management Studio对象资源管理器中，连接到Microsoft SQL Server数据库引擎，然后展开该实例。

（2）右键单击“数据库”，在弹出的快捷菜单中指向“任务”，然后选择“附加”命令，将显示“附加数据库”对话框。

（3）若指定要附加的数据库，请单击“添加”按钮，然后在出现的“定位数据库文件”对话框中选择该数据库所在的磁盘驱动器，展开目录树以查找和选择该数据库的.mdf文件。

（4）或者，若要指定以其他名称附加数据库，可在“附加数据库”对话框的“附加为”列中输入名称。

（5）或者，通过在“所有者”列中选择其他项来更改数据库的所有者。

（6）准备好附加数据库后，单击“确定”按钮。

3. 收缩数据库

在 SQL Server 2005 中，数据库中的每个文件都可以通过删除未使用页的方法来减小。尽管数据库引擎会有效地重新使用空间，但某个文件多次出现而无需原来大小的情况下，收缩文件就变得很有必要了。数据文件和事务日志文件都可以减小（收缩）。可以成组或单独地手动收缩数据库文件，也可以设置数据库，使其按照指定的间隔自动收缩。

在“数据库属性”对话框中将 AUTO_SHRINK 选项设置为 ON 后，数据库引擎将自动收缩有可用空间的数据库。默认情况下，此选项设置为 OFF。数据库引擎会定期检查每个数据库的空间使用情况。如果某个数据库的 AUTO_SHRINK 选项设置为 ON，则数据库引擎将减少数据库中文件的大小。该活动在后台进行，并且不影响数据库内的用户活动。

1.10.4 删除数据库

当不再需要用户定义的数据库，或者已将其移到其他数据库或服务器上时，即可删除该数据库。数据库删除之后，文件及其数据都从服务器上的磁盘中删除。一旦删除数据库，它就被永久删除，并且不能进行检索，除非使用以前的备份。不能删除系统数据库。

删除数据库的步骤如下：

（1）在对象资源管理器中，连接到 SQL Server 2005 Database Engine 实例，再展开该实例。

（2）展开“数据库”选项，右键单击要删除的数据库，在弹出的快捷菜单中选择“删除”命令。

（3）确认选择了正确的数据库，再单击“确定”按钮。

- 使用数据库可以安全、高效地实现数据的存储和管理。
- SQL Server 2005 在管理、安全性方面有了很大的进步。
- 数据库文件包括主数据文件、次要数据文件和日志文件，每个数据库至少要包含一个数据文件和日志文件。
- 文件组是逻辑上对数据文件进行管理的一种方式。
- 通过分离数据库可以将数据库分离成物理的文件。
- 附加数据库可以将物理文件恢复成数据库。

习题

1. 什么是 DBMS？

2．什么是数据库表的完整性？

3．SQL Server 2005 的版本有哪些？

4．数据库文件的类型有哪些？分别有什么作用？

5．什么是文件组？其有什么作用？

6．分离和附加数据库的作用是什么？

7．用 SSMS 创建一个在线图书销售的数据库 BookShopDB

要求如下：

（1）物理文件保存在 D:\BookShop 下面。

（2）一个主数据文件 BookShopDB_Data.mdf、日志文件 BookShopDB_Log.ldf。

（3）数据库的初始大小为 10MB。

（4）数据库设置为自动收缩。

第2章 SQL Server 数据库表管理

目标

- 了解数据库中的基本概念
- 掌握数据完整性的含义
- 学会创建主键和外键
- 了解分区表、临时表和系统表的特点和作用
- 学会用 SSMS 工具创建表，并设置空值约束、默认值及标识列
- 学会创建表之间的关系
- 学会使用导入导出工具

2.1 数据库表的相关概念

数据库中包含了很多对象，其中最重要的对象就是表。表是包含数据库中所有数据的数据库对象。表定义是一个列集合。数据在表中的组织方式与在电子表格中相似，都是按行和列的格式组织的。

2.1.1 行、列的定义

行是由表建模的对象的一个单独的实例。每一行代表一条唯一的记录，每一列代表记录中的一个字段。例如，在包含学生信息的表中，每一行代表一个学生。

列是由表建模的对象的某个属性。每一列代表该学生的信息，如学号、姓名、地址、性别及家庭电话等。

2.1.2 数据完整性

数据完整性是为了保证数据库中的数据准确又有意义。这要通过数据库表的设计和约束来实现。例如，要保存学生信息，则要求在同一个表中不能有两条完全相同的学生信息，对学生的性别要加以限制，否则可能出现“男”、“女”以外的数据，这样的数据就没有意义了，为了实现完整性，数据库则需要检查每行、每列数据是否符合要求。数据的检查依赖于约束，SQL Server 提供了以下 4 种约束。

1. 实体完整性约束

实体完整性将行定义为特定表的唯一实体。即表中的每一行数据都代表一个不同的实体，不能存在相同的数据行。实体完整性通过索引、UNIQUE 约束、PRIMARY KEY 约束或 IDENTITY 属性强制表的标识符列或主键的完整性。

2. 域完整性约束

域完整性指特定列的项的有效性，即要保证某列的值在某个范围内是有意义的数据。比如学生的年龄必须是大于零的整数，性别必须为“男”或“女”。域完整性可以通过数据类型、限制格式或限制可能值的范围等方式实现。

3. 引用完整性约束

引用完整性是用来限制两个有关联关系的表之间的数据。比如学生信息表和学生成绩表，要保证只有注册了的学员才能考试，或者说如果学员退学那么成绩将无意义等约束就要通过引用完整性，它可以保证这种关联数据的准确性。在 SQL Server 2005 中，引用完整性通过 FOREIGN KEY 和 CHECK 约束，以外键与主键之间或外键与唯一键之间的关系为基础。引用完整性确保键值在所有表中一致。这类一致性要求不引用不存在的值，如果一个键值发生更改，则整个数据库对该键值的所有引用要进行一致的更改。

4. 用户自定义完整性约束

用户自定义完整性使用户可以定义不属于其他任何完整性类别的特定业务规则。所有完整性类别都支持用户自定义完整性。

2.1.3 主键和外键

假设现在有个学生表要存储学生信息，刚好有两个学生姓名相同，这样的数据没有办法区分两个学员，在这种情况下如果每个学员都有一个唯一的标识，就可以解决重复的问题了。通常给这个学员分配一个学号来标识，学号就是学员表的主键。由此可见，主键（Primary Key）就是能唯一区分每条记录的一个标识。

1. 主键

（1）一个表只能有一个主键约束。

（2）主键约束中的列不能为空。

（3）如果一个表的主键由多个列组成，该主键也叫“组合键”。

（4）如果对多列定义了主键约束，则一列中的值可能会重复，但来自主键约束定义中所有列的任何值组合必须唯一。

当表中可以做主键的字段有多个时，要考虑到单个键比组合键速度快，整数类型比字符类型速度快。还要考虑到做主键的字段的列数据不要经常更新，最好应该永远都不变。

2. 外键

以前面的学生信息表和成绩表为例，成绩表中的数据要依赖于学生表存在。学生要先注册才能考试，即输入学生成绩时，该学生信息必须先存在于学生表。学生退学时，成绩没有意义。即要删除学生信息，首先删除成绩信息。如果在两个表之间建立一种“引用”关系，就可以达到上述目的，成绩信息依赖于学生信息，所以可将学生表设为“主表”，成绩表设为“从表”或“子表”，这两个表的“父子”关系通过两个表的公共字段“学号”来实现。在学生表中“学号”是主键，“子表”中的“学号”引用或者参照“主表”中的列，所以在子表中“学号”称为“外键（Foreign Key）”，外键用来强制引用完整性。

一个表可以有多个外键。

2.1.4 SQL Server 2005 中的特殊表类型

SQL Server 2005 除了基本的用户自定义数据表之外，还提供了一些特殊类型的表，这些表在数据库中起着特殊的作用。

1. 已分区表

按照以前的存储方式，一个表中的数据存储在一个物理位置。当表中的数据越来越大时，数据的访问效率越来越低。如果物理文件一旦损坏，则整个表中的数据将全部丢失。为了提高访问效率和尽可能减少意外损害，可以将一个表水平划分为多个表单独存储，并且可以存储在多个不同的物理文件中。这样的表就是分区表。

2. 临时表

顾名思义，临时表就是存储临时数据用的表。当用户建立 SQL Server 连接时，可以对数据库进行管理和操作。在操作过程中系统需要维护一些临时数据，比如用户需要将查询结果排序，则会创建临时表并在临时表中将数据排序后返回给用户。真正数据库中的数据并没有排序。在 SQL Server 中有本地临时表和全局临时表两种类型。

3. 系统表

SQL Server 将定义服务器配置及其所有表的数据存储在一组特殊的表中，这组表称为系统表。任何用户都不应该直接更改系统表。

2.2 建立数据库表

2.2.1 在 SSMS 中创建表

创建表的实质就是定义表结构及约束等属性。SQL Server 2005 中提供了两种方式创建表：

一种是通过 SSMS；另一种是通过 T-SQL。下面使用 SSMS 通过图形界面快捷地创建表。

在 SSMS 中的对象管理器中，选中目标数据库，单击该数据库下的“表”节点，将显示所有的表。右键单击，在弹出的快捷菜单中选择“新建表”命令，弹出界面如图 2-1 所示。

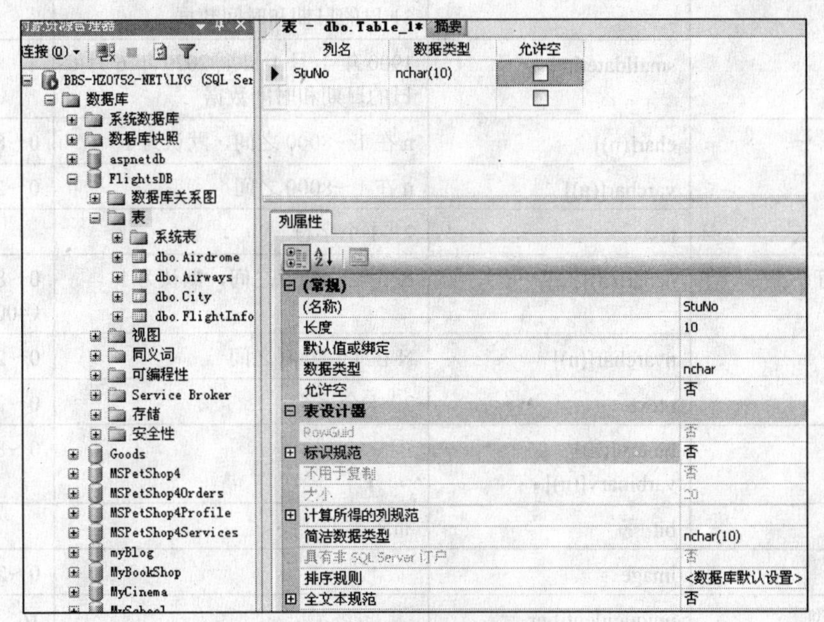

图 2-1 数据库表创建界面

创建时，要求给每个列定义除列名之外还要确定每列的数据类型。下面先了解一下 SQL Server 2005 提供的数据类型。

2.2.2 数据类型

表 2-1 列出了 SQL Server 2005 提供的数据类型。

表 2-1 SQL Server 2005 的数据类型

类别	数据类型	存储数据范围	占字节数
整型	bigint	$-2^{63}\sim2^{63}-1$	8
	int	$-2^{31}\sim2^{31}-1$	4
	smallint	$-2^{15}\sim2^{15}-1$	2
	tinyint	0～255	1
精确数字类型（两种类型基本相同）	decimal(p[,s])	随精度变化，可以很大	2～17
	numeric(p[,s])]	随精度变化，可以很大	2～17
近似数字类型	float	随精度变化，可以很大	5～17
	real	随精度变化，可以很大	5～17
货币类型	money	足够大	
	smallmoney	足够大	

续表

类别	数据类型	存储数据范围	占字节数
日期和时间类型	datetime	1753 年 1 月 1 日至 9999 年 12 月 31 日的日期和时间数据	8
	smalldatetime	1900 年 1 月 1 日至 2079 年 6 月 6 日的日期和时间数据	4
字符型	char[(n)]	n 在 1～8000 之间，默认为 1	0～8000 定长
	varchar[(n)]	n 在 1～8000 之间	0～2^{10} 变长
	text	2^{31}-1 个字符	
Unicode 字符型	nchar[(n)]	N 在 1～8000 之间，默认为 1	0～8000（4000 字符）
	nvarchar[(n)]	N 在 1～8000 之间	0～2^{10}
	ntext	2^{30}-1 个字符	0～2^{9}
二进制型	binary[(n)] varbinary[(n)]		0～8000
Bit 类型	bit	布尔类型	
图像型	image		0～2^{9}
全局标识符型	uniqueidentifier		16
特殊类型	Timestamp,Table ,sql_variant,xml		

表 2-2 所示为各数据类型的描述。

表 2-2　各数据类型的描述

类别	数据类型	描述
整型	int	存储到数据库的所有数值型数据都可以用这种数据类型
	smallint	对存储一些限定在特定范围内的数值型数据非常有用
	tinyint	存储有限数目的数据值，能存储 0～255 之间的整数
精确数字类型（两种类型基本相同）	decimal(p[,s])	存储固定精度和范围的数值型数据。使用这种数据类型时，必须指定范围和精度。范围是小数点左右能存储的数字总位数，精度是小数点右边存储的数字的位数
	numeric(p[,s)]	numeric 数据类型与 decimal 相同
近似数字类型	float	是一种近似值数据类型，供浮点数使用。因为在其表示数范围内不是所有数都能表示
	real	像浮点数一样，是近似值数据类型
货币类型	money	该数据类型用来表示钱和货币值。这种数据类型能存储-9220 亿至 9220 亿之间的数据，可以精确到货币单位的万分之一
	smallmoney	该数据类型用来表示钱和货币值。这种数据类型能存储-214748.3648～214748.3647 之间的数据，可以精确到货币单位的万分之一

续表

类别	数据类型	描述
日期和时间类型	datetime	这种数据类型用来表示日期和时间。该类型存储从 1753 年 1 月 1 日到 9999 年 12 月 31 日之间的所有日期和时间数据，可精确到 1/300 秒或 3.33 毫秒
	smalldatetime	这种数据类型用来表示从 1900 年 1 月 1 日至 2079 年 6 月 6 日之间的日期和时间数据，精确到 1 分钟
字符型	char[(n)]	用来存储指定长度的定长非统一编码字符型的数据。当总能知道要存储的数据长度时，此数据类型很有用，最多能存储 8000 个字符
	varchar[(n)]	同 char 类型一样，用来存储非统一编码字符型数据。此数据类型为变长，与 char 数据类型的区别是，存储的长度不是列长，而是数据的长度
	text	用来存储大量的非统一编码型字符数据。最多可以存储 2^{31}-1 或 20 亿个字符
Unicode 字符型	nchar[(n)]	用来存储指定长度的定长 Unicode（统一编码）字符型的数据。Unicode 编码用双字节结构来存储每个字符，能存储 4000 个字符
	nvarchar[(n)]	nvarchar 数据类型用作变长的 Unicode 编码字符型。此数据类型能存储 4000 个字符，使用的字节空间增加了一倍
	ntext	用来存储大量的 Unicode 编码型字符数据。可以存储 2^{30}-1 或 20 亿个字符，且使用的字节空间增加了一倍
二进制型	binary[(n)] varbinary[(n)]	binary 数据类型用来存储可达 8000B 的定长的二进制数据，varbinary 用来存储可达 8000B 的变长的二进制数据
Bit 类型	bit	bit 数据类型表示是/否值,其值只能是 0、1 或空值。这种数据类型用于存储只有两种可能值的数据，如 Yes 或 No、True 或 False、On 或 Off
图像型	image	image 数据类型用来存储变长的二进制数据，最大可达 20 亿字节
全局标识符型	uniqueidentifier	用来存储一个全局唯一标识符，即 GUID 是全局唯一的，可以使用 NEWID 函数或转换一个字符串为唯一标识符来初始化具有唯一标识符的列
特殊类型	Timestamp,Table ,sql_variant,xml	

给字段选择合适的数据类型有助于提高访问和存储效率。例如，对于学生表相关信息姓名、地址等存储文本数据的字段选择字符类型 varchar；出生日期选择日期类型 datetime；照片选择图像类型 image。

当表中的字段创建好以后，接下来就是创建约束来维护数据的完整性。

2.2.3 建立主键

根据创建主键的原则，以学生表和成绩表为例。设定学生表的主键为学号（StuNo），成绩表存在每个学生考多门课程的情况，所以需要学号+课程做复合主键（StuNo+Course）。在 SSMS 中设定主键的方法如图 2-2 所示。

图 2-2 设定复合主键

图 2-2 所示是以成绩表 StuScore 为例设置主键的。首先要将字段 StuNo 和 Course 设置为不允许为空，然后同时右键单击这两个字段，在弹出的快捷菜单中选择设置主键就完成了。设置完成后，主键字段旁边会多一个“钥匙”图标。

2.2.4 空值约束

表的列是否为空（Not Null）也是一项约束，如果该列允许为空，则在输入数据行时，这一项可以不输入。

到底列是否允许为空，依赖于实际需求。比如每个学员都应该有姓名，就一定不能为空，而对于 E-mail，则有些学员有而有些学员可能没有。这时，E-mail 就允许为空。

在 SSMS 中设置列的空值约束如图 2-2 所示。

2.2.5 创建默认值

在创建表时，经常会遇到这样的情况，比如学生所在城市这个列，绝大部分同学都属于同一城市，输入时每次都要输入同一个城市名，如果设置默认约束（Default），给这个列赋予默认值，比如“广州”，那么当输入时如果该学生确实是这个城市，可以不输入，系统会自动保留默认值给当前记录，如果输入，那么将保留新的值。

在 SSMS 中设置默认值，见图 2-2 所示的“默认值或绑定”栏。

2.2.6 设置标识列

前面提到建议给每个表建立一个主键，主键列要求必须是唯一的值。但在某些情况下，有些表的确很难找出数据唯一的列。比如考勤表记录每个学生每天的考勤记录，这样的表很难定义主键。怎么办？可以创建一个列，该列的值是自动增长的一些序列号，这样的列就是标识列。

标识列的实现方式如下：

（1）该列的数据类型只能是 decimal、int、numeric、smallint、bitint 及 tinyint。

（2）定义标识列属性时，要指定“标识种子”，即初始值和“标识递增量”。

（3）一旦定义了标识列之后，该列的数据会随着数据行的增加而自动增加，并且不会重复。第一个值就是“标识种子”的值，后续的值按照“标识递增量”自动增加。

在 SSMS 中设置标识列如图 2-3 所示。

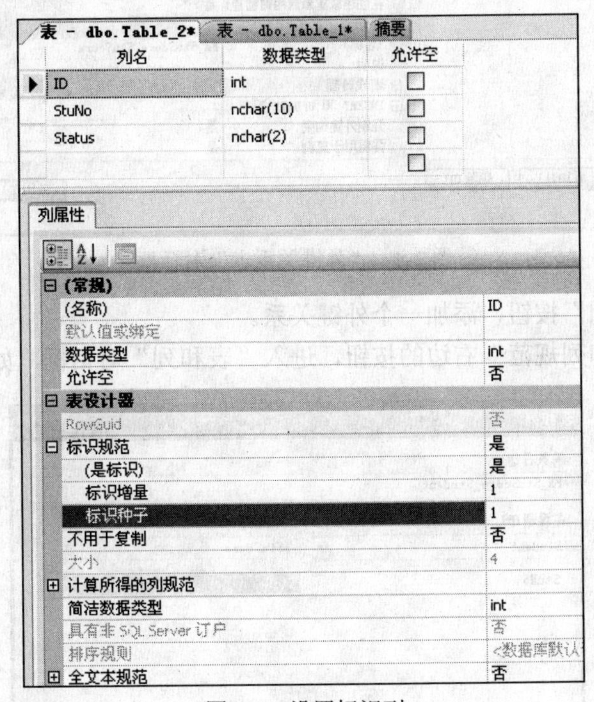

图 2-3　设置标识列

如果在经常进行删除操作的表中存在着标识列，那么在标识值之间可能会有间隔。如果这是要考虑的问题，那么不要使用 IDENTITY 属性。但是，为了确保未产生间隔，或者填补现有的间隔，在用 SET IDENTITY_INSERT ON 显式输入标识值之前，应先对现有的标识值进行计算。

2.3　创建表间关系

创建了表和约束之后，接下来该创建表之间的关系，实施引用完整性。这样可以确保键值在所有的关联表中都一致。

例如，学生表中学号是主键，成绩表中的学号要参照学生表中的学号列，则成绩表中的学号列为外部键。所以学生表是主表，成绩表为从表。具体步骤如下：

（1）在 SSMS 中，进入成绩表设计器，右键单击，从弹出的快捷菜单中选择“关系”命令，弹出“外键关系”对话框，如图 2-4 所示。

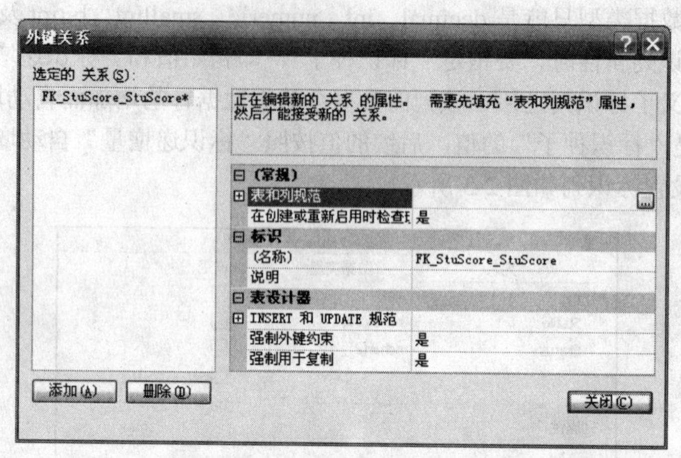

图 2-4 “外键关系表”对话框

（2）单击“添加”按钮，添加一个外键关系。

（3）单击“表和列规范”右边的按钮，进入“表和列”对话框，如图 2-5 所示。

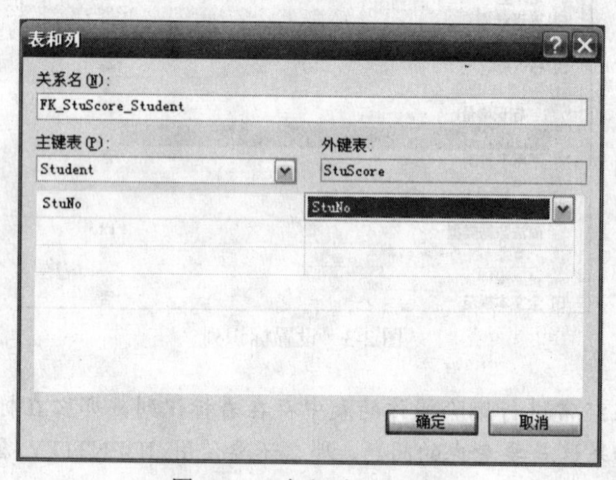

图 2-5 “表和列”对话框

（4）设置主键表、主键列和外键表、外键列。单击“确定”按钮即设置完成。

建立完关联关系之后，就可以在数据库关系视图中看到刚才建立的关系，如图 2-6 所示。

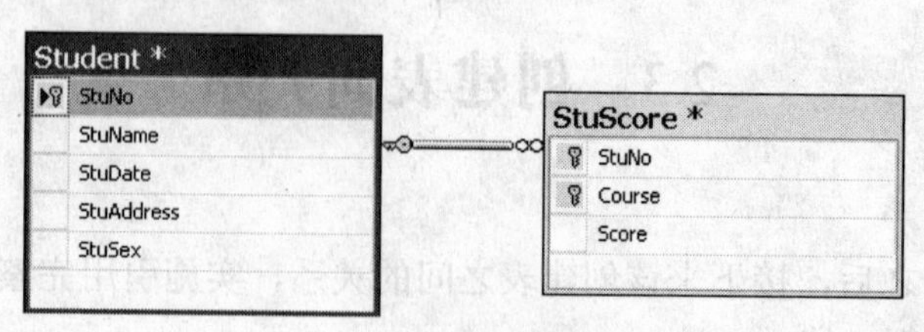

图 2-6 数据库关系图

创建外键关系可以直接通过数据库关系图工具实现。右键单击，在弹出的快捷菜单中选择“新建数据库关系”命令，进入“添加表”对话框，选择要创建关系的多个表进入关系图设计器。选中主表中的主键列，拖动至从表中的对应列，即可完成关系的创建。

一旦创建了外键关系，系统将自动维护两个表之间的数据关系。

2.4 创建检查约束

在刚刚创建的表中，用户要求学生表中的学号必须以 S 打头，后续为 7 位数字组成的编号才是正确的，比如 S0000001。成绩表中的成绩值必须是 0～100 之间的数字才是合法的。如果不在此范围内，则系统要提示为错误数据。如何完成这样的业务规则呢？可以通过检查（Check）约束来实现。由此可见，检查约束主要用于定义列中可接受的数据值或者格式。在 SSMS 中按照以下步骤创建：

（1）在表设计器视图中，右键单击，在弹出的快捷菜单中选择“CHECK 约束”命令，弹出“CHECK 约束”对话框，如图 2-7 所示。

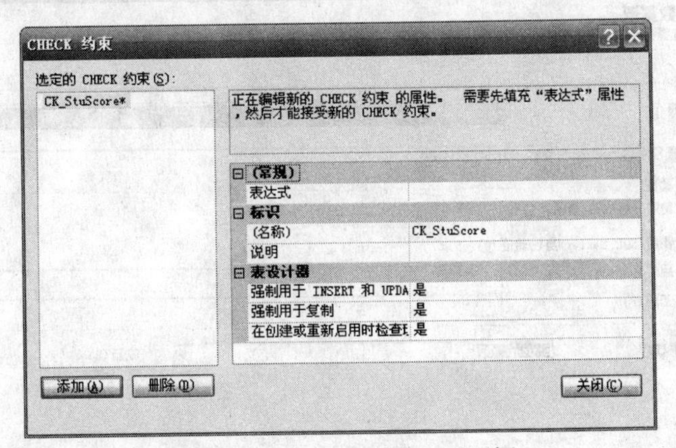

图 2-7 “CHECK 约束”对话框

（2）单击“添加”按钮，创建一个 CHECK 约束。

（3）单击“表达式”最右侧的小按钮，弹出“CHECK 约束表达式”对话框，如图 2-8 所示。

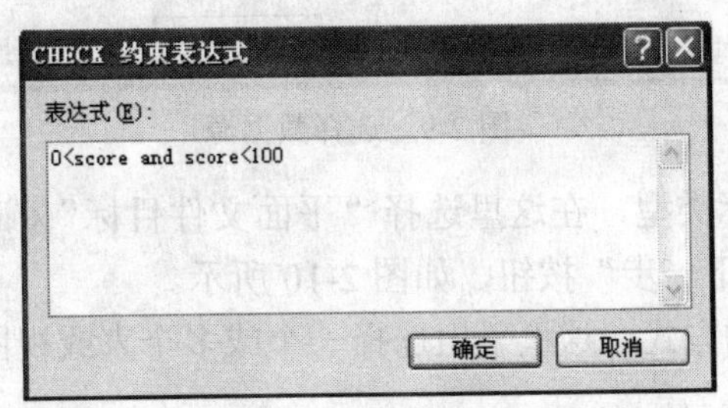

图 2-8 “CHECK 约束表达式”对话框

（4）建立学号的 CHECK 约束时，步骤与上相同。最后在 CHECK 约束表达式中输入 StuNo like 'S[0-9][0-9] [0-9][0-9] [0-9][0-9] [0-9][0-9]'。

（5）单击“确定”按钮，关闭并保存表设计器。

一旦建立完约束，输入的数据必须符合以上格式，否则数据无法保存。

2.5　导入和导出数据

SQL Server 2005 提供了一些导入/导出工具，可以与其他异类数据源（如 Excel、记事本或 Oracle 等）之间轻松地移动数据。“导出”是将数据从 SQL Server 表复制到数据文件，“导入”是指将数据从数据文件加载到 SQL Server 表。

下面通过 SSMS 实现数据的导出。

（1）右键单击数据库节点，在弹出的快捷菜单中选择“任务”→“导出数据”命令。

（2）出现一窗口，从中选择数据源，如图 2-9 所示，默认数据源为 SQL Native Client，选择合适的登录方式，选择要导出的数据库。单击“下一步”按钮。

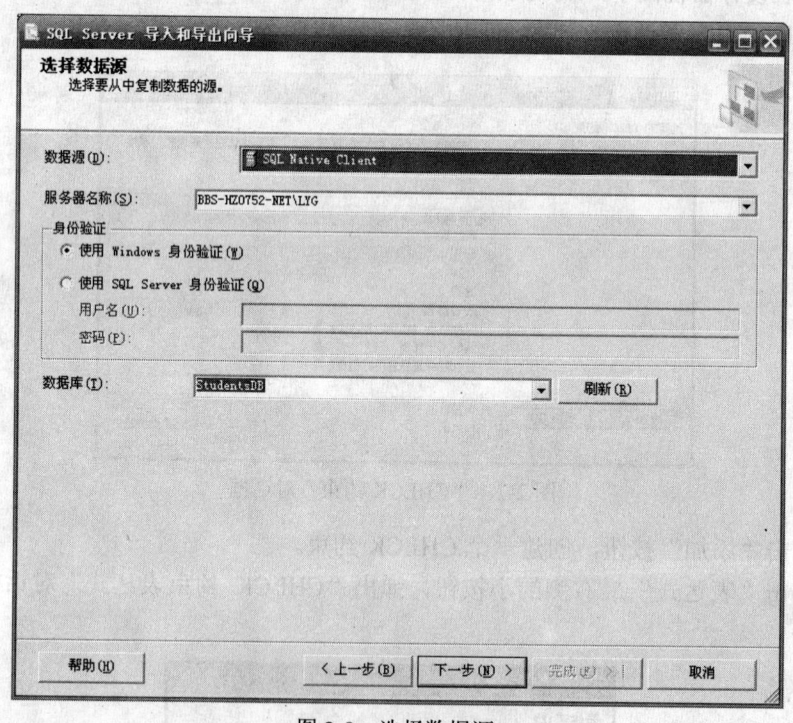

图 2-9　选择数据源

（3）选择导出的目标类型，在这里选择“平面文件目标”（记事本）做目标类型，输入要导出的文件名。单击“下一步”按钮，如图 2-10 所示。

（4）选择获取数据的方式，这里采用选择一个或多个表或视图的数据。单击“下一步”按钮。

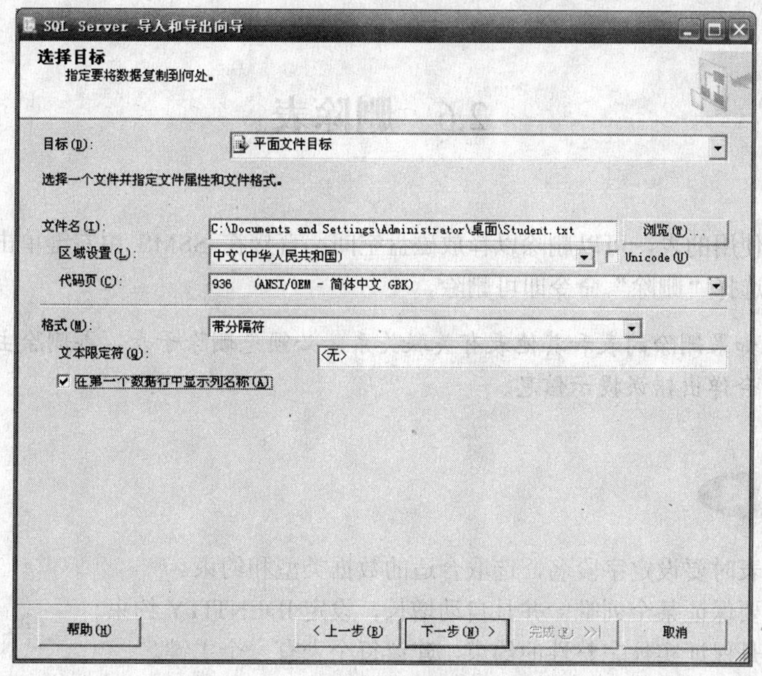

图 2-10　选择目标

（5）选择要复制数据的表名，这里选择 Student 表。采用默认的行分隔符和列分隔符。

（6）选择立即执行，单击“完成”按钮。系统立刻开始执行数据导出。

（7）导出的文本文件如图 2-11 所示。

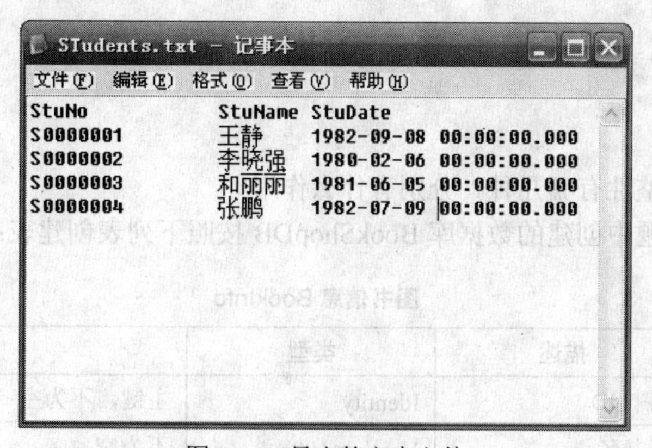

图 2-11　导出的文本文件

导入数据是导出数据的反向操作，步骤基本相同。可以将刚刚导出的文本文件作为数据源，导入到 SQL Server 的数据库中生成新表并插入数据。在这里就不做介绍了。

将其他异类数据源数据导入到 SQL Server 2005 中，有可能会出现数据不兼容的情况。例如，在 Access 数据库中，有超链接类型，而 SQL Server 2005 中没有。此时 SQL Server 2005 会自动进行数据转换，自动将不识别的数据类型进行转换，转换为与 SQL Server 2005 中近似的数据类型。如果数据值不能识别，则赋以空值 NULL。

2.6 删除表

一些不再使用的表，可以删除以释放磁盘空间。直接在 SSMS 中右键单击该表，在弹出的快捷菜单中选择“删除”命令即可删除。

注意 如果删除的表和其他表有关联关系，必须先删除子表，再删除主表；否则系统会弹出错误提示信息。

- 创建表时要设定字段名，选取合适的数据类型和约束。
- 如果要保证某个列唯一并且自动增长，设定 IDENTITY 约束。
- 主键是保证实体完整性的约束，建议每个表有一个主键。
- 外键保证表之间的引用完整性，从表中的数据依赖于主表。
- 借助于 SQL Server 2005 的导入/导出工具可以实现不同数据源之间的数据导入和导出。

习题

1．数据库的完整性有哪几种？分别有什么作用？

2．在第 1 章习题中创建的数据库 BookShopDB 按照下列表创建表：

图书信息 BookInfo

字段名	描述	类型	约束
BookID	图书 ID	Identity	主键，不为空
BookName	图书名	Varchar(100)	不为空
Author	作者	Varchar(100)	不为空
ISBN	ISBN	Char(13)	13 位数字，不为空
PublishDate	出版日期	Datetime	不为空
PublisherID	出版商 ID	Int	不为空，引用表 Publisher
CategoryID	类别 ID	Int	不为空，引用表 Category
Price	价格	Money	不为空
Content	内容简介	Text	允许空

图书类别表 Category

字段名	描述	类型	约束
CategoryID	类别 ID	Identity	不为空，主键
CategoryName	类别名称	Varchar(100)	不为空

出版社表 Publisher

字段名	描述	类型	约束
PublisherID	出版社 ID	Identity	不为空，主键
PublisherName	出版社名称	Varchar(100)	不为空

销售明细表 Sales

字段名	描述	类型	约束
SalesID	销售 ID	Identity	不为空，主键
BookID	图书 ID	Varchar(100)	不为空
Quantity	销售数量	Int	不为空，默认为 1
SalesDate	销售日期	Datetime	不为空，默认为系统当前日期
Discount	销售折扣	Float	不为空，默认为 1
Price	原价	Money	不为空
SalesPrice	销售价格	Money	不为空
UserID	销售人 ID	Char(3)	不为空，引用表 UserInfo

用户表 UserInfo

字段名	描述	类型	约束
UserID	用户 ID	Char(3)	3 位数字字符，不为空，主键
UserName	用户名	Varchar(20)	不为空
Sex	性别	Char(2)	不为空，只能为男/女

第3章 SQL Server 数据管理

目标

- 了解 SQL 和 T-SQL
- 掌握通过 T-SQL 实现数据的增加、删除、修改和查询操作

3.1 SQL 简介

SQL（Structured Query Language）即结构化查询语言。当对数据库进行管理时，就是借助于 SQL 来实现。

3.1.1 SQL 和 T-SQL

SQL 语言是 1974 年提出的，其主要功能就是同各种数据库建立联系，进行沟通。按照 ANSI（美国国家标准协会）的规定，SQL 被作为关系型数据库管理系统的标准语言。SQL 语句可以用来执行各种各样的操作，如更新数据库中的数据、从数据库中提取数据等。目前，绝大多数流行的关系型数据库管理系统，如 Oracle、Sybase、Microsoft SQL Server、Access 等都采用了 SQL 语言标准。但是不同的数据库都对标准的 SQL 进行了扩展，每种数据库都提供了最基本的数据库操作，如增加、删除、修改、查询等。

T-SQL（Transact-SQL）是 SQL Server 对标准 SQL 的扩展，它除了包含 SQL 的基本功能和指令外，还包含了大量的数据操作函数和类似程序设计语言的结构，比如 IF ELSE、WHILE 循环及 CASE 分支。

Transact-SQL 是使用 SQL Server 的核心。与 SQL Server 实例通信的所有应用程序都通过将 Transact-SQL 语句发送到服务器（不考虑应用程序的用户界面）来实现这一点。服务器在处理任何 T-SQL 语句时，都会首先对语句作为一个整体进行分析，然后进行优化、编译再执行。

3.1.2 T-SQL 的组成

T-SQL 主要包含以下几种操作类型的命令集合。

数据定义语言（DDL），包括创建数据库对象命令 CREATE、ALTER、DROP 等。

数据操作语言（DML），包括数据操作的命令 INSERT、DELETE、SELECT、UPDATE 等。

数据控制语言（DCL），包括权限控制的命令 GRANT、REVOKE、DENY 等。

事务控制语言（TCL），包括事务控制的命令 COMMIT、ROLLBACK 等。

3.1.3 T-SQL 的语法约定

T-SQL 语句不区分大小写，但要遵循一定的语法约定，写出直观又简洁的代码。

3.2 T-SQL 中的条件表达式和逻辑运算符

T-SQL 对 SQL 进行了扩展后，与程序设计语言非常相似，也包含函数、各种运算符、表达式、变量、常量、结构控制语句等。

3.2.1 运算符

运算符是一种符号，用来指定要在一个或多个表达式中执行的操作。表 3-1 列出了 SQL Server 2005 所使用的运算符。

表 3-1 SQL Server 2005 所使用的运算符

运算符类型	具体运算符
赋值运算符	=（赋值）
算术运算符	+（加）、-（减）、*（乘）、/（除）、%（取模）
字符串连接运算符	+（连接）
比较运算符	=（等于）、<（小于）、<=（小于等于）、>（大于）、>=（大于等于）、<>（不等于或!=）、!<（不小于）、!>（不大于）
逻辑运算符	all（所有）、and（与）、any（任何一个）、between（两者之间）、exists（存在）、in（在……范围内）、like（匹配）、not（非）、or（或者）
一元运算符	+（正）、-（负）、～（取反）

通过运算符可以将变量、常量、函数等连接在一起构成表达式。下面通过几个示例来描述。

示例：取负表达式。

```
DECLARE @n int
SET @n=100
SELECT  -@n
GO
```

示例：字符串连接符。

```
DECLARE @var1 char(10)
DECLARE @var2 char(10)
SET @var1='HELLO   '
```

```
SET @var2='WORLD!'
SELECT @var1+@var2
GO
```

3.2.2 表达式

表达式是标识符、值和运算符的组合。SQL Server 2005 可以对其求值以获取结果。访问或更改数据时，可在多个不同的位置使用数据。表达式可以是常量、函数、列名、变量、子查询等，还可以通过运算符将这些数据组合起来。

下面通过一个示例来描述一下表达式。

示例：将当前日期加 1 天。

```
SELECT GetDate()+1
```

3.2.3 数据类型

在 SQL Server 2005 中，每个列、局部变量、表达式和参数都具有一个相关的数据类型。数据类型是一种属性，用于指定对象可保存的数据类型。在 SQL Server 2005 中主要的数据类型可参考表 3-2。

表 3-2 SQL Server 2005 中主要的数据类型

数据类型	具体类型
精确数据	bigint，decimal，int，numeric，smallint，money，tinyint，smallmoney，bit
近似数字	float，real
字符串	char，varchar，text
Unicode 字符串	nchar，nvarchar，ntext
二进制字符串	binary，image，varbinary
日期类型	datetime，smalldatetime
其他类型	uniqueidentifier，xml，table 等

除了表 3-2 所提供的数据类型外，在 SQL Server 2005 中用户还可以根据自己的需要创建自定义的数据类型。

创建表时选取合适的数据类型，对于提高系统的执行效率和节省磁盘空间很关键。

对于 char 类型，如果某字段定义为 10 个字符，假设用户只输入 5 个字段，则系统会自动填充 5 个空格来占用空间。同样的情况 varchar 则不同，它是可变的，它会只占用 5 个长度。所以建议如果字段的数据长度不是固定的就用 varchar 定义，如果是固定长度则用 char 表示。

3.3 使用 T-SQL 插入数据

在前面的章节中已经学会了创建表，接下来就对表中的数据进行操作。数据操作主要包含增加、删除、修改和查询。这些操作既可以通过可视化的管理工具 SSMS 手动完成，又可以通过 T-SQL 语句来实现。其实，无论是什么方式，最终对数据库服务器来讲都是通过 T-SQL 实现的。所以在本章中重点介绍 T-SQL 的使用。

3.3.1 使用 Insert 插入数据行

T-SQL 提供的表记录插入语句 INSERT…VALUES，其语法格式如下：

```
INSERT [INTO]  表名  [(列名,,,n)]   VALUES  (值,,,n)
```

说明：

（1）使用 INSERT 语句可以向表中插入新记录，但一次只能插入一条记录。

（2）如果是向表中插入整条记录，则列名可以忽略不写，值列表要求按照表中字段的顺序和数据类型保持一致。

（3）如果向表中插入部分数据，则必须写明确的列名（必须包含不能为空的列），值列表要求按照列名中的顺序和数据类型一致。

示例：向表中插入一条完整的记录。

```
INSERT INTO STUDENT VALUES
('S0000005','张宇', '1982-1-20 ', '南京','男')
```

示例：向表中插入部分记录。

```
INSERT INTO STUDENT(StuNo,StuName,StuSex,StuDate)
VALUES('S0000006','杨斌', '男', '1981-11-2')
```

注意 对于字符类型和日期类型的数据，插入时用单引号将值括起来。
插入的数据项必须符合字段的约束，否则系统报错。

示例：在设计表 Student 时，要求性别必须为“男”或“女”，现在插入一条记录看看结果，如图 3-1 所示。

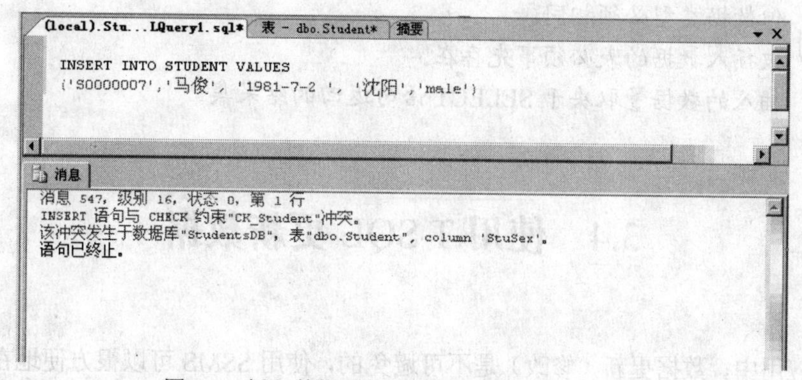

图 3-1 插入数据时与 CHECK 约束发生了冲突

3.3.2 一次插入多行数据

在实际应用中经常会遇到这样的情况，需要某个临时表，该表的结构来自于系统中已经存在的表的部分字段，需要将该表的数据批量插入到临时表。如果利用前面的单条记录插入方式，效率会很低，T-SQL 提供了这样的语法，其格式如下：

```
INSERT [INTO] 表名[(列名)] SELECT (列名,,,n) FROM 表名
```

示例：假设现在有一个临时表 StuTmp(StuNo,StuName,StuAddress)，现在需要把 Student 表中对应的数据全部插入 StuTmp 中：

```
INSERT INTO StuTmp (StuNo,StuName,StuAddress)
SELECT StuNo,StuName,StuAddress
FROM Student
```

执行后，StuTmp 中的结果如图 3-2 所示。

(local).Stu...LQuery1.sql*

```
SELECT * FROM StuTmp
```

结果 | 消息

	StuNo	StuName	StuAddress
1	S0000001	王静	广州
2	S0000002	李晓强	北京
3	S0000003	和丽丽	上海
4	S0000004	张鹏	广州
5	S0000005	张宇	南京
6	S0000006	杨斌	广州

图 3-2 StuTmp 中的查询结果

注意

查询得到的字段个数和数据类型必须和要插入的表保持一致，字段名可以不同，但数据类型必须相同。

被插入数据的表必须事先存在。

插入的数据量取决于 SELECT 语句返回的结果集。

3.4 使用 T-SQL 更新数据

在实际应用中，数据更新（修改）是不可避免的，使用 SSMS 可以很方便地在 SQL Server

中完成数据更新，但更多的是通过应用程序提供友好的操作界面让用户去修改。而这种修改方式的底层是通过 T-SQL 实现的。T-SQL 提供的更新语法格式如下：

```
UPDATE 表名 SET <字段名=新值> [WHERE 更新条件]
```

说明：

- UPDATE 可以更改多个字段，多个字段之间用逗号分隔。
- WHERE 条件可选，如果不写则更改整个表的数据，否则修改按条件筛选的数据。如果 WHERE 条件筛选的结果不存在，则不会更新到任何记录。

新值可以是常量，也可以是复杂的表达式。

示例：给全班考试不及格的学生加 10 分。

```
UPDATE StuScore
SET Score=Score+10
WHERE Score<60
```

示例：把学生 S0000004 的出生日期加 1 天，地址改为沈阳。

```
UPDATE Student
SET StuDate=StuDate+1, StuAddress='沈阳'
WHERE StuNo='S0000004'
```

3.5 使用 T-SQL 删除数据

除了录入数据错误需要删除以外，有些过期无用的数据也需要删除。T-SQL 提供了两种删除数据的方法。

3.5.1 使用 Delete 删除数据

语法：DELETE FROM 表名 [WHERE 条件]

说明：删除记录时只能删除整行，不能只删除个别字段。

WHERE 条件为可选，如果不写，则删除整个表，否则删除 WHERE 条件筛选的记录。

要删除的表和其他表之间有主外键关系，则删除数据时要注意，如果被删除的是主表，则保证要删除的记录在子表中不存在，否则系统会提示错误。如果删除的数据是从表中的，则可以直接删除。

示例：删除临时表 StuTmp 中的数据。

```
DELETE FROM StuTmp
```

示例：删除考试不及格的成绩信息

```
DELETE FROM StuScore WHERE StuScore<60
```

示例：删除学号为 S0000002 的学生信息，如图 3-3 所示。

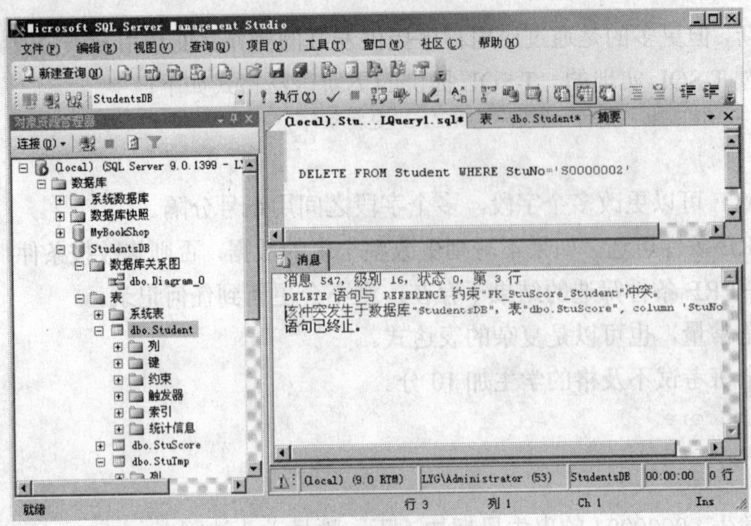

图 3-3 删除学生信息

3.5.2 使用 Truncate Table 删除数据

删除整个表的记录除了用语句 DELETE FROM 表名之外，还有另外一种语法格式：

```
TRUNCATE TABLE 表名
```

示例：删除临时表 StuTmp 中的数据。

```
TRUNCATE TABLE StuTmp
```

注意

被删除的表如果包含大量的数据，可以发现使用 TRUNCATE 比使用 DELETE 速度要快，原因是在使用 DELETE 时系统会自动写事务日志，而 TRUNCATE 则不用，这也带来另外一个问题，就是 DELETE 如果未完成则可以利用日志进行数据回滚，而 TRUNCATE 则不可以，所以删除数据时要慎重。

TRUNCATE TABLE 删除表中的所有行，但表结构及其列、约束、索引等保持不变。若要删除表定义及其数据，要使用 DROP TABLE 语句。

如果表包含标识列，该列的计数器重置为该列定义的种子值。如果未定义种子，则使用默认值 1。若要保留标识计数器，则使用 DELETE。

不能对由 FOREIGN KEY 约束引用的表使用 TRUNCATE。

小结

- SQL 是结果化的查询语言，是关系型数据库管理系统的标准语言。
- 增加单行数据用 INSERT INTO…VALUES 语句。
- 增加多行数据用 INSERT INTO…SELECT…FROM 语句。
- 删除数据用 DELETE FROM WHERE…语句。
- 快速删除整个表中的数据用 TRUNCATE TABLE…语句。
- 修改数据用 UPDATE 表 SET 字段=表达式 WHERE…语句。

习题

1. 什么是 SQL、T-SQL？全称是什么？
2. 在第 2 章习题创建的表中，通过 T-SQL 分别向表中插入如图 3-4 所示的数据。

CategoryID	CategoryName
1	计算机基础理论
2	电子商务
3	JAVA
4	网站开发
5	C#基础
6	ASP.NET
7	数据库基础
8	SQLServer2005...
9	Oracle数据库管理
10	网页设计

（Category 表）

PublisherID	PublisherName
1	电子工业出版社
2	清华大学出版社
3	北京希望电子...
4	高等教育出版社
5	机械工业出版社
6	人民邮电出版社
7	冶金工业出版社
8	上海交通大学...
9	华南理工大学...
10	北京航天航空...
11	飞思科技出版社

（Publisher 表）

BookID	BookName	Author	ISBN	PublishDate	PublisherID	CategoryID	Price	Content
1	JavaWeb开发...	孙卫琴 李洪成	9787505393929	2006-9-1 0:00:00	11	3	45.0000	本书详细介绍了最新Tomcat5版...
2	C#开发经验技巧	明日科技	9787115166890	2007-1-12 0:00:00	6	5	85.0000	本书重点介绍C#开发的一些经...
3	WEB开发人员...	Jack著 胡为君译	9787121039478	2005-9-8 0:00:00	1	10	108.0...	本书包含了WEB开发客户端技术...
4	数据库原理与S...	程云志，张帆...	9787111196990	2006-1-5 0:00:00	5	8	28.0000	21世纪高等院校的计算机课程教...
5	基于Oracle的数...	王群	9787133098930	2002-9-9 0:00:00	9	9	46.0000	这是一本学习Oracle开发的经典...

（BookInfo 表）

UserID	UserName	Sex
001	王琳琳	女
002	张家辉	男
003	周晨阳	男
004	和晓	女
005	林莉	女
006	张敏	女

（UserInfo 表）

SalesID	BookID	Quantity	SalesDate	Discount	Price	SalesPrice	UserID
1	1	1	2008-1-2 0:00:00	0.88	45.0000	39.6000	001
2	2	5	2008-1-2 0:00:00	0.85	85.0000	72.2500	001
3	2	3	2008-1-2 0:00:00	0.85	85.0000	72.2500	002
6	4	100	2008-1-2 0:00:00	0.9	28.0000	25.2000	002
9	3	1	2008-1-2 0:00:00	0.88	108.0000	95.0000	003
11	5	12	2008-1-10 0:00:00	0.8	46.0000	36.8000	003
12	2	1	2008-1-10 0:00:00	0.95	45.0000	40.5000	002
13	4	5	2008-2-1 0:00:00	1	28.0000	28.0000	001
16	5	10	2008-2-1 0:00:00	0.9	46.0000	41.4000	003
18	2	3	2008-2-1 0:00:00	1	85.0000	85.0000	002

（Sales 表）

图 3-4 插入数据

注意：

（1）对于表中自动增长列的数据依赖于实际数据，不需要输入。

（2）表 BookInfo 中的 CategoryID 和 PublisherID 的数据取实际的表 Category 和 Publisher 表中对应的列，不需要按照图中所示。

第4章 检索数据

目标

- 掌握查询的基本语法
- 掌握常用的 SQL 函数
- 掌握 TOP 关键字和 DISTINCT 关键字的用法

数据基本操作包括增加、删除、修改、查询。其中最重要而又复杂的操作就是查询，是在这一章中将重点介绍的基础知识。

4.1 T-SQL 查询基础

4.1.1 查询和记录集

所谓查询即根据用户的要求，将数据库表中符合条件的记录筛选出来的过程。这些符合条件的记录又组成了一个类似的二维表结构的结果集，称它为记录集。下面通过图示来描述。

以 Student 表为例，图 4-1 显示表中所有的记录。

	StuNo	StuName	StuDate	StuAddress	StuSex
▶	S0000001	王静	1982-9-8 0:00:00	广州	女
	S0000002	李晓强	1980-2-9 0:00:00	北京	男
	S0000003	和丽丽	1981-9-7 0:00:00	上海	女
	S0000004	张鹏	1982-11-20 0:0...	广州	男
	S0000005	张宇	1982-1-20 0:00:00	南京	男
	S0000006	杨斌	1981-11-2 0:00:00	广州	男

图 4-1　Student 表所有记录

如果做一个查询，显示广州的学生，通过查询可以得到如图 4-2 所示的记录。

	StuNo	StuName	StuDate	StuAddress	StuSex
1	S0000001	王静	1982-09-08 00:00:00.000	广州	女
2	S0000004	张鹏	1982-11-20 00:00:00.000	广州	男
3	S0000006	杨斌	1981-11-02 00:00:00.000	广州	男

图 4-2　查询广州的学生

图 4-2 所示就是一个记录集，在实际应用中，结果集可能更为复杂，除了包含表中基本的数据之外，还可以对数据进行汇总、统计、排序等。

4.1.2 使用 Select 语句进行查询

在 T-SQL 中，提供了用户查询的 SELECT 语句，最基本语法格式如下：

```
SELECT <列名>
FROM <表名>
[WHERE <查询条件>]
[ORDER BY <排序的列名>] [ASC 或 DESC]
```

说明：

- 这是最基本的语法，是对单个表的查询。
- SELECT 后接要筛选的字段名，多个字段之间用逗号分隔。
- WHERE 条件部分是可选的，如果筛选的记录有条件就加，并且可以由多个条件组合查询，多个条件之间根据需要用逻辑运算符 AND 和 OR 连接。
- ORDER BY 关键字可选，排序默认是按照升序的即 ASC 关键字，也可以省略。如果要降序排列，需明确使用 DESC 关键字。排序可以按照多个字段进行。

1. 返回表中所有的字段时，可以通过星号（*）来代替字段名

示例：查询所有的学生信息。

```
SELECT * FROM Student
```

用*号代替所有的字段名可以节省很多代码，但是在实际应用中根据需要筛选必要的字段就可以了，否则返回所有的字段会占用网络资源，使效率降低。

2. 筛选部分字段，必须明确指定字段名

示例：显示住在广州的学生的编号、姓名和性别。

```
SELECT StuNo,StuName,StuSex
FROM Student
WHERE StuAddress='广州'
```

3. 查询中使用别名

数据库中表结构字段都是用拼音或英文，但是用户期望看到的结果是用中文来表示字段名，这可以通过别名来解决。

示例：用中文列名来显示学生信息。

（1）用 as 关键字。

```
SELECT StuNo as 学号,StuName as 姓名,
StuSex as 性别, StuAddress as 地址
FROM Student
WHERE StuAddress='广州'
```

（2）用空格。

```
SELECT StuNo 学号,StuName 姓名,
```

```
StuSex 性别, StuAddress  地址
FROM Student
WHERE StuAddress='广州'
```

（3）用=号。

```
SELECT  学号=StuNo ,姓名=StuName ,
性别=StuSex, 地址=StuAddress
FROM Student
WHERE StuAddress='广州'
```

4. 查询空记录

在SQL中可以通过IS NULL、IS NOT NULL来判断是否为空行，在查询中会经常用到。

示例：筛选出地址不为空的学生信息。

```
SELECT StuNo 学号,StuName 姓名,StuSex  性别, StuAddress  地址
FROM Student
WHERE StuAddress IS NOT NULL
```

5. 使用复合条件筛选记录

示例：筛选考试科目代号为002并且成绩大于70分的信息。

```
SELECT StuNo 学号, CourseNo 课程号, Score 成绩
FROM StuScore
WHERE Score>70 AND CourseNo='002'
ORDER BY CourseNo
```

6. 在查询中使用常量列

示例：在查询中添加一个常量列国家，列的值为“中国”。

```
SELECT StuNo 学号,StuName 姓名,
StuSex  性别, StuAddress  地址, 国家='中国'
FROM Student
```

7. 替换结果集中的数据

示例：根据学生成绩，划分不同的等级。成绩大于85分，显示优秀；成绩小于60分显示不及格；其余的显示合格。可以用CASE函数来实现：

```
SELECT StuNo 学号, CourseNo 课程号,
等级=CASE
WHEN Score>=85 THEN '优秀'
WHEN Score>=60 THEN '合格'
ELSE '不及格'
END
FROM StuScore
```

8. 排序的使用

示例：由高到低显示学生成绩信息。

```
SELECT StuNo 学号, CourseNo 课程号, Score 成绩
```

```
FROM StuScore
ORDER BY Score DESC
```

4.2 在查询中使用函数

在查询中经常要对筛选的字段通过函数来实现并做一些处理，T-SQL 提供了大量的函数。下面根据类别分别进行介绍。

4.2.1 字符串函数

字符串函数如表 4-1 所示。

表 4-1 字符串函数

函数名	描述	示例
ASCII	获取最左侧字符的 ASCII 码	SELECT ASCII('ABC') 返回字符 A 的 ASCII 码 65
CHAR	将整数转换为字符	SELECT CHAR(65) 返回字母'A'
CHARINDEX	查找某个字符串第一次出现的位置	SELECT CHARINDEX('E','HELLO,WORLD') 返回字母'E'在字符串 HELLO,WORLD 中第一出现的位置 2
LEFT	从字符串最左端开始取 n 个字符	SELECT LEFT('HELLO,WORLD',5) 返回'HELLO'
LEN	取字符串长度	SELECT LEN('HELLO,ACCP') 返回字符串的长度 10
LOWER	将字符串转换为小写	SELECT LOWER('HELLO') 返回小写'hello'
LTRIM	去掉字符串最左边的空格	SELECT LTRIM(' HELLO') 返回'HELLO'
REPLACE	用指定的字符串去替换字符串中的一部分	SELECT REPLACE('HELLO,WORLD','LL','WELCOME') 返回'HEWELCOMEO,WORLD'
REVERSE	字符串反转	SELECT REVERSE('HELLO') 返回'OLLEH'
RIGHT	从字符串右边截取部分字符串	SELECT RIGHT('HELLO,WORLD',5) 返回'WORLD'
RTRIM	去掉字符串右端的空格	SELECT RTRIM('HELLO ') 返回'HELLO'
SPACE	产生多个空格	SELECT 'HELLO'+SPACE(2)+'WORLD' 返回'HELLO WORLD'

续表

函数名	描述	示例
STR	返回数字组成的字符串	SELECT STR(124) 返回字符串'124'
SUBSTRING	从字符串中指定位置截取指定长度的字符串	SELECT SUBSTRING('HELLO,WORLD',2,4) 返回'ELLO'
UPPER	将字符串全部转换为大写	SELECT UPPER('hello') 返回'HELLO'

4.2.2　日期函数

日期函数如表 4-2 所示。

表 4-2　日期函数

函数	描述	示例
DATEADD	在指定的日期上加一个时间间隔	SELECT DATEADD(year,1,'2008-01-01') 返回 2009-01-01
DATEDIFF	返回两个日期之间的差值	SELECT DATEDIFF(month,'2008-01-01','2009-01-01') 返回 12
DATENAME	返回日期指定部分的字符串	SELECT DATENAME(month, '2008-04-18') 返回月份‘04’
DATEPART	返回日期指定部分的整数	SELECT DATEPART(month,'2008-04-18') 返回 4
DAY	返回日期中“天”的部分	SELECT DAY('04/18/2008') 返回 18
GETDATE	返回系统当前日期	SELECT GETDATE() 返回当前系统日期
MONTH	返回日期中“月”的部分	SELECT MONTH('04/18/2008') 返回 4
YEAR	返回日期中“年”的部分	SELECT YEAR('04/18/2008') 返回 2008

4.2.3　数学函数

数学函数如表 4-3 所示。

表 4-3　数学函数

函数	描述	示例
ABS	取绝对值	SELECT ABS(-123) 返回 123

续表

函数	描述	示例
FLOOR	返回小于或等于指定数值表达式的最大整数	SELECT FLOOR(-123.46) 返回-124
POWER	返回指定表达式的指定幂的值	SELECT POWER(4,3) 返回 64
RAND	产生 0～1 之间的随机浮点数	SELECT RAND()
ROUND	返回一个数值表达式，舍入到指定的长度或精度	SELECT ROUND(123.45,1) 返回 123.50
SQRT	求平方根	SELECT SQRT(16) 返回 4
SQUARE	求平方	SELECT SQUARE(4) 返回 16

4.2.4 系统函数

系统函数如表 4-4 所示。

表 4-4 系统函数

函数	描述	示例
CONVERT	转换数据类型,对于日期类型可以指定样式	SELECT CONVERT(VARCHAR(12),GETDATE(),3) 返回'18/04/08'
CAST	转换数据类型	SELECT CAST(GETDATE() AS VARCHAR(12)) 返回'04 18 2008 '
CURRENT_USER	返回当前用户名	SELECT CURRENT_USER
HOST_NAME	返回服务器名	SELECT HOST_NAME() 返回当前连接的服务器名
NEWID	创建 uniqueidentifier 类型的唯一值	SELECT NEWID() 返回一个唯一的字符串
ISNUMERIC	如果表达式是数字则返回 1，否则返回 0	SELECT Score FROM StuScore WHERE ISNUMERIC(Score)=1 如果成绩是数字类型则返回该记录
ISDATE	如果表达式是日期类型则返回 1，否则返回 0	SELECT ISDATE('7/8/2008')返回 1 SELECT ISDATE('7/8/2008')返回 0
ISNULL	使用指定的替换值替换 NULL	SELECT StuNo, ISNULL(Score,0) FROM StuScore 如果学生成绩不为空则显示实际值，否则显示 0
@@IDENTITY	返回最后插入的标识值	SELECT @@IDENTITY 如果在本数据库中用了标识列，则返回最后一个插入的整数

4.3　Top 关键字的使用

如果 SELECT 语句返回的结果有很多行，可以指定 TOP 关键字限定返回的行数。语法格式如下：

```
TOP n [PERCENT]
```

说明：其中 n 表示返回结果的前 n 行，n PERCENT 表示返回结果的前 n%行。

在 SQL Server 2005 中行数除了用常量限定外，还可以用变量来限定。

示例：返回成绩表中考试成绩前 5 名的成绩信息。

```
SELECT TOP 5 *
FROM StuScore
ORDER BY Score DESC
```

按成绩倒序排序列后显示前 5 条记录：

```
SELECT TOP 5 PERCENT *
FROM StuScore
ORDER BY Score DESC
```

显示第 1 条记录

注意：有了 PERCENT 关键字，记录个数取 n%行四舍五入后的整数值。

示例：返回前 3 条学生信息。

```
declare @n int
SET @n=3
SElECT TOP(@n ) * FROM STUDENT
```

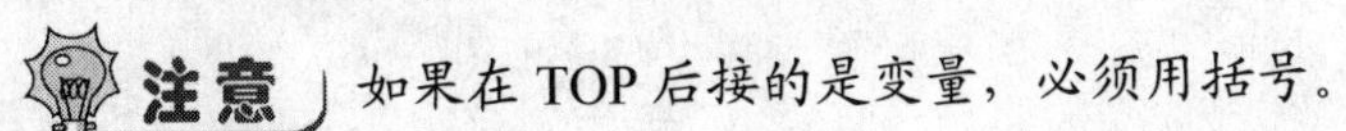

如果在 TOP 后接的是变量，必须用括号。

4.4　过滤重复记录 DISTINCT 关键字的使用

在对表进行查询时，有时查询结果会有很多重复行，SELECT 语句使用 DISTINCT 关键字消除结果集中的重复行，其语法格式如下：

```
DISTINCT 列名 ,,,n
```

说明：DISTINCT 关键字对后面的所有列消除重复行。

一个 SELECT 语句中 DISTINCT 只能出现一次，而且必须放在所有列之前。

示例：查看所有参加了考试的学生编号。

```
SElECT StuNo AS 学号
FROM StuScore
```

查询结果如图 4-3 所示，可以看出有很多重复行。

用 DISTINCT 改进后的语句：

```
SELECT DISTINCT StuNo AS 学号
FROM StuScore
```

结果如图 4-4 所示，重复已经被过滤。

	学号
1	S0000001
2	S0000001
3	S0000001
4	S0000002
5	S0000002
6	S0000002
7	S0000003
8	S0000003

图 4-3 查询结果有很多重复行

	学号
1	S0000001
2	S0000002
3	S0000003

图 4-4 重复行已经被过滤

- 从表中筛选记录时用 SELECT 语句。
- 通过给列起别名的方式简化代码。
- 筛选记录的前 N 行时用 TOP 关键字。
- 过滤重复记录用 DISTINCT 关键字。

习题

根据第 3 章习题中的表按照以下要求编写 SQL 语句。

1．查询 2007 年以后出版的所有书籍信息。

2．查询 002 的销售人员在 2008 年 2 月份的销售信息。

3．查询图书的 ID、销售数量、销售码洋（单价*数量）、销售实洋（销售价格*数量）并用中文显示字段名。

4．查询在 2008 年 2 月份销售过的图书 ID。

5．查询销售折扣最低的前 3 名图书的销售信息。

6．北京奥运会开幕已过去多少天？

第5章 复杂查询

目标

- 掌握模糊查询 LIKE 的使用
- 掌握分组 GROUP BY 和 HAVING 的使用
- 掌握内联接、左外联接、右外联接及自联接的用法

5.1 模糊查询

5.1.1 使用 LIKE 进行模糊查询

查询条件除了精确的限定外，有时会遇到一些模糊的查询，在 T-SQL 中提供了 LIKE 关键字进行模糊查询，表 5-1 罗列了模式匹配中几个通配符的作用。

表 5-1 模式匹配

通配符	描述	示例
%	包含零个或多个字符的任意字符串	SELECT * FROM STUDENT WHERE StuName LIKE '王%' 返回所有姓王的学生信息
_下划线	任何单个字符	SELECT * FROM STUDENT WHERE StuName LIKE '王_军' 返回姓王，姓名最后一个字叫'军'的 3 个字的学生
[]	指定范围[a～f]或集合[acdef]中的任意单个字符	WHERE au_lname LIKE '[C-P]arsen' 将查找以 arsen 结尾并且以介于 C 与 P 之间的任何单个字符开始的作者姓氏，如 Carsen、Larsen、Karsen 等
[^]	不属于指定范围([a～f])或集合([abcdef]) 的任何单个字符	WHERE au_lname LIKE 'de[^l]%' 将查找以 de 开始并且其后的字母不为 l 的所有作者的姓氏

5.1.2 使用 BETWEEN 在某个范围内进行查询

构造查询条件时，还有另外一个关键字 BETWEEN…AND 来限定查询范围，代表大于等于某个值并且小于等于某个值，相当于>= AND <=。

语法：测试表达式 [NOT] BETWEEN 起始条件 AND 终止条件。

说明：NOT 关键字可选，如果选某个范围之外的则用 NOT。

示例：查询出生日期在 1980～1982 年的学生信息。

```
SELECT * FROM STUDENT
WHERE StuDate BETWEEN '1980' AND '1982'
```

等效的 SQL 语句为：

```
SELECT * FROM STUDENT
WHERE StuDate>='1980-01-01' AND StuDATE<='1982-01-01'
```

示例：查询出生日期不在 1980～1982 年的学生信息。

```
SELECT * FROM STUDENT
WHERE StuDate NOT BETWEEN '1980' AND '1982'
```

5.2 使用聚合函数

在查询中，除了显示详细记录外，经常需要对数据进行汇总和统计。SQL 语句提供了聚合函数来实现这个功能。表 5-2 所示为聚合函数。

表 5-2 聚合函数

函数名	描述
AVG	求平均值
COUNT(*)	统计记录行数
COUNT(列名)	统计列中的数据项数
SUM	求总和
MAX	求最大值
MIN	求最小值

下面通过示例来分别解释每个聚合函数。

示例：求全班的平均分。

```
SELECT AVG(Score) AS 平均成绩 FROM StuScore
```

注意：通过计算后得到的列是没有列名的，所以通常都会用别名。

示例：求全班的最高分和最低分。

```
SELECT MAX(Score) 最高分, MIN(Score) 最低分 FROM StuScore
```

示例：统计全班的学生人数。

```
SELECT COUNT(*) 总人数  FROM Student
```

示例：统计参加考试科目'001'的人数。

```
SELECT COUNT(CourseNo) 人数  FROM StuScore WHERE CourseNo='001'
```

示例：统计全班的总成绩。

```
SELECT SUM(Score) 总分 FROM StuScore
```

5.3　分组查询

在查询中经常会对数据进行分类汇总，上述示例中可以很容易查询出全班的总分、平均分等。如果用户想查询每个人或者每个班的总成绩、平均值等，这时需要对数据进行分组。T-SQL 提供了用于分组的关键字 Group By。

5.3.1　使用分组 GROUP BY

分组的语法格式为：

```
GROUP BY 分组表达式
```

说明：分组表达式可以是单个列也可以是组合列，但是不能使用在选择列中定义的列别名。

示例：查询出每个学生的平均分。

分析：现在要统计每个学生的平均分，在数学运算中把每个学生的成绩加起来，然后除以考试科目数量即可得到。现在利用分组表达式按学号将学生分组，然后结合聚合函数 AVG 即可实现

```
SELECT StuNo 学号, AVG(Score) 平均分
FROM StuScore
GROUP BY StuNo
```

结果如图 5-1 所示。

	学号	平均分
1	S0000001	80.6666666666667
2	S0000002	66.6666666666667
3	S0000003	75

图 5-1　分组查询

提问：编写 SQL 语句查询全班每门科目的平均成绩并按成绩由高到低排序。

5.3.2　使用 HAVING

在查询中经常要用 WHERE 对数据进行筛选，如果是对分组后的数据再进行筛选继续用 WHERE 看一下结果如何，如图 5-2 所示。

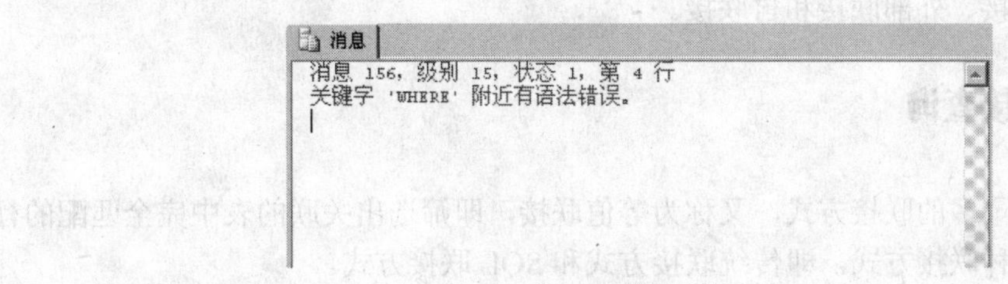

消息
消息 156，级别 15，状态 1，第 4 行
关键字 'WHERE' 附近有语法错误。

图 5-2　错误提示

```
SELECT StuNo 学号, AVG(Score) 平均分
FROM StuScore
GROUP BY StuNo
WHERE AVG(Score)>75
```

对分组后的数据再进行筛选必须使用 HAVING 关键字，其用法和 WHERE 是一样的。改正的语句如下：

```
SELECT StuNo 学号, AVG(Score) 平均分
FROM StuScore
GROUP BY StuNo
HAVING AVG(Score)>75
```

5.4 多表联接查询

5.4.1 使用表的别名和命名列

在前面的查询中，仅限于对单个表的查询，而在实际应用中，数据往往来自于多个表。如何从多个表中取出所需的目标数据，并生成一个结果集，这就是所谓的联接。

在联接查询中，数据列来自于多个表，在写字段名时有时会用字段名做限定名，表名可能会比较复杂，为了使 SQL 代码简洁清晰，可以给表起别名。例如：

```
SELECT A.StuNo AS 学号,
A.StuName AS 姓名
FROM Student AS A
```

5.4.2 联接概述

通过联接，可以从两个或多个表中根据各个表之间的逻辑关系来检索数据。联接指明了 SQL Server 2005 应如何使用一个表中的数据来选择另一个表中的行。

联接条件可通过以下方式定义两个表在查询中的关联方式。

指定每个表中要用于联接的列。典型的联接条件在一个表中指定一个外键，而在另一个表中指定与其关联的键。

指定用于比较各列的值的逻辑运算符（如=或<>）。

联接分为内部联接、外部联接和自联接。

5.4.3 内部联接查询

内部联接是使用最多的联接方式，又称为等值联接，即筛选出关联的表中完全匹配的行。T-SQL 提供了两种联接方式，即传统联接方式和 SQL 联接方式。

1. 传统联接方式

```
SELECT 列名…
FROM 表名…
WHERE 条件
```

说明：SELECT 后接所有要联接的列名，但要注意列名来自于多个表。如果列名重复，则必须用表名做限定名。

FROM 后面接要关联的多个表名，表名之间用逗号分隔。

WHERE 后面接关联条件以及数据筛选的条件。如果有多个连接条件，则用 AND 连接。

示例：查询所有参加了考试的学生信息和成绩信息。

分析：学生信息来自于表 Student，成绩信息来自于表 StuScore，参加考试的学生即学生表和成绩表中完全匹配的行。SQL 语句如下：

```
SELECT  *
FROM Student A , StuScore B
WHERE A.StuNo=B.StuNo
```

2. SQL 联接方式

SQL 联接方式是指使用 JOIN...ON 联接多表，语法格式如下：

```
SELECT 列名
FROM 表名 [INNER] JOIN 表名[JOIN 表名....]
ON 联接条件
WHERE 条件
SELECT *
FROM Student INNER JOIN StuScore Course
ON Student.StuNo=Course.StuNo
```

说明：使用 SQL 联接方式时，必须将联接的所有表名放在 FROM 后，用 JOIN...ON 联接起来，联接条件放在 ON 后，筛选条件放在 WHERE 后。

下面来分析一下记录集。

所有的学生记录如图 5-3 所示。

	StuNo	StuName	StuDate	StuAddress	StuSex
1	S0000001	王静	1982-09-08 00:00:00.000	广州	单击可选择整
2	S0000002	李晓强	1980-02-09 00:00:00.000	北京	男
3	S0000003	和丽丽	1981-09-07 00:00:00.000	上海	女
4	S0000004	张鹏	1982-11-20 00:00:00.000	广州	男
5	S0000005	张宇	1982-01-20 00:00:00.000	南京	男
6	S0000006	杨斌	1981-11-02 00:00:00.000	广州	男

图 5-3 学生记录

所有的成绩记录如图 5-4 所示。

参加考试的学生成绩记录如图 5-5 所示。

学生表有 6 条记录，有 3 个学生参加考试共考了 8 门课，完全匹配后得到 8 条记录。

	StuNo	CourseNo	Score
1	S0000001	001	78
2	S0000001	002	89
3	S0000001	003	75
4	S0000002	001	59
5	S0000002	002	76
6	S0000002	003	65
7	S0000003	001	80
8	S0000003	002	70

图 5-4　成绩记录

	StuNo	StuName	StuDate	StuAddress	StuSex	StuNo	CourseNo	Score
1	S0000001	王静	1982-09-08 00:00:00.000	广州	女	S0000001	001	78
2	S0000001	王静	1982-09-08 00:00:00.000	广州	女	S0000001	002	89
3	S0000001	王静	1982-09-08 00:00:00.000	广州	女	S0000001	003	75
4	S0000002	李晓强	1980-02-09 00:00:00.000	北京	男	S0000002	001	59
5	S0000002	李晓强	1980-02-09 00:00:00.000	北京	男	S0000002	002	76
6	S0000002	李晓强	1980-02-09 00:00:00.000	北京	男	S0000002	003	65
7	S0000003	和丽丽	1981-09-07 00:00:00.000	上海	女	S0000003	001	80
8	S0000003	和丽丽	1981-09-07 00:00:00.000	上海	女	S0000003	002	70

图 5-5　学生成绩记录

图 5-5 所示的关联记录中，列名 StuNo 重复，并且直接显示数据库表的字段不够直观，为了简化 SQL 语句及直观地显示记录，将 SQL 语句改为以下代码：

```
SELECT A.StuNo 学号, A.StuName 姓名, A.StuDate 出生日期,
A.StuAddress 地址, A.StuSex 性别,
B.CourseNo 课程号, B.Score 成绩
FROM Student A INNER JOIN StuScore B
ON A.StuNo=B.StuNo
```

结果集如图 5-6 所示。

	学号	姓名	出生日期	地址	性...	课程...	成绩
1	S0000001	王静	1982-09-08 00:00:00.000	广州	女	001	78
2	S0000001	王静	1982-09-08 00:00:00.000	广州	女	002	89
3	S0000001	王静	1982-09-08 00:00:00.000	广州	女	003	75
4	S0000002	李晓强	1980-02-09 00:00:00.000	北京	男	001	59
5	S0000002	李晓强	1980-02-09 00:00:00.000	北京	男	002	76
6	S0000002	李晓强	1980-02-09 00:00:00.000	北京	男	003	65
7	S0000003	和丽丽	1981-09-07 00:00:00.000	上海	女	001	80
8	S0000003	和丽丽	1981-09-07 00:00:00.000	上海	女	002	70

图 5-6　关联记录

示例：查询参加了考试的学生信息、成绩信息和具体科目信息。

分析：该查询涉及 3 个表，即 Student、StuScore 及 Course。

传统方式：

```
SELECT  A.StuNo 学号, A.StuName 姓名,
A.StuSex 性别,A.StuDate 出生日期,
A.StuAddress 地址, C.CourseNo 课程号,
C.CourseName ,B.Score 成绩
FROM Student A , StuScore B, Course C
```

```
WHERE A.StuNo=B.StuNo AND B.CourseNo=C.CourseNo
```

等效的 SQL 联接方式：

```
SELECT A.StuNo 学号, A.StuName 姓名,A.StuSex 性别,
A.StuDate 出生日期,A.StuAddress 地址,
C.CourseNo 课程号, C.CourseName,B.Score 成绩
FROM Student A  JOIN StuScore B
ON A.StuNo=B.StuNo JOIN Course C
ON B.CourseNo=C.CourseNo
```

在关联查询中筛选列名时，遇到公共字段时选择主键表的字段而不选外键表的字段。
如果所选的字段名只存在于一个表中，则字段名前可以不用表名作限定名，如果所选的字段是多个表中的公共字段，则必须用表名做限定名。
传统方式和 SQL 联接方式执行效率是一样的。

5.4.4 外部联接查询

外部联接又叫做不等值联接。外部联接可以是左向外部联接、右向外部联接或完整外部联接。

1. 左向外部联接

左向外部联接以左边的表为主，它的结果集包括 LEFT 子句中指定的左表的所有行，而不仅仅是联接列所匹配的行。如果左表的某一行在右表中没有匹配行，则在关联的结果集行中，来自右表的所有选择列表列均为空值。

示例：查询所有的学生信息及成绩信息。

```
SELECT A.StuNo 学号, A.StuName 姓名,A.StuSex 性别,
A.StuDate 出生日期,A.StuAddress 地址,
B.CourseNo 课程号, B.Score 成绩
FROM Student A  LEFT JOIN StuScore B
ON A.StuNo=B.StuNo
```

结果如图 5-7 所示。

	学号	姓名	性别	出生日期	地址	课程号	成绩
1	S0000001	王静	女	1982-09-08 00:00:00.000	广州	001	78
2	S0000001	王静	女	1982-09-08 00:00:00.000	广州	002	89
3	S0000001	王静	女	1982-09-08 00:00:00.000	广州	003	75
4	S0000002	李晓强	男	1980-02-09 00:00:00.000	北京	001	59
5	S0000002	李晓强	男	1980-02-09 00:00:00.000	北京	002	76
6	S0000002	李晓强	男	1980-02-09 00:00:00.000	北京	003	65
7	S0000003	和丽丽	女	1981-09-07 00:00:00.000	上海	001	80
8	S0000003	和丽丽	女	1981-09-07 00:00:00.000	上海	002	70
9	S0000004	张鹏	男	1982-11-20 00:00:00.000	广州	NULL	NULL
10	S0000005	张宇	男	1982-01-20 00:00:00.000	南京	NULL	NULL
11	S0000006	杨斌	男	1981-11-02 00:00:00.000	广州	NULL	NULL

图 5-7 左向联接结果集

2. 右向外部联接

右向外部联接以右边的表为主，它的结果集包括 RIGHT 子句中指定的右表所有行，而不仅仅是联接列所匹配的行。如果右表的某一行在左表中没有匹配行，则在关联的结果集行中，来自左表的所有选择列表列均为空值。

示例：查询参加了考试的学生信息及成绩信息。

```
SELECT A.StuNo 学号, A.StuName 姓名,A.StuSex 性别,
A.StuDate 出生日期,A.StuAddress 地址,
B.CourseNo 课程号, B.Score 成绩
FROM Student A  RIGHT JOIN StuScore B
ON A.StuNo=B.StuNo
```

结果集如图 5-8 所示。

	学号	姓名	性别	出生日期	地址	课程号	成绩
1	S0000001	王静	女	1982-09-08 00:00:00.000	广州	001	78
2	S0000001	王静	女	1982-09-08 00:00:00.000	广州	002	89
3	S0000001	王静	女	1982-09-08 00:00:00.000	广州	003	75
4	S0000002	李晓强	男	1980-02-09 00:00:00.000	北京	001	59
5	S0000002	李晓强	男	1980-02-09 00:00:00.000	北京	002	76
6	S0000002	李晓强	男	1980-02-09 00:00:00.000	北京	003	65
7	S0000003	和丽丽	女	1981-09-07 00:00:00.000	上海	001	80
8	S0000003	和丽丽	女	1981-09-07 00:00:00.000	上海	002	70

图 5-8 右向外部联接

3. 完全外联接

完全外联接 FULL JOIN 返回两个表中的所有行，当某一行在另一个表中没有匹配行时，另一个表的选择列表列将包含空值。如果表之间有匹配行，则整个结果集行包含基表的数据值。

示例：查询学生信息及成绩信息。

```
SELECT A.StuNo 学号, A.StuName 姓名,A.StuSex 性别,
A.StuDate 出生日期,A.StuAddress 地址,
B.CourseNo 课程号, B.Score 成绩
FROM Student A  FULL JOIN StuScore B
ON A.StuNo=B.StuNo
```

该查询返回的结果集有多少条记录？

从上述几种联接查询结果集可以看出，等值联接或者不等值联接在某些情况下会得到相同的结果集。

内联接是使用最多的联接方式。

5.4.5 自联接查询

除了上述联接方式外，还有一种比较特殊的联接方式，即自联接，即把表自身联接起来

的方式。

以下示例中有一个雇员表 Employee，数据如图 5-9 所示。

	EmpNo	EName	Sex	Mgr	Job	Salary
1	E001	王军	男	E003	销售代表	2500
2	E002	和琼	女	E005	行政文员	1800
3	E003	马元辉	男	E006	销售经理	7500
4	E004	王黎黎	女	E003	销售主管	4500
5	E005	李彩英	女	E006	人事经理	6500
6	E006	张强	男	NULL	总经理	12000
7	E007	元斌	男	E003	销售助力	3000
8	E008	马潇潇	女	E005	出纳	2300

图 5-9 Employee 表

现在要想查询雇员的基本信息和雇员的经理的信息。从上述表中可以看出每个雇员都有一个 Mgr 字段代表雇员的上司，但是只存储了经理编号，现在想在显示雇员的基本信息的同时还显示经理的姓名。

分析：经理也是雇员，如果现在再有一张同样的表，将经理编号和雇员编号关联起来，即表和表自身联接就可查询出满足条件的数据。语句如下：

```
SELECT A.*, B.EName AS MgrName
FROM Employee A JOIN Employee B
ON A.Mgr=B.EmpNo
```

结果集如图 5-10 所示。

	EmpNo	EName	Sex	Mgr	Job	Salary	MgrName
1	E001	王军	男	E003	销售代表	2500	马元辉
2	E002	和琼	女	E005	行政文员	1800	李彩英
3	E003	马元辉	男	E006	销售经理	7500	张强
4	E004	王黎黎	女	E003	销售主管	4500	马元辉
5	E005	李彩英	女	E006	人事经理	6500	张强
6	E007	元斌	男	E003	销售助力	3000	马元辉
7	E008	马潇潇	女	E005	出纳	2300	李彩英

图 5-10 自联接

- 模糊查询要用 LIKE 关键字，常用的通配符为*。
- 需要对记录进行分类汇总时用 GROUP BY，分组后数据再进行筛选用 HAVING 关键字。
- 选取多个表的数据时用联接。
- 选择两个表完全匹配的数据时用内部联接 INNER JOIN。
- 左向联接选取左表中的所有数据以及和右表匹配的数据 LEFT JOIN。
- 右向联接选取右表中的所有数据以及和左表匹配的数据 RIGHT JOIN。
- 自联接将表自身联接，选取完全匹配的数据 INNER JOIN。

习题

根据第 3 章习题中创建的表按照以下要求编写 SQL 语句。

1．查询书名中有关于“C#”开发的相关书籍信息。

2．查询在 2008 年出版的所有书籍信息。

3．统计在 2008 年 1 月份各种书籍的销售总量、销售码洋（单价*数量）、销售实洋（单价*数量*折扣），并按数量由高到低显示。

4．查询“人民邮电出版社”出版的所有书籍详细信息。

5．按照销售数量显示 2008 年 2 月份的销售排行榜前 10 名，显示内容包括书名、ISBN、作者、类别、出版社及销售数量。

6．统计每个销售人员的销售书籍的总量、总码洋、总实洋。显示内容包括销售人员姓名、书籍名称、销售数量、总码洋及总实洋。

7．统计各个出版社的销售情况，包括销售总量、销售码洋、销售实洋、出版社，并按销售数量由高到低显示。

8．查询“清华大学出版社”出版的类别为“网站开发”的书籍销售信息。

第6章 高级查询

目标

- 掌握子查询的使用
- 区分相关子查询和无关子查询
- 掌握集合的操作 UNION、EXCEPT、INTERSECT

在实际应用中，查询不能仅通过一个 SELECT 来完成，往往需要将另外一个 SELECT 的结果集作为查询条件，这样的查询就是子查询。本章重点介绍子查询相关知识。

6.1 子查询概述

子查询也称为内部查询或内部选择，而包含子查询的语句也称为外部查询或外部选择。

子查询就是一个嵌套在 SELECT、INSERT、UPDATE 或 DELETE 语句或其他子查询中的查询。任何允许使用表达式的地方都可以使用子查询。

子查询的 SELECT 查询总是使用圆括号括起来。

子查询可以嵌套在外部 SELECT、INSERT、UPDATE 或 DELETE 语句的 WHERE 或 HAVING 子句内，也可以嵌套在其他子查询内。尽管根据可用内存和查询中其他表达式的复杂程度的不同，嵌套限制也有所不同，但嵌套到 32 层是可能的。任何可以使用表达式的地方都可以使用子查询，只要它返回的是单个值。

如果某个表只出现在子查询中，而没有出现在外部查询中，那么该表中的列就无法包含在输出（外部查询的选择列表）中。

子查询和联接可能都要涉及多个表，但是子查询和联接不同。语法格式不相同，子查询的语法格式更简单。大多数情况下子查询和联接是等价的，但是在另外一种情况下比如子查询可以计算一个变化的聚合函数值，并返回到外围查询进行比较，而联接做不到。

6.2 无关子查询

无关子查询指的是先执行内部的子查询，然后将子查询的执行结果作为外部查询的条件再进行查询。根据子查询返回结果可分为单行子查询和多行子查询。

6.2.1 单行子查询

单行子查询：子查询只返回单个值。在外部查询通过比较运算符（=、<>、>、>=、<、!=、!< 或 <=）引入子查询：

```
SELECT 列名…
FROM 表名
WHERE 条件 =
(SELECT 列名
FROM 表名
WHERE 条件)
```

说明：子查询 SELECT 列的值只能是单行和单列，即单个值。

示例：查询平均成绩最低的学生信息。

分析：首先分组查询出每个学生的平均成绩，按照成绩排序，最差的即第一个学生用 TOP 1 筛选，然后作为条件查询 Student 表中的详细信息。

```
SELECT * FROM Student
WHERE StuNo=
(
SELECT TOP 1 StuNo AS StuNo
FROM StuScore
GROUP BY StuNo
ORDER BY AVG(Score)
)
```

替换的关联查询语法如下：

```
SELECT * FROM Student A JOIN
(SELECT TOP 1 StuNo AS StuNo
FROM StuScore
GROUP BY StuNo
ORDER BY AVG(Score)) AS B
ON A.StuNo=B.StuNo
```

在这个关联查询中可以看到，表 B 实际上也是经过子查询后得到的一个结果集，然后又和表 A 做了关联。

示例：查询高于全班平均成绩的学生的成绩信息。

```
SELECT *
FROM StuScore
WHERE Score>
(
SELECT AVG(Score)
FROM StuScore
)
```

示例：查询高于全班平均成绩的学生的学生信息。

```
SELECT * FROM Student A,
(
SELECT *
```

```
FROM StuScore
WHERE Score>
(
SELECT AVG(Score)
FROM StuScore
)) AS B
WHERE A.StuNo=B.StuNo
```

从上述示例可以看出，子查询继续可以作为一个结果集和其他表进行关联或者继续嵌套子查询。

6.2.2 多行子查询

多行子查询是指子查询（内部查询）返回多个值，外部查询通过 IN（NOT IN）引入子查询。

```
SELECT 列名…
FROM 表名
WHERE 条件 [NOT] IN
(SELECT 列名
FROM 表名
WHERE 条件)
```

说明：子查询 SELECT 的列只能返回一列。

示例：查询男生的考试信息。

分析：在学生表中可以获取男生的学号，根据学号去查询成绩表中的成绩信息

```
SELECT * FROM StuScore
WHERE StuNo IN
(SELECT StuNo
FROM Student
WHERE StuSex='男')
```

替换的关联查询：

```
SELECT * FROM Student A
JOIN StuScore B
ON A.StuNo=B.StuNo
AND A.StuSex='男'
```

示例：查询不住在广州的学生成绩信息。

```
SELECT * FROM StuScore
WHERE StuNo NOT IN
(
SELECT StuNo FROM Student
WHERE StuAddress='广州'
)
```

替换的关联查询：

```
SELECT * FROM StuScore A
JOIN Student B
ON A.StuNo=B.StuNo
WHERE B.StuAddress<>'广州'
```

注意

- 子查询需要用括号括起来。
- 子查询可以嵌套。
- 子查询的 SELECT 语句不能使用 image、text 和 ntext 数据类型。
- 子查询返回的结果数据类型必须和外部查询 WHERE 语句的数据类型匹配。
- 子查询不能使用 ORDER BY 语句。

6.3 相关子查询

在执行无关子查询时，内部查询不依赖于外部的条件。而相关子查询相反，首先执行外部查询，子查询根据外部查询获得值。子查询执行是重复的，为外部查询可能选择的每一行都执行一次。相关子查询通常使用 EXISTS 和 NOT EXISTS 关键字进行判断。

6.3.1 EXISTS 子查询

使用 EXISTS 关键字引入一个子查询时，就相当于进行一次存在测试。外部查询的 WHERE 子句测试子查询返回的行是否存在。子查询实际上不产生任何数据，它只返回 TRUE 或 FALSE 值。

执行过程：首先执行外部查询，外部查询的记录行数决定了内部查询执行的次数，以外部查询为条件和内部查询进行匹配，如果匹配成功则返回外部查询当前记录。

示例：查找所有参加了考试的学生信息。

```
SELECT * FROM Student
WHERE EXISTS
(
SELECT * FROM
StuScore WHERE
StuScore.StuNo=Student.StuNo
)
```

6.3.2 NOT EXISTS 子查询

NOT EXISTS 与 EXISTS 的工作方式类似，只是如果子查询不返回行，那么使用 NOT EXISTS 的 WHERE 子句会得到令人满意的结果。

示例：查询没有参加考试的学生信息。

```
SELECT * FROM Student
WHERE NOT EXISTS
(
SELECT * FROM
StuScore WHERE
StuScore.StuNo=Student.StuNo
)
```

EXISTS 关键字前面没有列名、常量或其他表达式。

由 EXISTS 引入的子查询的选择列表通常几乎都是由星号（*）组成。由于只是测试是否存在符合子查询中指定条件的行，所以不必列出列名。

6.4 子查询在 INSERT、UPDATE、DELETE 中的应用

除了在 SELECT 嵌套子查询外，还可以在 INSERT、UPDATE 和 DELETE 中嵌套 SELECT 子查询。

6.4.1 在 INSERT 中嵌套子查询

在 INSERT 中嵌套 SELECT 语句可以实现一次往表中批量插入数据。

示例：创建一个新表 NewStudent，包含字段 StuNo、StuName、StuAddress，将 Student 中的数据插入 NewStudent。

分析：NewStudent 和 Student 结构类似，可以借助于 SELECT INTO 语句创建表，然后利用 INSERT SELECT 将数据插入。

第一步：创建表

```
SELECT StuNo, StuName, StuAddress
INTO NewStudent
FROM Student
WHERE StuNo IS NULL
```

WHERE 条件最后用 StuNo IS NULL 目的是只创建表而不插入数据。

第二步：插入数据

```
INSERT INTO NewStudent
SELECT StuNo,StuName,StuAddress
FROM Student
```

最终结果如图 6-1 所示。

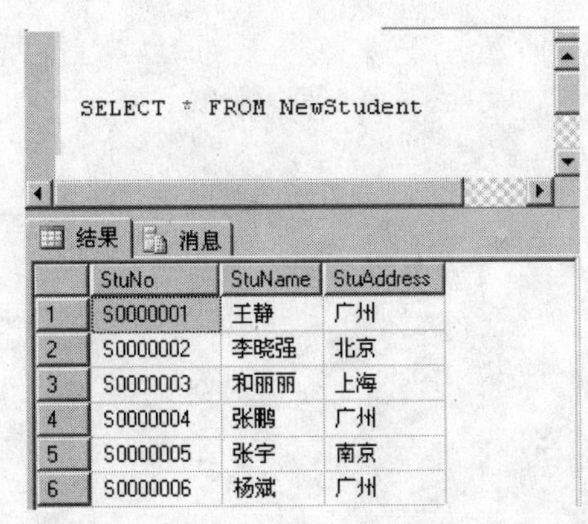

	StuNo	StuName	StuAddress
1	S0000001	王静	广州
2	S0000002	李晓强	北京
3	S0000003	和丽丽	上海
4	S0000004	张鹏	广州
5	S0000005	张宇	南京
6	S0000006	杨斌	广州

图 6-1 NewStudent 记录

6.4.2 在 UPDATE 中嵌套子查询

在修改数据时，有时会参考其他表，这时可以嵌套子查询。

示例：将居住在北京的学生的成绩加 10 分。

```
UPDATE StuScore
SET Score=Score+1
WHERE StuNo IN
(
SELECT StuNo FROM Student
WHERE StuAddress='北京'
)
```

等价的语法如下：

```
UPDATE StuScore
SET Score=Score+10
FROM Student
WHERE Student.StuNo=StuScore.StuNo
AND Student.StuAddress='北京'
```

两种语法执行结果相同。第二种语法是在 SET 之后用 FROM 关键字联接要参考的表。这里没有显示的 SELECT 关键字。

6.4.3 在 DELETE 中嵌套子查询

删除数据如果也要依赖于其他表，同样可以通过子查询来完成。

示例：删除平均成绩不合格的学生信息。

```
DELETE FROM Student
WHERE StuNo IN
(
SELECT StuNo
FROM StuScore
GROUP BY StuNo
HAVING AVG(Score)<60
)
```

可替换的语法：

```
DELETE FROM Student
FROM Student A INNER JOIN
(
SELECT StuNo
FROM StuScore
GROUP BY StuNo
HAVING AVG(Score)<60
) AS B
ON A.StuNo=B.StuNo
```

注意 第二种语法在删除的目标表后面继续接 FROM 关键字，然后通过联接的语法关联要参考的表。

6.5 集合操作

SELECT 查询操作的对象是集合，结果集也是集合。T-SQL 提供了 UNION、EXCEPT、INTERSECT 这 3 种集合操作。

6.5.1 UNION 运算符

UNION 运算符可以将两个或多个 SELECT 语句的结果组合成一个结果集。使用 UNION 运算符组合的结果集都必须具有相同的结构，它们的列数必须相同，并且相应的结果集列的数据类型必须兼容。

示例：将 Student 表和 NewStudent 表的数据合并起来。

```
SELECT * FROM NewStudent
UNION
SELECT StuNo,StuName,StuAddress FROM Student
```

首先看一下图 6-2 和图 6-3 所示的两个表中的记录。

	StuNo	StuName	StuAddress
1	S0000001	王静	广州
2	S0000002	李晓强	北京
3	S0000003	和丽丽	上海
4	S0000004	张鹏	广州
5	S0000005	张宇	南京
6	S0000006	杨斌	广州

图 6-2 NewStudent 记录

	StuNo	StuName	StuDate	StuAddress	StuSex
1	S0000001	王静	1982-09-08 00:00:00.000	广州	女
2	S0000002	李晓强	1980-02-09 00:00:00.000	北京	男
3	S0000003	和丽丽	1981-09-07 00:00:00.000	上海	女
4	S0000004	张鹏	1982-11-20 00:00:00.000	广州	男
5	S0000005	张宇	1982-01-20 00:00:00.000	南京	男
6	S0000006	杨斌	1981-11-02 00:00:00.000	广州	男

图 6-3 Student 记录

分析：原本两个表中的记录是相同的，合并后还是原来的结果，如图 6-4 所示。这是因为 UNION 关键字会将重复记录过滤掉。

	StuNo	StuName	StuAddress
1	S0000001	王静	广州
2	S0000002	李晓强	北京
3	S0000003	和丽丽	上海
4	S0000004	张鹏	广州
5	S0000005	张宇	南京
6	S0000006	杨斌	广州

图 6-4 UNION 结果集

示例：使用 UNION ALL 关键字合并结果集。

```
SELECT * FROM NewStudent
UNION ALL
SELECT StuNo,StuName,StuAddress FROM Student
```

结果如图 6-5 所示。

	StuNo	StuName	StuAddress
1	S0000001	王静	广州
2	S0000002	李晓强	北京
3	S0000003	和丽丽	上海
4	S0000004	张鹏	广州
5	S0000005	张宇	南京
6	S0000006	杨斌	广州
7	S0000001	王静	广州
8	S0000002	李晓强	北京
9	S0000003	和丽丽	上海
10	S0000004	张鹏	广州
11	S0000005	张宇	南京
12	S0000006	杨斌	广州

图 6-5 UNION ALL 合并

注意 UNION ALL 会将所有的记录筛选出来。最终结果集的字段取决于第一个SELECT 语句的列。

6.5.2 EXCEPT 运算符

比较两个查询的结果，返回非重复值。

EXCEPT 运算符获取在结果集 A 中但不在结果集 B 中的记录，即结果集 A 减去结果集 B。

示例：查询没有参加考试的学生。

```
SELECT StuNo FROM Student
EXCEPT
SELECT StuNo FROM StuScore
```

6.5.3 INTERSECT 运算符

比较两个查询的结果，返回非重复值。INTERSECT 运算符返回两个结果集中的交集，即两者都包含的记录。

示例：查询参加了考试的学生。

```
SELECT StuNo FROM Student
INTERSECT
SELECT StuNo FROM StuScore
```

所有查询中的列数和列的顺序必须相同。

数据类型必须兼容。

EXCEPT 或 INTERSECT 返回的结果集的列名与操作数左侧的查询返回的列名相同。

- 子查询就是嵌套在 SELECT、INSERT、UPDATE 和 DELETE 中的查询。
- 无关子查询即子查询不依赖于外部查询，执行时先执行内部查询，再执行外部查询，通常用比较运算符和 IN、NOT IN 关键字。
- 相关子查询即子查询的条件依赖于外部查询，执行时先执行外部查询，然后根据外部查询返回的记录行数重复执行内部查询，通常用 EXISTS、NOT EXISTS 关键字。
- 结果集要进行合并时用 UNION 运算符，结果集取交集用 INTERSECT 运算符。结果集相减用 EXCEPT 运算符。

习题

1．查询在 2008 年 2 月份没有销售过的书籍详细信息。

2．查询由“电子工业出版社”的类别为 ASP.NET 的书籍信息。

3．查询“机械工业出版社”出版的销售最好的前 3 本书的销售信息，包括书名、作者、价格及销售数量。

4．统计 2008 年 1 月份销售量最好的 3 天内销售的书籍信息，包括书名、作者、出版社、销售数量、销售日期。

5．创建临时表 SalesTmp，表结构和数据都来自于表 Sales。

6．删除由编号为“002”销售的书籍信息，删除临时表 SalesTmp。

7．将类别为“网页设计”的书籍的销售数量增加 1 倍，修改表 SalesTmp。

8．通过集合运算符查询 2008 年 2 月份由“002”和“004”销售的书籍信息。

9．通过集合运算符查询从来没有销售过的书籍信息。

第7章 数据库的设计

目标

- 了解设计数据库的步骤
- 掌握如何绘制数据库的E-R图
- 理解数据库的规范化

7.1 规范的数据库设计的必要性

有很多人会问，根据用户的业务需求，直接建库、建表，再插入测试数据，也能满足用户的要求，为什么要先设计数据库呢？正像开发一个楼盘，施工前要有设计图纸一样，楼盘户型、面积大小等设计得好坏，直接对楼盘产生影响。同样道理，在实际的项目开发中，如果系统的数据存储量很大，涉及的表很多，表与表之间关系复杂，就需要认真考虑如何规范和设计数据库的问题了，不管是开发小型应用程序还是动态网站的建立，良好的数据库设计都是非常必要的，否则在开发过程中就会出现各种各样的问题，同时查询数据也非常吃力，程序的性能也会受到很大的影响。所以，无论是使用哪种类型的数据库，通过进行规范化的数据库设计，都可以使编程变得更容易，同时也可以使代码更具有可读性，更容易扩展，从而大大提高项目的性能。

1. 数据库设计的概念

数据库设计就是规划和结构化数据库中的数据对象以及这些数据对象之间关系的过程。

图7-1所示为一个数据库的结构，图中显示了student（学生）、course（课程）、grade（选课）这3个数据对象之间的关系。

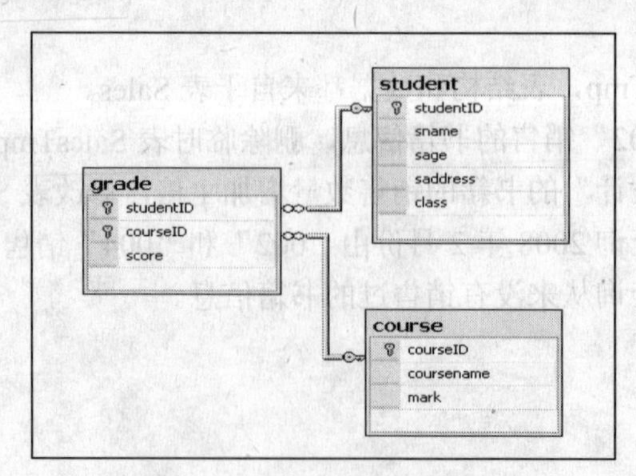

图7-1 学生成绩数据库结构

2．设计数据库的重要性

数据库中选择合适的数据对象以及确定对象的数据结构，并且合理地在数据对象之间建立关系是数据库系统效率的重要决定因素。

良好的数据库设计表现为以下几点：

- 效率高。
- 便于进一步扩展。
- 应用程序开发更容易。

糟糕的数据库设计表现为以下两点：

- 效率低下。
- 更新和检索数据时会出现许多问题。

7.2 设计数据库的方法

软件项目的开发过程中，伴随着数据库的设计，项目的开发需要经过需求分析、概要设计、详细设计、编码、测试和运行等阶段。下面讨论在项目设计的各个阶段，数据库的设计过程。

（1）需求分析阶段：分析客户的业务和数据处理需求。

（2）概要设计阶段：完成数据库E-R图的绘制，用于在项目组成员之间、设计人员和客户之间进行信息沟通，以确认系统是否包括了所需要的信息。

（3）详细设计阶段：将E-R图转换成多张表，进行逻辑设计，确认各表的主外键，并应用数据库规范化理论——3大范式进行规范化，再选择具体的数据库进行物理实现，包括创建数据库及创建其他的数据库对象等。

下面介绍在需求分析阶段，数据库的设计步骤。

需求分析阶段的重点是调查、收集并分析客户业务数据需求，以及安全性和完整性需求等。无论数据库大小和复杂程度如何，在设计数据库时，都可以使用下列基本步骤：

（1）收集信息。

（2）标识对象。

（3）标识每个对象需要存储的详细信息。

（4）标识对象之间的关系。

1．收集信息

在创建数据库之前，必须了解数据库中都需要存储哪些信息（数据）以完成应用系统的功能。

如以实现简单学生成绩管理为例，需要了解该系统的具体功能与后台数据库的关系。

（1）系基本信息的录入与维护：后台数据库需要存放系的基本信息数据。

（2）班级基本信息的录入与维护：后台数据库需要存放班级的基本信息数据。

（3）学生基本信息的录入与维护：后台数据库需要存放学生的基本信息数据。

（4）课程基本信息的录入与维护：后台数据库需要存放课程的基本信息数据。

（5）学生成绩查询：后台数据库需要存放学生成绩的基本数据

2．标识对象（实体）

在收集需求信息后，必须找出与系统相关的关键对象或实体。在面向对象的语言 Java 中学过对象概念，现实生活中的任何事物都可以称之为对象或实体，如人或产品。也可以是无形的事物，如商业交易、公司部门等。需要找出系统中的关键对象（实体）。注意：对象一般是名词，一个对象只描述一件事情，不能重复出现含义相同的对象。

对象（实体）：系、班级、学生、课程、成绩。

数据库中的每个不同对象都有一个与其相对应的表，也就是说，在该数据库中，应该至少包含 5 张表，分别是系、班级、学生、课程、成绩。

3．标识每个对象需要存储的详细信息（属性）

在数据库中筛选出每个对象后，还要找出能表示对象特征的信息，即对象的属性，这些属性将组成表中的列。以简单学生管理系统为例，对每个对象找出其属性，如图 7-2 所示。

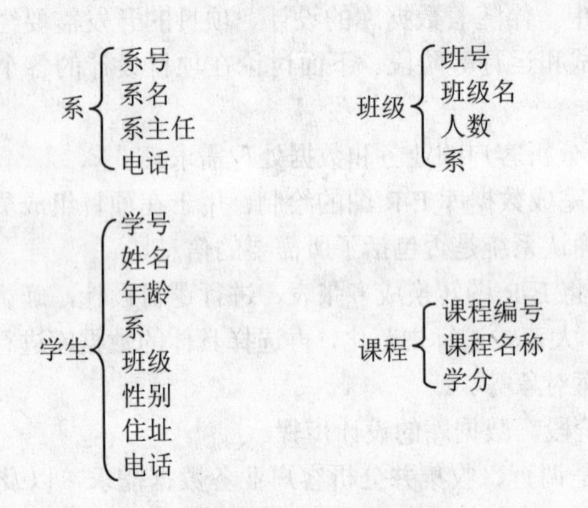

图 7-2 各对象的属性

4．标识对象（实体）之间的关系

关系数据库能够认知数据库中各实体之间的关系，这种关系是现实世界中实体之间的一种自然关系，比如演员和电影，一个演员可以演多部电影，反之，同一部电影也需要多个演员来参与。一个部门有多个雇员，每个雇员只能属于同一部门等。在数据库的设计过程中，要标识各对象之间的关系，以便在数据库设计过程中确定数据表之间的关系。以学生管理系统为例加以介绍。

（1）系与班级、学生之间具有主从关系，需要知道每个班级及学生是属于哪个系。

（2）一个学生可以选多门课程，每门课程也可供多个学生选择。

7.3 E-R模型

在需求分析阶段了解客户的需求之后，就进入了概要设计阶段。正像机械设计需要画图一样，盖楼需要设计图纸一样，在数据库的设计过程中，也需要用一种图像符号将现实世界的实体及其之间的关系表现出来，这种模型是独立于任何关系数据库的模型，称之为实体关系（Entity-Relation），即E-R模型。

7.3.1 实体-关系模型介绍

E-R模型表现了实体及实体之间的关系。

1．实体

所谓实体就是指现实世界中具有区分其他事物的特征或属性并与其他实体有联系的对象。如学生、课程、桌子等，实体一般是名词，它对应表中的一行数据。例如，学生张三这个实体，将对应“学生表”中张三所在的一行数据，包括学号、性别、出生日期等。严格地说，实体指表中一行一行的特定数据，所以也称表为实体集。

2．属性

属性可以认为是实体的特征。例如，“学生”这一实体的属性有学号、性别、出生日期、电子邮件等。属性对应表中的列。

3．关系

关系是两个或多个实体之间的联系。

图7-3所示为学生实体和系实体之间的关系。实体用方块表示，实体一般是名词。属性用椭圆表示，一般也是名词。关系用菱形表示，一般是动词。

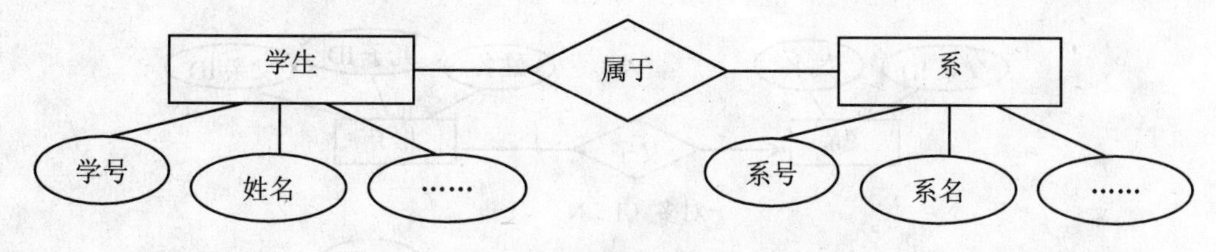

图7-3 学生实体和系实体之间的关系

4．映射基数

映射基数表示可以通过关系与该实体关联的其他实体的个数。对于实体集X和Y之间的二元关系，映射基数必须为下列基数之一：

- 一对一：X 中的一个实体最多与 Y 中的一个实体关联，并且 Y 中的一个实体最多与 X 中的一个实体关联。假定规定一个论坛用户只能担任一个版块的版主，那么用户实体和版块实体之间就是一对一关系。
- 一对多：X 中的一个实体可以与 Y 中的任意数量的实体关联。Y 中的一个实体最多与 X 中的一个实体关联。一个部门可以有多个雇员，每个雇员只能属于某一个部门，所以说，部门实体和雇员实体之间是典型的一对多关系。一对多关系可常用数据符号表示为 1：∞。
- 多对一：X 中的一个实体最多与 Y 中的一个实体关联。Y 中的一个实体可以与 X 中的任意数量的实体关联。部门实体和雇员实体是一对多的关系，反过来，雇员实体和部门实体就是多对一的关系了。
- 多对多：X 中的一个实体可以与 Y 中的任意数量的实体关联；反之亦然。一个学生可以选多门课程，一门课程也可由多个学生来选，那么，学生实体和课程实体之间就是典型的多对多的关系了，多对多关系也常用数学符号表示为∞：∞。

5．实体关系图

E-R 图是以图形的方式将数据库中的实体及相互关系表示出来，E-R 图的组成包括以下内容：

- 矩形：表示实体。
- 椭圆形：表示属性。
- 菱形：表示实体之间的关系。
- 直线：用来连接实体和属性，也用来连接实体和关系。
- 1：表示“一”方。
- N：表示“多”方。

在本书中，直线可以是有方向的（在末端有一个箭头），用来表示关系集中的映射基数。图 7-4 显示了一些示例。这些示例表示了可以通过关系与一个实体相关联的其他实体的个数。

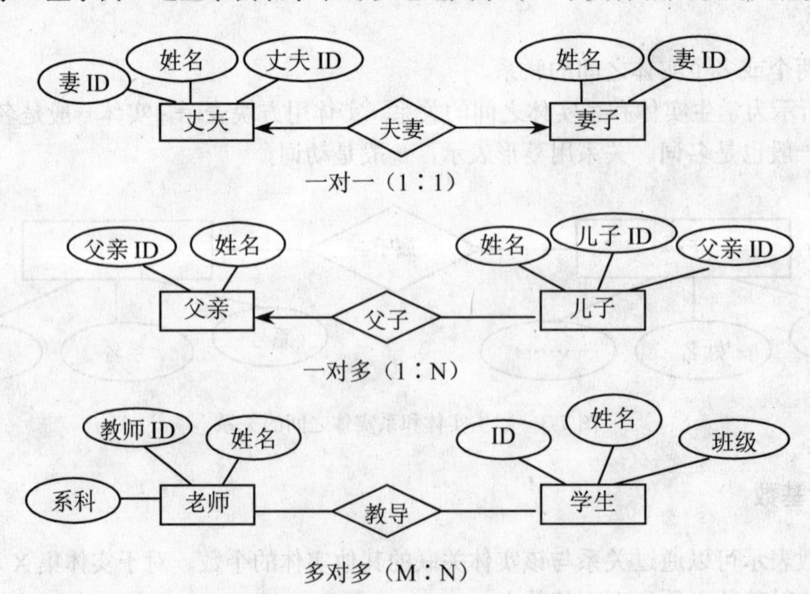

图 7-4　E-R 图

- 1∶1——每个丈夫最多有一个妻子，并且每个妻子最多归一个丈夫所有。
- 1∶N——每个父亲可以有任意数量的儿子，但每个儿子最多归一个父亲所有。
- M∶N——每个老师可以有任意数量的学生，即多对多关系，每个学生可以归任意数量的老师所有。

根据E-R图的各种符号，可以绘制出简单学生管理系统的E-R图，如图7-5所示。

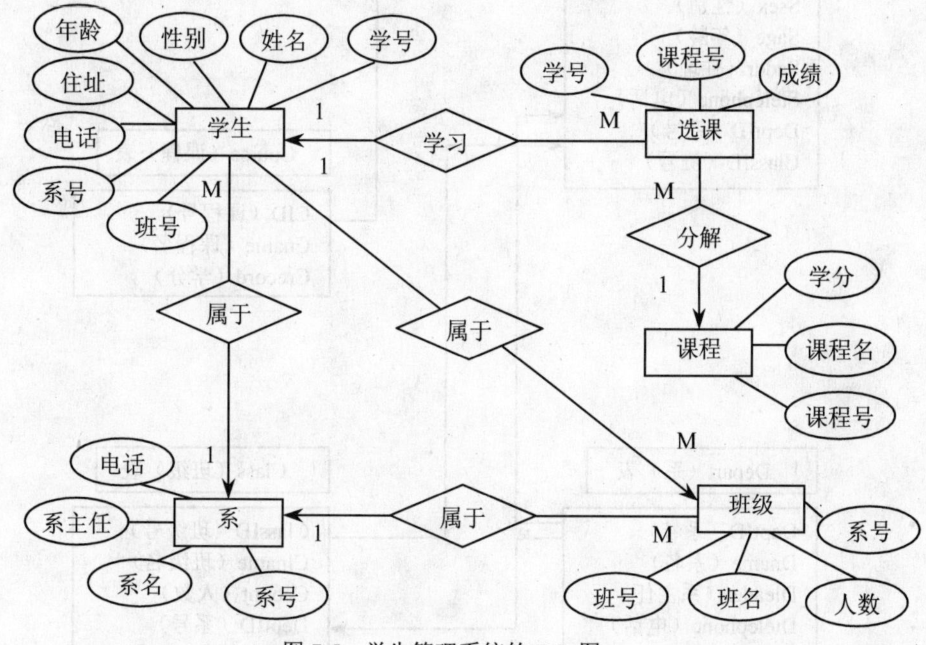

图7-5　学生管理系统的E-R图

绘制E-R图后，还需要与客户反复进行沟通，让客户提出修改意见，以确认系统中的实体及其之间的关系是否表示得正确与完整。

7.3.2　将E-R图转化为表

在概要设计阶段，归纳了用户的需求以后，通过E-R图将系统中涉及的实体及实体间的关系表达出来，在后续的详细设计阶段，需要把E-R图转换为多张表，并标识出各表的主外键。下面将介绍如何将E-R图转换成表格，后面将介绍如何规范化表的结构。

第一步：将各实体转换为对应的表，将各属性转换为各表对应的列。

第二步：标识每个表的主键列。对于没有主键的表，有时根据需要添加上ID列，主要用做主键或外键，没有其他特殊的意义。为了数据编码的兼容性，建议使用英文字段。为了直观可见，在英文括号内注明对应的中文含义，如图7-6所示。

第三步：在表之间体现实体间的映射关系。

（1）学生（Student）表中的系号和班号分别来自于系（Depart）表和班级（Class）表，所以它们之间应建立主、外键关系。系表和班级表以及系表和学生表之间构成一对多的关系。

（2）学生表和课程表之间是多对多的关系，通过增加选课实体来构成两个一对多的关系；即学生－选课，课程－选课两个一对多的关系，在一对多的关系中建立主、外键的对应关系。

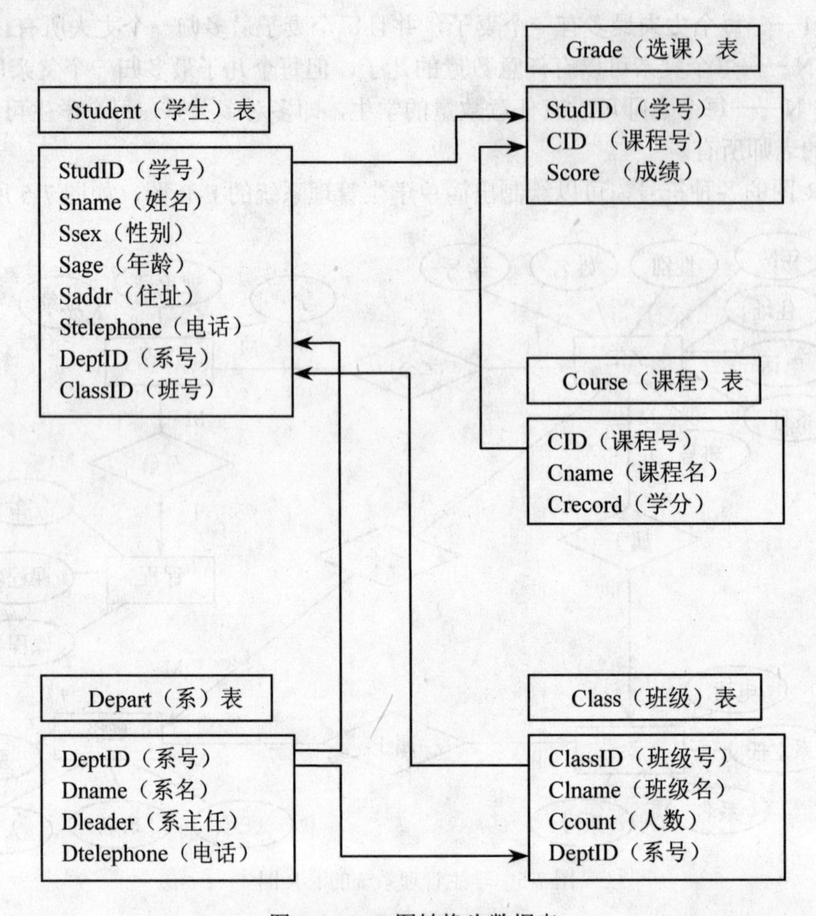

图 7-6 E-R 图转换为数据表

7.4 数据规范化

7.4.1 设计问题

有人说，对于同一个数据库，不同的人设计出 E-R 图可能是千差万别的。为什么出现这种情况呢？因为不同的人从不同的角度标识出的实体不同，实体又可包含不同的属性，所以设计出的 E-R 图就会有所不同。那么怎样审核这些设计图呢？怎样评审出最优的设计方案呢？方法是对 E-R 图进行规范化设计。下面具体说明数据如果没有进行规范化，会导致什么样的结果。

下面以 Account（账户）表为例（见表 7-1），该表存储有关银行客户账户的信息和交易细节。

表 7-1 数据表

账号	客户姓名	地址	开户日期	账户类型	交易号	交易金额	交易日期
AC001	张三	StreetNo1	2001-1-1	储蓄	1	200	2001-2-3
AC002	李四	StreetNo2	1991-10-1	现金	2	300	1991-12-1
AC003	黄源	StreetNo3	1988-2-1	储蓄	3	1000	1999-1-1
AC004	黄源	StreetNo3	2003-3-3	现金	4	500	2004-1-10

从用户角度看，将所有信息放在一个表中非常方便，因为查询数据比较容易，但是看到上述表的确存在很多问题。

（1）数据重复。表中客户的信息连带着交易记录，出现大量数据重复。

（2）插入异常。当有一个客户新开户时，还没有进行交易，所以无法提供交易金额、交易日期等数据。

（3）更新异常。由于该表数据项太多，可能造成更新时数据反映不准确，不明确按哪个字段来进行更新操作。

（4）删除异常。当删除一行数据时，可能会丢失有用的信息。例如，当删除账号“AC004”时，相应的交易信息及账户类型也被删除。

由于以上问题，数据表需要采用规范化的设计，用户在操作时才不会造成数据丢失。

7.4.2 使用范式规范数据

从关系型数据库的表中除去冗余数据的过程称为规范化。规范化是得到高效的关系型数据库表的逻辑结构最好和最有效的方法。规范化数据时，应执行以下操作：

（1）将数据库的结构精简为最简单的形式。

（2）从表中删除冗余列。

（3）标识所有依赖于其他数据的数据。

规范化的过程有几个阶段，它们被称为第一范式（1NF）、第二范式（2NF）、第三范式（3NF）、第四范式（4NF）和第五范式（5NF），对于一个实际的应用，3NF 已足够，因为达到 3NF 就已经能够消除大多数情况下遇到的操作异常。所以没有必要将关系规范化为最高等级 5NF。

F.Codd 博士在 1972 年提出了三大范式理论，后来又提出 4NF 和 5NF，这些范式都是基于关系的属性之间的函数依赖性。第四范式（4NF）和第五范式（5NF）基于多值依赖和联接依赖，并且提出的时间也较晚。下面具体介绍数据库设计中常用的 3 个范式理论。

1. 第一范式（1NF，Normal Form）

关系模式，它的每一分量（属性或列）是不可分的数据项，则此关系模式满足 1NF。目标是确保每列的原子性。

2. 第二范式（2NF）

如果关系模式满足 1NF，且每个非主属性（非主键字段）完全依赖于码（主键），则称此关系模式满足 2NF。2NF 是在 1NF 的基础上更进一层，目标是确保表中每列都和主键相关。

3. 第三范式（3NF）

若关系模式满足 2NF，且不存在非主属性对码的传递依赖，则称此关系模式满足 3NF。

4. 函数依赖

当属性间存在 X->Y,Y-\->X,Y->Z，称 Z 传递依赖于 X。

X->Y：称 Y 依赖 X 或 X 决定 Y。如：学号->姓名，姓名依赖于学号。

示例：对学生关系模式进行分解，逐步分解为 1NF、2NF、3NF。

将有关学生简历、选课等数据设计成一关系模式“学生”，表示为：

1NF

学生（学号,姓名,住址,电话,班名,系名,课程号,课程名,学分,成绩）

该关系模式的每一属性对应的域为简单域，符合 1NF。

该关系模式满足函数依赖集

学号->姓名,学号->住址,学号->电话,学号->班名,学号->系名

班名->系名

(学号,课程号)->成绩

课程号->课程名,课程号->学分

可分解为以下 3 个 2NF

2NF

学生 1(学号,姓名,住址,电话,班名,系名)

课程(课程号,课程名,学分)

成绩(学号,课程号,成绩)

这 3 个关系的非主属性对码（主属性）完全依赖，均为 2NF。

分析关系模式“学生”

学号->班名，班名->系名，系名-/>班名,存在系名对学号的传递依赖，所以不符合 3NF。所以关系模式“学生 1”不是 3NF。

关系模式“学生”分解为：

学生 2(学号,姓名,住址,电话,班名)

班级 （班名,系名）

所以关系模式“学生”可分解成 4 个 3NF 的关系模式：学生 2，班级，课程，成绩

3NF

学生 2(学号,姓名,住址,电话,班名)

班级 （班名,系名）

课程(课程号,课程名,学分)

成绩(学号,课程号,成绩)

前面的账户表进行规范化后形成两个表

账户表 (账号，客户姓名，地址，开户日期，账户类型)

交易表（交易号，交易金额，交易日期，账号）

7.4.3 规范化和性能的关系

在进行规范化后，将获得一组构成数据库的相关表。尽管关系模型将规范化规定为所有表都必须经历的过程，但在实际工作中这样做可能不太实际。查询速度以及由此产生的快速数据检索很重要。某些情况下表中必须允许有冗余数据。有时会在表中有意引入冗余以改进数据库性能。例如，在进行职工工资计算时，当计算全月实领时需要将职工的基本工资和其他各项进行计算才可得到，所以该字段是计算出来的，但为了提高性能需要定义这样的字段，来存储计算出的工资数据。由此可以看出，为了满足三大范式，数据操作性能会受到影响。所以，在实际的数据库设计中，既要考虑三大范式，避免数据的冗余和各种数据操作异常，还要考虑数据访问性能。有时，为了减少表间的连接，提高数据库的访问性能，适当允许少量数据的冗余列，才是合适的数据库设计方案。

在需求分析阶段，设计数据库的一般步骤如下：

- 收集信息。
- 标识对象。
- 标识对象的属性。
- 标识对象之间的关系。

在概要设计阶段和详细设计阶段，设计数据库的一般步骤如下：

- 绘制 E-R 图。
- 将 E-R 图转换为数据表。
- 应用范式规范化数据表。

规范化就是使数据正规化的过程，也就是从关系型数据表中除去冗余数据的过程。范式是基于关系的属性之间的函数依赖性。

习题

参考本章介绍的内容，分析设计航班信息系统的数据库：有很多个航空公司，每个航空公司又有多条航线；在一些城市中拥有多个机场，每个航线有多个航班。

要求该系统具有以下功能：

- 反映各个城市的机场情况。
- 各航空公司的航班数据，包括航班号、价格、起飞和到达机场及起飞和到达时间、机型等。
- 查出各个城市机场的航班信息。

要求分析并绘制数据库的 E-R 图。

第8章 数据库的实现

目标

- 熟练使用 SQL 语句创建数据库和表及约束
- 创建安全账户的 SQL 语句

在上一章介绍了数据库的设计步骤，解决了在需求分析阶段，捕获用户的需求，标识出各种实体及其之间的关系。在概要设计阶段绘制出数据库的 E-R 图，并与客户交流、沟通，反复进行修改和确认。在详细设计阶段，进行数据库的逻辑设计，将 E-R 图转换为表格，并应用三大范式进行审核，规范化数据库的设计。本章将介绍后续的工作：对数据库进行物理实现，包括具体的建库、建表、添加约束和创建登录账户等。

8.1 使用 SQL 语句创建和删除数据库

前面讲过使用可视化的方式创建数据库，现在介绍使用 T-SQL 语句 CREATE DATABASE 创建数据库，要明确的是：在创建数据库时，要给定数据库名称，指定主数据库文件和日志文件的名称和大小等。现简要回顾一下 SQL Server 数据库的基础知识。

数据库文件的组成：

- 主数据文件：*.mdf。
- 次要数据文件：*.ndf。
- 日志文件：*.ldf。

其中，主数据文件和日志文件是必需的，次要数据文件可选；主数据文件必须而且只能有一个，日志文件至少要有一个，次要数据文件可以没有，也可以有多个。

数据库的其他主要属性：

- 文件存放位置分配的初始空间，属于哪个文件组。
- 文件的增长设置，可以按百分比或实际大小指定增长速度。
- 文件容量设置，可以指定文件增长的最大值或不受限。

其中，文件组允许对数据文件进行分组，以便于管理和数据的分配和存放。如果存在几个次要数据文件，即可选择对文件进行分组管理，同一文件组中的文件可存放在不同的磁盘上，这样在数据读、写时，可防止磁盘争用，提高效率。

8.1.1 创建数据库

语法

```
CREATE DATABASE  数据库名
[ON
   { [PRIMARY] (NAME=逻辑文件名,
     FILENAME=物理文件名
      [, SIZE=大小]
      [,MAXSIZE={最大容量|UNLIMITED}]
      [,FILEGROWTH=增长量])
   }[,…n]
]
[LOG ON
   {(NAME=逻辑文件名,
    FILENAME=物理文件名
      [,SIZE=大小]
      [,MAXSIZE={最大容量|UNLIMITED}]
      [,FILEGROWTH=增长量])
   }[,…n]
]
```

其中，“[]”表示可选部分，“{}”表示需要的部分。各部分参数含义如下：

- 数据库名：数据库的名称，最长为 128 个字符。
- PRIMARY：该参数指定了主文件组中的文件。每个数据库都有一个主数据文件。主数据文件是数据库的逻辑起点，并指向数据库中的其他文件。主数据文件的扩展名为.mdf。LOG ON 指明事务日志文件的明确定义。
- FILENAME：该参数指定文件的操作系统文件名和路径。
- SIZE：该参数指定数据文件或日志文件的大小。可使用 KB 或 MB 为单位，默认为MB，最小为 3MB。
- MAXSIZE：该参数指定文件可以增长到的最大值。如果没有指定大小，那么文件将增长到磁盘变满为止。
- FILEGROWTH：该参数指定文件的增长量。文件的 FILEGROWTH 设置不能超过MAXSIZE 设置的值，0 表示不增长，指定该值可以以 MB、KB 或百分比（%）为单位。

示例：创建数据库一个数据文件和一个日志文件。

此示例创建一个名为 empDB 的数据库。主数据文件（empDB _data）。数据文件大小为5MB，日志文件大小为 2MB。由于 SIZE 参数中未为 empDB_data 文件指定 MB 或 KB，所以空间将以 MB 分配。

```
USE master
GO
CREATE   DATABASE  empDB
 ON  PRIMARY        --主文件组，不能省略
```

```
    /* --数据文件的具体描述--*/
   ( NAME='empDB_data',        --主数据文件的逻辑名
    FILENAME='D:\Data\empDB_data.mdf',      --主数据文件的物理名
    SIZE=5MB,                    --主数据文件的初始大小
    MAXSIZE=15MB,          --主数据文件增长的最大值（UNLIMITED为增长不受限制）
    FILEGROWTH=20%)             --文件的增长率
    LOG ON
    /*--日志文件的具体描述，各参数含义同上--*/
   (NAME='empDB_log',
    FILENAME='D:\Data\empDB_log.ldf',
    SIZE=2MB,
    MAXSIZE=5MB,
    FILEGROWTH=1MB )
GO
```

在D盘创建目录data后，就可以进入SSMS，新建查询并运行代码，如果创建成功，可以查看数据库的属性。

示例：创建数据库多个数据文件和多个日志文件。

此示例将创建一个名为Archive的数据库。有3个10MB的数据文件和两个5MB事务日志文件。PRIMARY关键字后的第一个文件为主数据文件，扩展名.mdf用于主数据文件，.ndf用于次数据文件，.ldf用于事务日志文件。

```
USE  master
GO
CREATE DATABASE Archive
ON PRIMARY
/*--主数据文件的具体描述--*/
 ( NAME = Arch1,
   FILENAME = 'd:\data\archdat1.mdf',
   SIZE = 10MB,
   MAXSIZE = 15,
   FILEGROWTH = 5),
/*--次数据文件1的具体描述--*/
 ( NAME = Arch2,
   FILENAME = 'd:\data\archdat2.ndf',
   SIZE = 10MB,
   MAXSIZE = 15,
   FILEGROWTH = 5),
/*--次数据文件2的具体描述--*/
 ( NAME = Arch3,
   FILENAME = 'd:\data\archdat3.ndf',
   SIZE = 10MB,
   MAXSIZE = 15,
   FILEGROWTH = 5),
LOG ON
/*--日志文件1的具体描述--*/
 ( NAME = Archlog1,
```

```
    FILENAME = 'd:\data\archlog1.ldf',
    SIZE = 5MB,
    MAXSIZE = 10,
    FILEGROWTH = 5),
/*--日志文件 2 的具体描述--*/
 ( NAME = Archlog2,
    FILENAME = 'd:\data\archlog2.ldf',
    SIZE = 5MB,
    MAXSIZE = 10,
    FILEGROWTH = 5)
GO
```

8.1.2 删除数据库

当不再需要数据库时，可删除它，即删除数据库和数据库使用的磁盘文件。

通过使用 Microsoft SSMS 执行 DROP DATABASE 语句，可以删除数据库。

语法：

```
DROP DATABASE database_name [,…n]
```

示例：使用一条语句删除多个数据库。

```
DROP  DATABASE  Northwind,  pubs
```

当删除数据库时，需要考虑以下的事项和原则：

- 使用 SSMS，一次只能删除一个数据库。
- 使用 T_SQL 语句，一次可以删除多个数据库。
- 不能删除系统数据库。

8.2 使用 SQL 语句创建和删除表

下面简要回顾一下 SQL Server 中表的基础知识。

1．建表的步骤

（1）确定表中有哪些列。

（2）确定每列的数据类型。

（3）给表添加各种约束。

（4）创建各表之间的关系。

2．SQL Server 中的数据类型

SQL Server 中的数据类型如表 8-1 所示。

表 8-1 SQL Server 中的数据类型描述

类别	数据类型	描述
整型	int	存储到数据库的所有数值型的数据都可以用这种数据类型
	smallint	对存储一些限定在特定范围内的数值型数据非常有用
	tinyint	存储有限数目的数据值，能存储 0～255 之间的整数
精确数字类型（两种类型基本相同）	decimal(p[,s])	存储固定精度和范围的数值型数据。使用这种数据类型时，必须指定范围和精度。范围是小数点左右能存储的数字总位数，精度是小数点右边存储的数字的位数
	numeric(p[,s])]	numeric 数据类型与 decimal 相同
近似数字类型	float	是一种近似值数据类型，供浮点数使用。因为在其表示数范围内不是所有数都能表示
	real	像浮点数一样，是近似值数据类型
货币类型	money	该数据类型用来表示钱和货币值。这种数据类型能存储从-9220 亿到 9220 亿之间的数据，可以精确到货币单位的万分之一
	smallmoney	该数据类型用来表示钱和货币值。这种数据类型能存储从-214748.3648 到 214748.3647 之间的数据，可以精确到货币单位的万分之一
日期和时间类型	datetime	这种数据类型用来表示日期和时间。该类型存储从 1753 年 1 月 1 日至 9999 年 12 月 31 日之间的所有日期和时间数据，可精确到 1/300 秒或 3.33 毫秒
	smalldatetime	这种数据类型用来表示从 1900 年 1 月 1 日至 2079 年 6 月 6 日之间的日期和时间数据，精确到 1 分钟
字符型	char[(n)]	用来存储指定长度的定长非统一编码字符型的数据。当总能知道要存储的数据长度时，此数据类型很有用，最多能存储 8000 个字符
	varchar[(n)]	同 char 类型一样，用来存储非统一编码字符型数据。此数据类型为变长，与 char 数据类型的区别是，存储的长度不是列长，而是数据的长度
	text	用来存储大量的非统一编码型字符数据。最多可以存储 2^{31}-1 或 20 亿个字符
Unicode 字符型	nchar[(n)]	用来存储指定长度的定长 Unicode（统一编码）字符型的数据。Unicode 编码用双字节结构来存储每个字符，能存储 4000 个字符
	nvarchar[(n)]	nvarchar 数据类型用作变长的 Unicode 编码字符型。此数据类型能存储 4000 个字符，使用的字节空间增加了 1 倍
	ntext	用来存储大量的 Unicode 编码型字符数据。可以存储 2^{30}-1 或 20 亿个字符，且使用的字节空间增加了 1 倍
二进制型	binary[(n)] varbinary[(n)]	binary 数据类型用来存储可达 8000 字节的定长的二进制数据，varbinary 用来存储可达 8000 字节的变长的二进制数据
Bit 类型	bit	bit 数据类型表示是/否值，其值只能是 0、1 或空值。这种数据类型用于存储只有两种可能值的数据，如 Yes 或 No、True 或 False、On 或 Off
图像型	image	image 数据类型用来存储变长的二进制数据，最大可达 20 亿字节
全局标识符型	uniqueidentifier	用来存储一个全局唯一标识符，即 GUID 是全局唯一的，可以使用 NEWID 函数或转换一个字符串为唯一标识符来初始化具有唯一标识符的列
特殊类型	Timestamp,Table ,sql_variant,xml	

8.2.1 创建表

通过执行 Transact-SQL 的 CREATE TABLE 语句可以创建表

建表语法格式如下：

```
CREATE  TABLE  表名
(
    字段 1     数据类型   列的特征,
    字段 2     数据类型   列的特征,
    ……
)
```

其中，列的特征包括该列是否为空（NULL）、是否是标识列（自动编号）、是否有默认值、是否为主键等。

出于编程考虑，表中各字段名称推荐使用英文缩写。DEPT 表结构如表 8-2 所示。

表 8-2 DEPT 表结构

列名	数据类型	长度	是否允许为空	默认值	说明
deptno	整数型（smallint）		不为空	无	主键
dname	定长字符型（char）	15	不为空	无	
loc	变长字符型（varchar）	30	可以为空	无	

示例：创建部门信息表 dept。

```
CREATE TABLE  DEPT
(
    deptno  INT   PRIMARY  KEY,            --部门编号，整型不需要长度，主键（唯一，非空）
    dname  CHAR(15)   NOT  NULL,           --部门名称，非空（必填）
    loc    VARCHAR(30)                      --部门位置，允许为空，即可选输入
)
```

示例：创建雇员信息表 emp。

```
CREATE TABLE EMP
(
    empno    INT   PRIMARY KEY,  --雇员编号，主键（唯一，非空）
    ename    VARCHAR(10)  NOT  NULL,      --雇员姓名，非空（必填）
    job      VARCHAR(9) ,                 --工种
    sal      DECIMAL(7,2)  NOT NULL,      --工资，DECIMAL(7,2)代表 7 位数字，小数位数为 2
    deptno  INT   NOT NULL,               --雇员所在部门号，外键（即另一表主键），INT 类型
                                            不用指定大小，默认为 4B
    CONSTRAINT emp_deptno_fk  FOREIGN KEY(deptno)     --约束名 emp_deptno_fk
    REFERENCES  dept(deptno)
)
```

示例：创建学生信息表 stuInfo。

```
CREATE TABLE  stuInfo
(
    stuNo     INT  IDENTITY(1,1),         --学号，自动编号（标识列）
```

```
  stuName   VARCHAR(20)  NOT  NULL,    --学生姓名,必须输入
  stuAge    INT  NOT NULL, --年龄,必须输入，INT类型不用指定大小，默认为4个字节
  stuAddress  VARCHAR(30)              --地址,可选输入
)
```

示例：使用 SELECT INTO 生成表结构和数据的副本。

```
SELECT  *  INTO  newdept  FROM  dept
```

8.2.2 删除表

如果当前数据库中已存在某个表，再次创建时系统将提示出错。所以在创建表时要考虑该表是否已存在，如果存在，先删除，再创建。删除表将删除表的定义、所有数据及该表的相应权限。

语法：DROP TABLE 表名

例如：DROP TABLE dept

数据库中表的清单又存放在哪里呢？答案是该数据库的系统表 sysobjects，所以上述完整的建表语句应为：

```
USE  empDB       --将当前数据库设置为 empDB,以便在 empDB 数据库中建表
GO
IF EXISTS ( SELECT  *   FROM   sysobjects  WHERE  name='dept')
   DROP  TABLE  dept
CREATE TABLE   dept        /*创建部门表*/
(
......
)
```

当删去表时，该表和它的所有数据都会永久地从数据库中删除。恢复的唯一方式是在数据库备份

8.3 使用 SQL 语句创建和删除约束

8.3.1 回顾约束类型

SQL Server 使用约束来保证数据库数据的完整性和维护数据的一致性，约束可以防止无效的数据进入表中。SQL Server 提供了以下 5 种约束：

- 主键约束（primary key constraint）：要求主键列数据唯一，并且不允许为空。
- 唯一约束（unique constraint）：要求该列唯一，允许为空，但只能出现一个空值。
- 检查约束（check constraint）：某列取值的限制、格式的限制等，如有关性别的检查。
- 默认约束（default constraint）：某列输入数据时的默认值，强制了域完整性。
- 外键约束（foreign key constraint）：用于在两表间建立关系，需要指定引用主表的列。

8.3.2 添加约束

为了保证表数据的完整性，在创建表时可以添加约束，也可以在建表后通过修改表的结构添加新的约束。

添加约束的语法格式如下：

```
ALTER TABLE 表名
ADD CONSTRAINT 约束名  约束类型   具体的约束说明
```

意思是：修改某个表，添加约束；约束的命名规则推荐采用：约束类型_约束字段。

示例：给 dept 表的 deptno 字段添加主键约束，推荐起名为 PK_deptno；给 emp 表的 ename 字段添加唯一约束，可起名为 UQ_ename。

```
USE empDB
--添加主键约束 (deptno作为主键)，约束名为pk_deptno
ALTER TABLE dept
ADD CONSTRAINT PK_deptno PRIMARY KEY(deptno)
--添加唯一约束,希望员工名字唯一
ALTER TABLE emp
ADD CONSTRAINT UQ_ename UNIQUE(ename)
--添加检查约束，要求雇员工资少于3000
ALTER TABLE emp
ADD CONSTRAINT ck_sal CHECK(sal<3000)
--添加默认值约束，工资的默认值是800
ALTER TABLE EMP
ADD CONSTRAITNT df_sal  DEFAULT 800 FOR sal
--添加外键约束(主表dept和从表emp建立关系，关联字段为deptno)
ALTER TABLE emp
ADD CONSTRAINT fk_deptno FOREIGN KEY(deptno) REFERENCES dept(deptno)
```

插入测试数据，如图 8-1 所示。

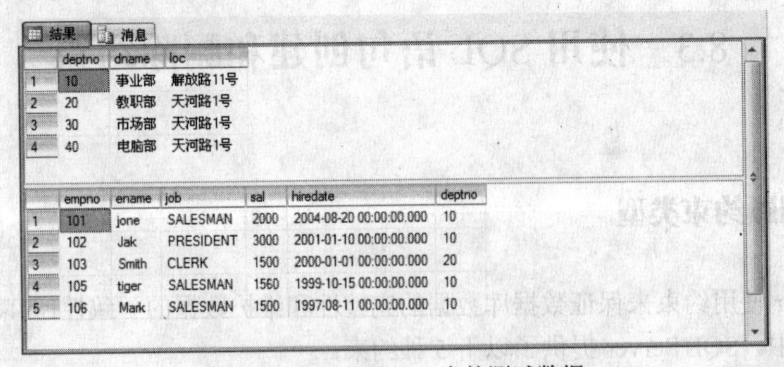

结果 消息

	deptno	dname	loc
1	10	事业部	解放路11号
2	20	教职部	天河路1号
3	30	市场部	天河路1号
4	40	电脑部	天河路1号

	empno	ename	job	sal	hiredate	deptno
1	101	jone	SALESMAN	2000	2004-08-20 00:00:00.000	10
2	102	Jak	PRESIDENT	3000	2001-01-10 00:00:00.000	10
3	103	Smith	CLERK	1500	2000-01-01 00:00:00.000	20
4	105	tiger	SALESMAN	1560	1999-10-15 00:00:00.000	10
5	106	Mark	SALESMAN	1500	1997-08-11 00:00:00.000	10

图 8-1 dept 表和 emp 表的测试数据

8.3.3 删除约束

当约束不需要时，可以将其删除。

删除约束的语法格式如下：

```
ALTER  TABLE  表名
DROP  CONSTRAINT  约束名
```

示例：删除 emp 表中工资默认约束。

```
ALTER  TABLE  emp
DROP  CONSTRAINT  df_sal
```

8.4 用 SQL 语句创建登录

访问数据库的过程就像走进小区里的家。要通过三关才能进入到家中。

首先要通过小区门卫的检查，即验证身份；进入小区后到单元楼前需要有钥匙或门铃密码。进入楼门后需要有房间的钥匙才能进入到房间里。

SQL Server 的 3 层安全模型，非常类似小区的 3 层验证过程。

第一层：需要登录到 SQL Server 系统，即需要登录账户（验证身份）。

第二层：需要访问某个数据库（进入单元楼），即需要成为该数据库的用户。

第三层：需要访问数据库中的表（打开房间），即需要数据库管理员 DBA 进行授权，如添加、修改、删除、查询等权限。

下面将逐一介绍如何创建登录账户、如何创建数据库用户和如何给用户授权等。

8.4.1 创建登录账户

在登录数据库的过程中要进行登录验证，验证方式有以下两种：

（1）Windows 身份验证：适合于 Windows 平台用户，只要成功登录系统即认为是合法用户。

（2）SQL 身份验证：适合于非 Windows 平台的用户或 Internet 用户，需要提供账户和密码。

可以使用 SQL 语句创建两种模式下的登录账号。

添加 Windows 登录账户需要调用 SQL Server 内置的系统存储过程 sp_grantlogin，调用语法格式为：

```
EXEC   sp_grantlogin   'windows 域名\域账户'
```

系统存储过程后面会讲，类似于系统函数，EXEC 关键字表示调用执行，如果是本机，可用计算机名替换 windows 域名。

添加 SQL 登录账户需要调用系统存储过程 sp_addlogin，调用语法格式为：

```
EXEC   sp_addlogin   '账户名','密码'
```

示例：创建登录账户使用系统存储过程 sp_grantlogin 和 sp_addlogin，只有 sysadmin 和 securityadmin 固定服务器角色的成员才可以执行它们。

```
/* --添加 Windows 登录账户--*/
EXEC  sp_grantlogin   'SDXY\S01'          --windows 用户为 S01, SDXY 表示域
```

```
                                    如是本机，SDXY 为计算机名
/* --添加 SQL 登录账户--*/
EXEC  sp_addlogin  'zhangsan',  '1234'
GO
```

8.4.2 创建数据库用户

正如进入了小区，但还不能进入到单元门一样。创建了登录账户，只能登录到 SQL Server 系统，但还不能访问某个数据库。如果希望访问某个数据库，必须要成为该数据库的一个用户。

创建数据库用户需要调用系统存储过程 sp_grantdbaccess，其调用语法格式为：

```
USE master
EXEC sp_grantdbaccess  '登录账户', '数据库用户'
```

其中，“数据库用户”为可选参数，默认为登录账户，即数据库用户默认和登录账户同名。

示例：在数据库 empDB 中添加两个用户。

```
USE  empDB
EXEC  sp_grantdbaccess  'SDXY\S01','S01DBUser' -- S01DBUser 为数据库用户名
EXEC  sp_grantdbaccess  'zhangsan','zhangsanDBUser'
```

SQL Server 中的 dbo 用户表示数据库的所有者（owner），一般说来，如果创建了某个数据库，就是该数据库的所有者，即 dbo 用户，dbo 用户是一个比较特殊的数据库用户，无法删除，且此用户始终出现在每个数据库中。

8.4.3 给数据库用户授权

当成为数据库的用户之后，就可以访问数据库了，但需要访问的是数据库中的表，所以必须具有访问表的权限，那么这时需要数据库管理员 DBA 给普通用户授予相应的操作表的权限。常用的权限包括添加数据（insert）、更新数据（update）、删除数据（delete）、查看数据（select）和创建表等操作

授权的语法格式为：

```
GRANT  权限  ON  表名  TO  数据库用户
```

示例：给 empDB 用户授权。

```
USE  empDB
GO
/*--为 zhangsanDBUser 分配对表 emp 的 select、insert、update 权限--*/
GRANT select, insert, update  ON  emp  TO  zhangsanDBUser
/*--为用户 s01DBUser 分配建表的权限--*/
GRANT create  table  TO  S01DBUser
```

到此为止，数据库用户 zhangsanDBUser 即可以对表 empDB 进行查看、插入、修改等操作。

s01DBUser 可以在数据库 empDB 中创建表。

小结

（1）数据库的实现一般包括：创建数据库；创建表；添加各种约束；创建数据库的登录账户并授权。

（2）约束的主要作用是维护数据库数据的完整性，可以在建表时指定字段的约束，也可以在建表后通过 ALTER TABLE 语句修改表结构添加约束。

（3）要访问 SQL Server 某个数据库中的某个表，需要 3 层验证。

①是否是 SQL Server 的登录账户。

②是否成为要访问数据库的合法用户。

③有否具有访问表的权限。

习题

为某健康保健组织建立一个跟踪他们的医生和病人信息的数据库。

推荐步骤（要求使用 T-SQL 代码来实现，操作环境为 SSMS）：

（1）建库：建立数据库 patDB，要求保存在 D:\project 目录下，文件增长率为 10%。

（2）建如表 8-3 所示的信息表。

表 8-3 病人基本信息表 patInfo

字段名称	数据类型	说明
patID	字符	病人 ID，该栏必填，且必须是 p26**格式
patName	字符	病人姓名，该栏必填，要考虑姓氏可能是两个字的，如欧阳
patSex	字符	病人性别，该栏必填，且只能是男或女
patAge	数字	病人年龄，该栏必填，必须在 1～99 之间
patBNo	数字	病人住院的床位号，该栏必填，采用自动编号方式，且必须是 1～20
patAddress	字符	病人地址，该栏可不填，如没有填写，显示地址不详

（3）添加约束：根据上述表中的说明字段，修改表，添加约束。

（4）向表中插入测试数据并查询，测试数据如表 8-4 所示。

表 8-4 病人基本信息表 patInfo

patID	patName	patSex	patAge	patBNo	patAddress
P2601	刘丽丽	女	23	1	广州芳村
P2603	张雨田	男	30	2	河北邯郸
P2602	李小风	女	28	3	北京东城
P2604	欧阳天天	男	45	4	

（5）添加 SQL 账户。

医生：账号是 yisheng，密码是 123456，能访问表 patInfo，用来填写和修改病人信息。

护士：账号是 hushi，密码是 654321，能访问表 patInfo，但只能查看病人数据，不能修改。

（6）测试权限。

测试用例：采用 SQL Server 登录,进入 SSMS，单击工具栏"新建查询"按钮，输入相应账号进行测试。

医生：

```
SELECT  *  FROM  patInfo        正确
INSERT  INTO  patInfo …         正确
UPDATE  patInfo …               正确
```

护士：

```
SELECT  *  FROM  patInfo        正确
INSERT  INTO  patInfo …         错误
```

第9章 T-SQL编程

目标

- 掌握如何定义变量并赋值
- 掌握如何输出显示数据
- 掌握 IF、WHILE、CASE 逻辑控制语句
- 理解 SQL 中批处理的概念

9.1 T-SQL 中的数据类型

T-SQL 的数据类型与 SQL Server 2005 数据库数据类型十分相似，是进行 T-SQL 编程时变量存储数据的类型，T-SQL 的主要数据类型包括以下几种：

- 数字型：这种数据类型表示数值，包括整数，如 int、tinyint、smallint 和 bigint，也包含精确的十进制数值，如 numeric、decimal、money 和 smallmoney，还包括浮点值 float 和 real。
- 日期型：这种数据类型表示日期或时间范围。有两种日期类型，分别是 datetime 和 smalldatetime。
- 字符型：这种数据类型用来表示字符数据或字符串，它包括定长的字符串数据类型，如 char 和 nchar，以及变长字符串数据类型，如 varchar 和 nvarchar。
- 用户定义的数据类型：这种数据类型由数据库管理员创建，是基于系统的数据类型。当几个表需要在某些列中存储相同类型的数据，并且必须确保这些列具有相同的长度和为空性时，使用用户定义的数据类型。

9.2 使用变量

在 T-SQL 中使用变量来存储单值。变量可以是局部变量或全局变量。可以使用局部变量向 SQL 语句传递数据。

9.2.1 局部变量

局部变量用 DECLARE 语句定义，它用于批处理或存储过程中，并在声明该局部变量的

批处理或存储过程结束时释放。必须在局部变量名称前加上符号@，局部变量的数据类型可以是用户定义的数据类型或系统提供的数据类型。

使用局部变量之前，必须用 SELECT 或 SET 语句为该变量赋值，在此之前局部变量的值为 NULL，局部变量的作用范围只限于定义它的批处理中。

声明局部变量的语法格式为：

```
DECLARE  @variable_name  DataType
```

其中，variable_name 为局部变量的名称，DataType 为数据类型.

示例：声明局部变量。

```
DECLARE  @count  int     --声明一个存放雇员数量的变量 count
DECLARE  @ename  VARCHAR(8)  --声明一个存放雇员姓名的变量 ename，最多可存储 8 个字符
```

局部变量有两种赋值方法：使用 SET 语句或 SELECT 语句。

语法格式如下：

```
SET  @variable_name =value
```

或

```
SELECT  @variable_name=value
```

示例：

```
SET  @count=10  或  SELECT  @count=10
SET  @ename='SMITH'   或   SELECT  @ename='SMITH'
```

示例：局部变量的使用。

下例中创建了@veno 和@vname 两个局部变量，并给@vname 赋值，然后通过查询 empDB 数据库，选择 ename 列值等于局部变量@vname 值的记录，把 empno 列值赋给变量@veno

```
USE  empDB
DECLARE  @veno  int,  @vname  char(20)
SET  @vname='SMITH'
SELECT  @veno=empno  FROM  emp  WHERE  ename=@vname
SELECT  *  FROM  emp  WHERE  empno=@veno
GO
```

以上 SQL 语句批处理的结果如图 9-1 所示。

	empno	ename	job	sal	hiredate	deptno
1	103	Smith	CLERK	1500	2000-01-01 00:00:00.000	20

图 9-1　名字是 SMITH 的雇员信息

从上例可以看出，局部变量可用于在上下语句中传递数据，如本例中的@eno。

SET 赋值语句一般用于赋给变量指定的数据常量，如本例 'SMITH'。

SELECT 赋值语句一般用于从表中查询数据，然后再赋给变量。需要注意的是，SELECT 语句需要确保筛选的记录不多于一条。如果查询的记录多于一条，将把最后一条记录的值赋给变量。

9.2.2　全局变量

全局变量，标识为两个@标记(@@)，它是由 SQL Server 提供的，不能由用户创建。全局

变量提供关于 SQL Server 的当前状态信息。

表 9-1 列出了常用的全局变量。

表 9-1 常用的全局变量

变量	值
@@VERSION	当前安装的日期、版本及处理器类型
@@SERVERNAME	本地服务器的名称
@@LANGUAGE	当前所用语言的名称
@@IDENTITY	插入到数据库中的标识列的最后一个值
@@ROWCOUNT	受最后一条语句影响的行的数目
@@ERROR	最后一个 T-SQL 错误的错误号
@@TRANSCOUNT	当前连接打开的事务数

示例：全部变量的使用。

查看当前 SQL Server 版本。

```
SELECT  @@VERSION  as   VERSION
```

9.3 输出语句

在进行 T-SQL 编程过程中，T-SQL 支持输出语句，用于输出显示处理的数据结果。常用的输出语句有两种，它们的语法分别是：

（1）print 局部变量或字符串

（2）SELECT 局部变量　as 自定义列名

示例：输出语句的使用。

```
print '服务器的名称：' + @@SERVERNAME
SELECT @@SERVERNAME AS '服务器名称'
```

用 print 方法输出的结果将在消息窗口以文本方式显示；用 SELECT 方法输出结果将在网格窗口以表格方式显示，如图 9-2 和图 9-3 所示。

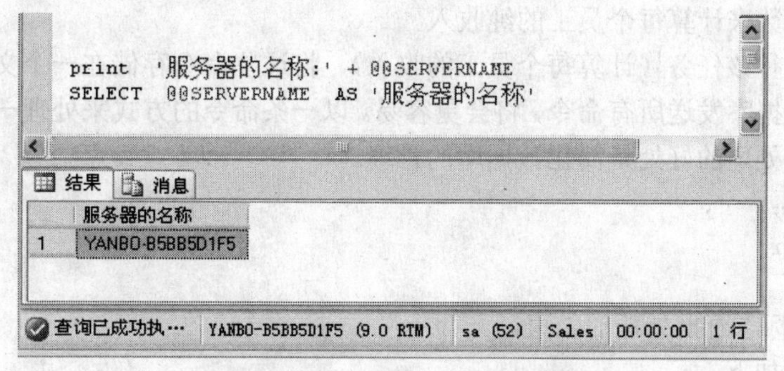

图 9-2 SELECT 语句显示表格结果

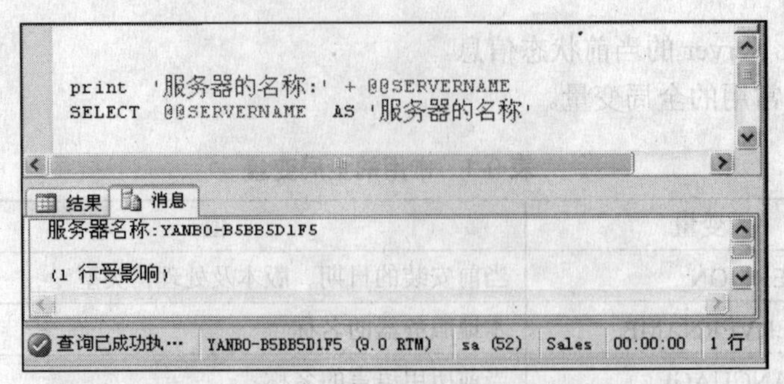

图 9-3 print 语句显示表格结果

由于使用 print 语句要求单个局部变量或字符串表达式作为参数，所以如果这样写 SQL 语句会出错。

```
print '当前错误号' + @@ERROR
```

因全局变量@@ERROR 返回的是整数值，所以必须使用转换函数，把数据转换为字符串，如下所示：

```
print '当前错误号' + convert(varchar(5),@@ERROR)
```

9.4 批处理

批处理是包含一个或多个 Transact-SQL 语句的组，从应用程序一次性地发送到 SQL Server 2005 再执行。SQL Server 将批处理的语句编译为一个可执行单元，称为执行计划。我们已用过的 GO 就是批处理的标志。

9.4.1 批处理的语句

在多用户环境中，用户可以同时访问数据库，这将增加网络流量。在单用户环境中，用户可能需要对数据库执行多个任务，如更新表以及对 SELECT 查询语句的结果进行计算等。这需要向数据库发送一系列的命令。

以 SALES 数据库为例，该数据库的一个用户想要根据基本薪水的详细信息、工作的总天数及休假的总天数来计算每个员工的纯收入。

为了重复执行该任务（计算每个员工的收入），将这些命令存储在一个文件中，并作为单个执行计划向数据库发送所有命令，将会更容易。以一条命令的方式来处理一组命令的过程被称为批处理。批处理的好处是简化数据库的管理。

批处理示例：

```
USE master
GO
```

GO 关键字标志着批处理的结束。

另一个示例如下：

```
SELECT * FROM emp
```

```
SELECT *  FROM  dept
Update  emp  SET  sal =sal+100
GO
```

此时，把这3条语句组成一个执行计划，然后再执行。

一般是将一些逻辑相关的业务操作语句放置在同一批处理中，这完全由代码编写者决定。

但是，SQL Server规定：如果是建库、建表语句，以及后面将要学到的存储过程和视图等，则必须在语句末尾添加GO批处理标志，所以前面的建表语句可以写成：

```
CREATE TABLE  DEPT
(
......
)
GO
```

其他常用的DDL语句主要有：

```
CREATE DEFAULT
CREATE FUNCTION
CREATE PROCEDURE
CREATE RULE
CREATE TRIGGER
CREATE VIEW
```

这些语句不能在批处理中与其他语句组合使用。

以下示例也说明了批处理语句的用法：

```
USE AdventureWorks;
GO
DECLARE @MyMsg VARCHAR(50)
SELECT @MyMsg = 'Hello, World.'
GO
PRINT @MyMsg
```

在GO结束之后PRINT @MyMsg是无效的。

9.4.2 在SQL中使用注释

注释是程序代码中的描述性文本字符串，也称为注解，编译器会忽略这些内容。使用注释建立的代码文档使得维护程序代码更加容易。注释常用来记录程序名称、作者名称以及对代码进行重要修改的日期。注释可以用来描述复杂的计算或用来解释程序设计的方法。

SQL Server支持下列两种注释方式：

- --（双连字符）：这些注释字符可以用在要执行代码的同一行，或者单独作为一行。从双连字符开始到这一行的结束，所有内容都是该注释的组成部分。对于多行注释，在每一注释行的开始，都必须有双连字符。
- /*…*/（正斜线-星号字符对）：这些注释字符可以用在要执行代码的同一行、单独作为一行或者在可执行的代码内部。从打开注释对（/*）到关闭注释对（*/）的所有内容都认为是注释部分。对于多行注释，打开注释对（/*）必须作为注释的开始，而关闭注释对（*/）必须作为注释的结束。在该注释的任意行上不能有其他注释字符。

多行注释（/*...*/）不能跨批处理。完整的注释必须包含在一个批处理中。例如，如前所述，GO 命令标志批处理的结束。当数据库在一行的前两个字节中读取到字符 GO 时，就会将从上一个 GO 命令至该行前的所有代码作为一个批处理发送到服务器。如果 GO 出现在/*和*/分隔符之间的一行的开始处，则一个不匹配的注释分隔符将随同每个批处理一起发送，这将引发语法错误。

例如，下列脚本包含语法错误：

```
USE empDB
GO
SELECT * FROM emp
/* 该注释中的
GO 将注释分为两部分 */
SELECT * FROM dept
GO
```

下面是一些有效的注释：

```
USE empDB
GO
--单行注释
SELECT * FROM emp
GO

/*多行注释的第一行
多行注释的第二行 */
SELECT * FROM students
GO

--在诊断期间，在 T-SQL 语句中
--使用注释
SELECT EmployeeID, /* FirstName, */ LastName
FROM Employees

--在代码行后使用注释
USE empDB
GO
UPDATE emp
SET sal=sal*12    --计算年度工资总额
GO
```

9.5 逻辑控制语句

T-SQL 提供了一组流程控制语句，包括条件逻辑（IF...ELSE 和 CASE）、循环（只有 WHILE，但是它经常与 CONTINUE、BREAK 连用）、返回状态值给调用程序（RETURN）。

表 9-2 是对这些流程结构的总结。

表 9-2 流程控制语句总结

结构	说明
BEGIN…END	定义一个语句块，使用 BEGIN…END 可以用于执行一组语句，通常在 IF、ELSE 或 WHILE 后面（否则只执行下一条语句） 相当于 C 语言的{}块
IF…ELSE	定义可选的条件以及条件为假时备选的执行语句
RETURN[n]	无条件退出。通常用于存储过程或触发器。数字 n（正数或负数）可以被设置作为返回状态
WHILE	SQL Server 的基本循环结构。当指定的条件为真时，重复执行一条语句（语句块）
…BREAK	退出 WHILE 内层循环
…CONTINUE	重新开始 WHILE 循环

9.5.1 IF-ELSE 条件语句

当条件为真时，执行一条或一组语句。

语法格式：

```
IF (条件)
   { 语句 | 语句块 }
ELSE
   { 语句 | 语句块 }
```

问题：求雇员平均工资，如果在 1500 元以上，显示“工资较高”，并显示最高工资的 3 名员工信息；如果在 1500 元以下，显示“工资偏低”，并显示最低工资的 3 名员工信息。

分析：第一步，统计平均工资存入临时变量。

第二步，用 IF_ELSE 判断，如下示例：

```
USE empDB
GO
SET NOCOUNT ON
DECLARE @salavg  float
SELECT  @salavg=AVG(sal) FROM  emp
PRINT  '员工平均工资' +convert(varchar(5),@salavg)
IF (@salavg >1500)
BEGIN
   PRINT '员工工资比较高，最高工资的三名员工：'
   SELECT  TOP 3  * FROM  emp  ORDER BY  sal  DESC
END
ELSE
BEGIN
   PRINT  '员工工资比较低 ，最低工资的三名员工：'
   SELECT  TOP 3  * FROM  emp  ORDER BY  sal
END
GO
```

选择“查询”→“将结果保存到”→“以文本格式显示结果”菜单命令，上述代码的输出结果如图 9-4 所示。

```
结果
员工平均工资1912
员工工资比较高，最高工资的三名员工:
empno      ename          job                  sal                                       hiredate
---------- -------------- -------------------- ----------------------------------------- ----------------
102        Jak            PRESIDENT            3000                                      2001-01-10 00:0
101        jone           SALESMAN             2000                                      2004-08-20 00:0
105        tiger          SALESMAN             1560                                      1999-10-15 00:0
```

图 9-4　IF-ELSE 语句的使用

9.5.2　WHILE 循环语句

设置重复执行 SQL 语句或语句块的条件。只要指定的条件为真，就重复执行语句。可以使用 BREAK 和 CONTINUE 关键字在循环内部控制 WHILE 循环中语句的执行。

语法格式：

```
WHILE(条件)
   语句或语句块
   [BREAK]
```

问题：给员工加薪，确保每人工资都超过 1600 元。加薪方法很简单：先每人加薪 100 元，看是否都达标，如果没有全超过，每人再加 100 元，再看是否都达标，如此反复，直到所有人工资都达到 1600 元为止。

分析：第一步，统计没达标的人数（<1600）

第二步：如果有人没达标，则加薪。

第三步：循环判断，如下示例：

```
USE empDB
GO
SELECT  * FROM  emp
DECLARE @n  int
  WHILE(1=1)      --条件永远成立
    BEGIN
      SELECT @n=COUNT(*)  FROM  emp  WHERE  sal<1600  --统计人数
      IF (@n>0)
        UPDATE  emp  SET sal=sal+100
      ELSE
        BREAK    --退出循环
    END
      Print  '加薪后的工资是: '
      SELECT  * FROM  emp;
GO
```

上述代码输出结果如图 9-5 所示。

```
DECLARE @n  int
 WHILE(1=1)        --条件永远成立
  BEGIN
     SELECT @n=COUNT(*)  FROM  emp  WHERE  sal<1600  --统计人数
     IF (@n>0)
       UPDATE  emp  SET sal=sal+100
     ELSE
      BREAK    --退出循环
  END
 Print  '加薪后的工资是：'
    SELECT  * FROM  emp;
```

结果

加薪后的工资是:

empno	ename	job	sal	hiredate	deptno
101	jone	SALESMAN	2100	2004-08-20 00:00:00.000	10
102	Jak	PRESIDENT	3100	2001-01-10 00:00:00.000	10
103	Smith	CLERK	1600	2000-01-01 00:00:00.000	20
104	scott	SALESMAN	2600	1998-02-01 00:00:00.000	30
105	tiger	SALESMAN	1660	1999-10-15 00:00:00.000	10
106	Mark	SALESMAN	1600	1997-08-11 00:00:00.000	10
107	Kit	CLERK	1700	1999-02-01 00:00:00.000	30

(7 行受影响)

图 9-5 WHILE 循环的应用

9.5.3 CASE 多分支语句

计算条件列表并返回多个可能结果表达式之一。

语法格式：

```
CASE 输入表达式
  WHEN 表达式1 THEN  结果表达式1
  WHEN 表达式2 THEN  结果表达式2
  [ ...n ]
  [ ELSE  其他结果表达式]
 END
```

在 SELECT 语句中，简单 CASE 函数仅检查是否相等，而不进行其他比较。以下示例使用 CASE 函数更改部门编号显示为部门名称，以便更清楚地显示信息。

```
USE  empDB
GO
SELECT  empno,job, dname=
       CASE  deptno
         WHEN    10   THEN   '事业部'
         WHEN    20  THEN    '教职部'
         WHEN    30   THEN   '市场部'
       ELSE    '电脑部'
       END, sal  FROM  EMP
```

该示例的代码输出结果如图 9-6 所示。

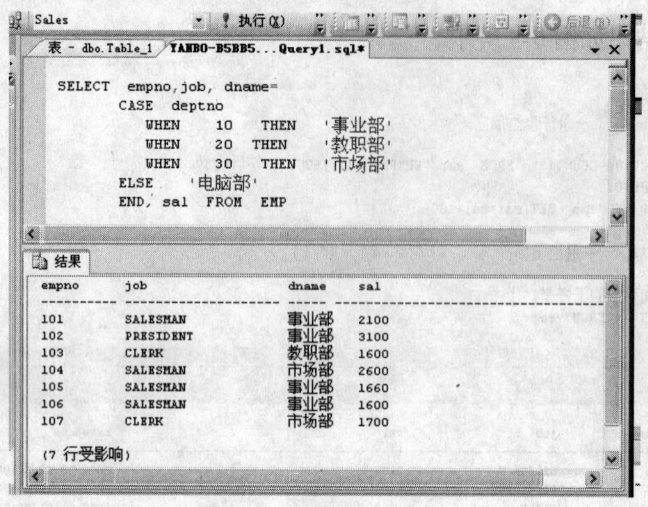

图 9-6 CASE 语句的应用

（1）变量是可以存储数据值的对象，可以使用变量向 SQL 语句传递数据。

（2）SQL Server 在 T-SQL 中支持下列两种类型的变量：全局变量和局部变量。

（3）局部变量以@开始，需要定义；全局变量以@@开始，不需要定义。

（4）局部变量的赋值有两种方式：使用 SET 语句或 SELECT 语句。

（5）输出结果也有两种方式：PRINT 语句和 SELECT 语句。

（6）批处理是以一个单元发送的一条或多条 SQL 语句的集合。每个批处理编译成一个执行计划。批处理可以提高语句执行效率，批处理结束的标志是 GO。

（7）注释是程序代码中的描述性的文字字符串，也称为注解，编译器会忽略这些内容。

（8）控制流语句提供了条件操作所需的顺序和逻辑。

（9）语句块使用 BEGIN...END。

习题

1．下面的语句错在什么地方？

```
DECLARE  @a  integer
SET  @A=1
SELECT  @A
GO
SET  @a=@a+1
```

2．写出 T-SQL 语句，将 SQL Server 2005 服务器的名称放在局部变量@a 中（用两种方法）。

目标

- 理解事务的概念
- 理解事务的特性、分类
- 在 SQL Server 中启动、提交和回滚事务
- 掌握如何创建索引
- 掌握如何创建并使用视图

10.1 事务

人们非常熟悉银行转账，假定资金从账户 A 转到账户 B，至少需要两步：一个账户的资金减少而另一个账户的资金增加。在进行转账时，系统必须保证这些步骤是一个整体，否则期间任何一个步骤失败，如突然遭遇停电或其他事故等，都要撤消对这两个账户数据所做的任何修改，这就需要使用事务来处理，把事务作为一个整体，或者成功或者失败。

10.1.1 事务的作用

事务能确保把对多个数据修改作为一个单元来处理，也就是原子操作。例如，金融事务可能从一个账户借入并贷给另一个账户，两步必须同时完成。假定张三账户直接转账 1000 元到李四账户，就需要创建账户表，存放用户的账户信息，T-SQL 语句如下：

```
/*---------------------建表-------------*/
USE  empDB
GO
--创建账户表
IF EXISTS (SELECT * FROM  sysobjects  WHERE name='bank')
   DROP  TABLE  bank
GO
CREATE TABLE bank
(
   customerName  char(10),              --顾客姓名
   currentMoney  money                  --当前余额
)
GO
```

```
/*添加约束，根据银行规定，账户余额不能少于 2 元 ，否则视为销户*/
ALTER TABLE  bank
   ADD  CONSTRAINT  CK_currentMoney  CHECK(currentMoney>=1)
GO
/*插入测试数据，张三开户，开户金额为 1000 元；李四开户，开户金额为 1 元*/
INSERT INTO  bank(customerName,currentMoney)  VALUES('张三', 1000)
INSERT INTO  bank(customerName,currentMoney)  VALUES('李四', 1)
--查看结果
SELECT  *  FROM  bank
GO
```

上述代码的输出结果如图 10-1 所示。

```
customerName          currentMoney
------------ ---------------------
张三                       1000.00
李四                          1.00

(2 行受影响)
```

图 10-1　张三、李四的账户信息

注意　目前两个账户的余额总和为：1000+1=1001 元

现在开始模拟实现转账：从张三的账户直接转账 1000 元到李四的账户。即使用 UPDATE 语句修改张三的账户和和李四账户，张三的账户减少 1000 元，李四的账户增加 1000 元。转账后的余额总和应保持不变，仍为 1001 元。

T-SQL 语句实现如下：

```
/*--转账测试：张三希望通过转账，直接汇钱给李四 1000 元*/
--张三账户减少 1000 元，李四账户增多 1000 元
   UPDATE bank  SET currentMoney= currentMoney-1000
    WHERE  customerName='张三'
   UPDATE bank  SET currentMoney= currentMoney+1000
    WHERE  customerName='李四'
 GO
 --再次查看转账后的结果
 SELECT  *  FROM  bank
 GO
```

上述代码的输出结果如图 10-2 所示。

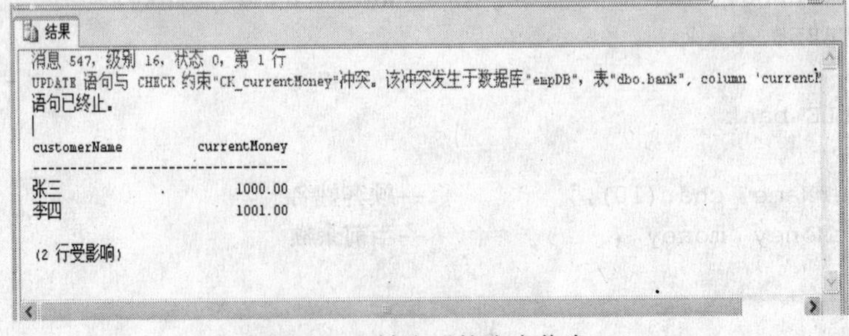

```
结果
消息 547，级别 16，状态 0，第 1 行
UPDATE 语句与 CHECK 约束"CK_currentMoney"冲突。该冲突发生于数据库"empDB"，表"dbo.bank", column 'currentM
语句已终止。

customerName          currentMoney
------------ ---------------------
张三                       1000.00
李四                       1001.00

(2 行受影响)
```

图 10-2　转账后的账户信息

输出结果是张三的账户没减少，但李四的账户却多了1000元，转账后两个账户的钱多出了1000元，显然与所期望的结果不相符。分析其原因如下：

通过查看 SQL Server 错误提示，显示 UPDATE 语句有错，执行时违反了 CK_currentMoney 约束，即余额不能少于1元。两条修改语句中是第一条语句出错了，转出没有成功；但第二条修改语句转入却没有中断执行，才出现上述所看到的结果。

如何解决这个问题呢？在任何情况下，比如停电或机器故障等，银行转账都不会出现上述情况呢？解决的办法就是使用事务。将两条 UPDATE 语句当成一个整体，要么都成功执行，要么都不执行。如果其中任何一条语句出现错误，则整个转账业务应取消，使两个账户的余额恢复原来的数据。

10.1.2 事务的概念及特性

事务提供了一种机制，是一个操作序列，它包含了一组数据库操作命令，并且所有的命令作为一个整体一起向系统提交或撤消操作请求，即这一组数据库命令要么都执行要么都不执行。如果某一事务成功，则在该事务中进行的所有数据更改均会被提交，成为数据库中的永久组成部分。如果事务遇到错误且必须取消或回滚，则所有数据更改均会回到更改前的状态。因此事务是一个不可分割的逻辑工作单元，在数据库系统上执行并发操作时事务是作为最小的控制单元来使用的。它特别适合于多用户同时操作的数据库系统，如航空公司的订票系统、银行系统、保险公司及证券交易系统等。

事务是作为单个逻辑工作单元执行的一系列操作。一个逻辑工作单元必须有 4 个属性，即原子性（Atomicity）、一致性（Consistency）、隔离性（Isolation）及持久性（Durability），以使数据能够正确地提交到数据库中，这些特性通常简称为 ACID。

原子性：事务能确保把对多个数据修改作为一个单元来处理，也就是原子操作。事务中的所有元素必须作为一个整体提交或回滚。如果事务中的任何元素失败，则整个事务将失败。再次以银行转账事务为例，如果该事务提交了，则这两个账户的数据将会更新。如果由于某种原因，事务在成功更新这两个账户之前终止，则不会更新这两个账户余额，并且会撤消对任何账户余额的修改，事务不能部分提交。

一致性：当事务完成时，数据必须处于一致状态。也就是说，在事务开始之前，存储中的数据处于一致状态。正在进行的事务中，数据可能处于不一致的状态，如数据可能有部分修改。然而，当事务成功完成时，数据必须再次回到处于一致状态。也就是通过事务对数据所做的修改不能使数据处于不稳定的状态。

隔离性：对数据进行修改的所有并发事务是彼此隔离的。这表明事务必须是独立的，它不应以任何方式依赖或影响其他事务。修改数据的事务可以在另一个使用相同数据的事务开始之前访问这些数据，或者在另一个使用相同数据的事务结束之后访问这些数据。另外，当事务修改数据时，如果任何其他进程正在同时使用相同的数据，则直到该事务成功提交之后，对数据的修改才能生效。

持久性：当事务完成之后，它对于系统的影响是永久性的。该修改即使出现系统故障也将一直保持。

10.1.3 事务的分类

事务可以分为以下类型：显式事务；隐性事务；自动提交事务。

1．显式事务

显式事务是显式地定义其开始和结束的事务。当明确输入 BEGIN TRANSACTION 和 COMMIT TRANSACTION 语句时，就会发生显式事务。典型的显式事务语法格式如下：

```
BEGIN TRANSACTION
插入记录
删除记录
COMMIT TRANSACTION
```

2．隐性事务

通过 T-SQL 的 SET IMPLICIT_TRANSACTIONS ON 语句，将隐性事务模式设置为打开。当连接以隐性事务模式进行操作时，SQL Server 将在提交或回滚当前事务后自动启动新事务。无需描述事务的开始，只需提交或回滚每个事务。隐性事务模式生成连续的事务链。

在将隐性事务模式设置为打开之后，当 SQL Server 首次执行下列任何语句，都会自动启动一个事务，如下表所示。

ALTER TABLE	INSERT
CREATE	OPEN
DELETE	REVOKE
DROP	SELECT
FETCH	TRUNCATE TABLE
GRANT	UPDATE

在发出 COMMIT 或 ROLLBACK 语句之前，该事务将一直保持有效。在第一个事务被提交或回滚之后，下次当连接执行这些语句中的任何语句时，SQL Server 都将自动启动一个新事务。SQL Server 将不断地生成一个隐性事务链，直到隐性事务模式关闭为止。下面的例子说明了如何启动隐性事务：

```
SET NOCOUNT OFF
GO
USE empDB
GO
CREATE TABLE  ImpTran
(cola  int  primary  key,
colb  char(3)  NOT  NULL)
GO
SET IMPLICIT_TRANSACTIONS ON
GO
/*第一次执行 Insert 语句的时候将自动启动一个隐性事务*/
```

```
INSERT INTO  ImpTran  VALUES(1,'aaa')
GO
INSERT INTO  ImpTran  VALUES(2,'bbb')
GO
/*提交第一个事务*/
COMMIT  TRANSACTION
GO
/*执行SELECT语句将启动第二个隐性事务*/
SELECT  COUNT(*)  FROM  ImpTran
GO
INSERT INTO  ImpTran  VALUES(3,'ccc')
GO
SELECT  *  FROM  ImpTran
GO
/*提交第二个事务*/
COMMIT  TRANSACTION
GO
SET IMPLICIT_TRANSACTIONS OFF
GO
```

3. 自动提交事务

所有 T-SQL 语句在完成时，都会提交或回滚。如果一条语句成功完成，则将其提交，如果遇到任何错误，则将其回滚。只要没有用显式或隐性事务模式替代自动提交模式，SQL Server 连接就以自动提交模式为默认模式进行操作。

10.1.4 用 T-SQL 表示事务

T-SQL 使用下列语句来管理事务：

（1）开始事务：BEGIN TRANSACTION。

（2）提交事务：COMMIT TRANSACTION。

（3）回滚（撤消）事务：ROLLBACK TRANSACTION。

下列变量在事务处理中非常有用。

```
@@ERROR
@@TRANCOUNT
```

下面通过实例讲述事务在实际开发中的应用。

在实际开发中最常用的是显式事务，它明确地指定事务的开始边界。判断 T-SQL 语句是否有错，可使用全局变量@@ERROR，它用来判断当前 T-SQL 语句执行是否有错，若有错则返回非零值。下面应用显式事务来解决上述转账问题，T-SQL 语句如下示例所示：

```
USE empDB
GO
SET NOCOUNT ON  --不显示受影响的行数信息
print '查看转账事务前的余额'
SELECT * FROM bank
```

```
GO
/*--开始事务（指定事务从此处开始，后续的T-SQL语句都是一个整体）*/
BEGIN  TRANSACTION
/* 定义变量，用于累计事务执行过程中的错误--*/
DECLARE  @errorNo  INT
SET @errorNo=0     --初始化为0，即无错误
/*--张三的账户减少1000元，李四的账户多1000元*/
UPDATE  bank  SET  currentMoney=currentMoney-1000
WHERE  customerName='张三'
Set @errorNo=@errorNo+@@error       --累计是否有错误
Print  '查看转账过程中的余额'
SELECT  *  FROM  bank
        /*--根据语句执行情况，确定事务是提交或撤消--*/
IF @errorNo<>0  --如果有错误
   BEGIN
     Print  '交易失败，回滚事务'
     ROLLBACK  TRANSACTION
   END
ELSE
   BEGIN
     Print  '交易成功，提交事务，永久保存'
     COMMIT  TRANSACTION
   END
GO
Print  '查看转账事务后的余额'
SELECT  *  FROM  bank
        GO
```

在连接数据库新建查询后，将上述代码输入，并设置数据显示方式为文本，按F5执行。查看执行结果。

10.1.5 事务的隔离级别

可以为事务指定一个隔离级别，隔离级别定义一个事务必须与其他事务所进行的资源或数据更改相隔离的程度。

较低的隔离级别可以增强许多用户同时访问数据的能力，但也增加了用户可能遇到的并发副作用（如脏读或丢失更新）的数量。相反，较高的隔离级别减少了用户可能遇到的并发副作用的类型，但需要更多的系统资源，并增加了一个事务阻塞其他事务的可能性。

可以从以下4个隔离级别中进行选择。

（1）提交读：这是SQL Server的默认模式。如果事务已提交，则该级别允许读取数据。

（2）未提交读：这是最低限制的隔离级别。在事务结束前可更改数据以及删除和添加行。

（3）可重复读：进行锁定，这样将只能添加行而不能更新数据。

（4）可串行读：串行隔离级别确保了完整性，但是最低的并发级别。整个数据集已锁定，这样将不能添加或更新行（隔离事务的最高级别，事务之间完全隔离）。

语法格式：

```
SET TRANSACTION ISOLATION LEVEL
                    { READ COMMITTED
                    | READ UNCOMMITTED
                    |REPEATABLE READ
                    |SERIALIZABLE
                    }
```

一次只能设置一个隔离级别选项，而且设置的选项将一直对那个连接始终有效，直到显式更改该选项为止。事务中执行的所有读取操作都会在指定的隔离级别的规则下运行，除非语句的 FROM 子句中的表提示为表指定了其他锁定行为或版本控制行为。事务隔离级别定义了可为读取操作获取的锁类型。针对 READ COMMITTED 或 REPEATABLE READ 获取的共享锁通常为行锁，尽管当读取引用了页或表中大量的行时，行锁可以升级为页锁或表锁。如果某行在被读取之后由事务进行了修改，则该事务会获取一个用于保护该行的排他锁，并且该排他锁在事务完成之前将一直保持。

10.2 索引

10.2.1 简介

索引提供了一种基于一列或多列的值对表的数据行进行快速访问的方法。数据库使用索引的方式与使用书的目录极其相似，使用索引可以快速地定位表或索引视图中的特定信息，而且索引可以显著提高数据库查询和应用程序的性能，索引还可以强制表中的行具有唯一性，从而确保表数据的完整性。

10.2.2 索引的概念

有关索引的两个概念介绍如下：

（1）索引：是 SQL Server 编排数据的内部方法。它为 SQL Server 提供一种方法来编排查询数据的路由。

（2）索引页：数据库中存储索引的数据页。索引页存放检索数据行的关键字页以及该数据行的地址指针。索引页类似于汉语字典中按拼音或笔画排序的目录页。

数据库中的索引与书籍中的索引非常类似，在书中通过目录可以快速定位到某一章节的内容。数据库中的索引是由表中一列或者多列生成的键以及指向表中相应数据行位置的指针清单。由此 SQL Server 可以快速、有效地查找与键值关联的行，索引使数据库程序无须对整个表进行扫描，就可以快速找到所需数据。

可以用单个字段或几个字段的组合创建索引。SQL Server 为某些类型的约束（如 PRIMARY KEY 和 UNIQUE 约束）自动创建索引。索引不是必需的，但在对没有索引的表中的数据进行访问时，进行搜索需要花费更长的时间。

索引为性能带来的好处是有代价的。带索引的表在数据库中会占据更多的空间。另外，为了维护索引，对数据进行插入、更新、删除操作的命令所花费的时间会更长。在设计和创建索引时，一般说来，要对大表（超过 100 条）创建索引，小表就不需要创建索引了。

如果对小表创建索引，反而会导致性能降低。

10.2.3 创建索引

创建索引的方法有两种：使用 SSMS 和 T-SQL 语句。

1. 使用 SSMS 创建索引

在 SSMS 中选择 empDB 数据库并单击“+”展开，然后选择 empDB 表，单击“+”展开，选择索引，并单击右键，在弹出的快捷菜单中选择“新建索引”命令，如图 10-3 所示。

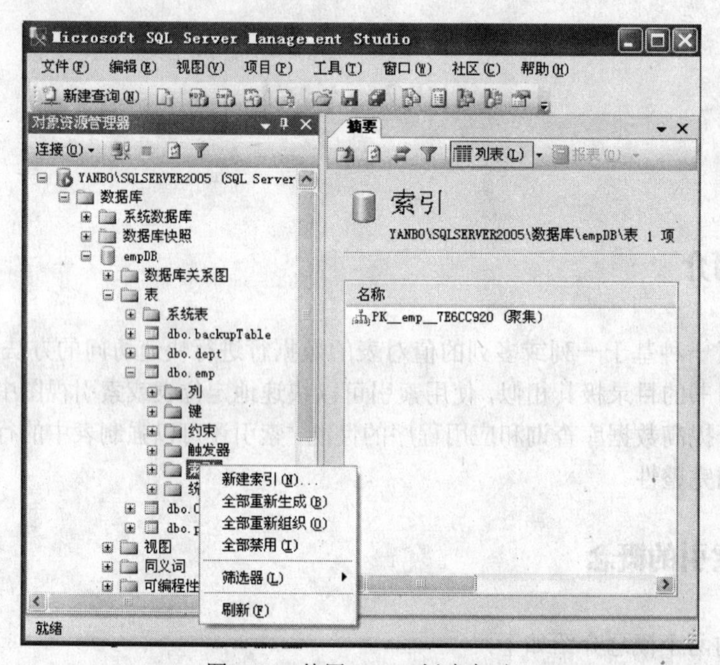

图 10-3 使用 SSMS 创建索引

在弹出的如图 10-4 所示的窗口中添加索引列，给出索引名称、索引类型，然后单击“确定”按钮。

2. 使用 T-SQL 语句创建索引

CREATE INDEX 语句用于为给定的表创建索引。该语句通过修改表的物理顺序，或者向查询优化器提供表的一个逻辑顺序以提高查询效率。只有表的所有者能为表创建索引。

创建索引的语法格式为：

```
CREATE [UNIQUE] [CLUSTERED] [NONCLUSTERED] INDEX index_name
ON table_name (column_name[, column_name]…)
```

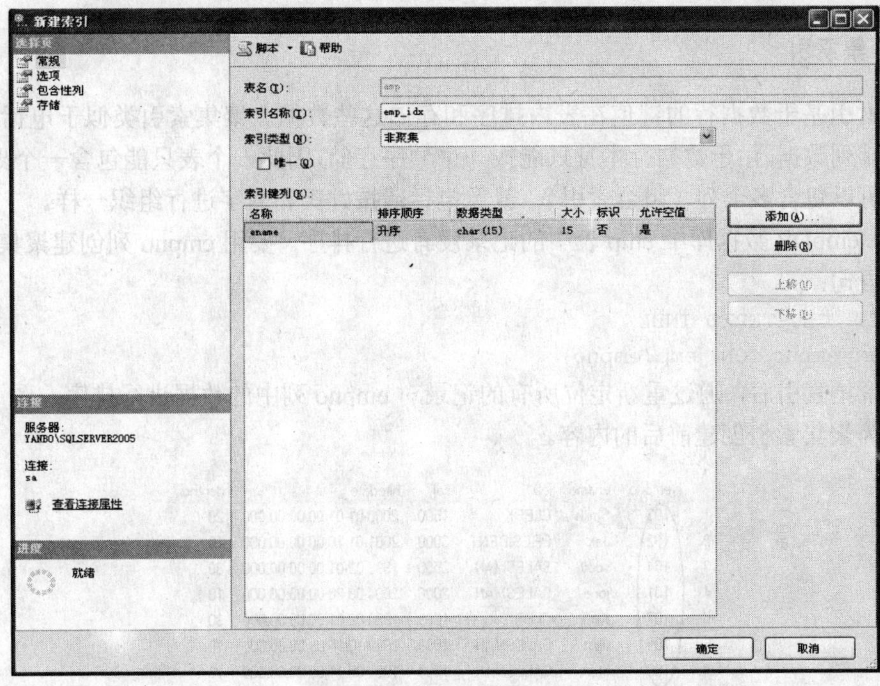

图 10-4 “新建索引”窗口

其中：

- UNIQUE 指定唯一索引，为可选项。
- CLUSTERED、NONCLUSTERED 指定是聚集索引还是非聚集索引，为可选项。

由于员工表 emp 中工资列（sal）经常查询，为了提高查询速度，在工资列上创建索引，该索引为非聚集索引，T-SQL 语句如以下示例所示：

```
USE  empDB
GO
/*--工资列创建非聚集索引*/
CREATE NONCLUSTERED  INDEX  IX_emp_sal  ON  emp(sal)
GO
```

创建索引后，数据库在查询时会自动地使用索引。当然如果存在多个索引，在查询时也可指定使用特定的索引。如下示例：

```
/*--指定按索引: IX_emp_sal 查询--*/
CREATE NONCLUSTERED  INDEX  IX_emp_sal  ON  emp(sal)
SELECT  *  FROM  emp  ( INDEX=IX_emp_sal )   WHERE
Sal  BETWEEN  2000  AND  3000
```

10.2.4 索引的类型

当确定创建索引的数据列后，还应选择最合适的索引类型。SQL Server 的索引主要分两大类：

（1）聚集索引。

（2）非聚集索引。

1. 聚集索引

聚集索引基于数据行的键值在表内排序和存储这些数据。聚集索引类似于电话簿，电话簿按姓氏排列数据。由于数据行本身只能按一个顺序存储，因此一个表只能包含一个聚集索引。但该索引可以包含多个列（组合索引），就像电话簿按姓氏和名字进行组织一样。

例如，empDB 数据库中 emp 表中的记录没有进行排序。要用 empno 列创建聚集索引，可使用下列语句：

```
CREATE  CLUSTERED INDEX
Clindx_empno  ON  emp(empno)
```

创建聚集索引后，通过重新定位所有的记录对 empno 列中的数据进行排序，图 10-5 和图 10-6 所示为聚集索引创建前后的内容。

	empno	ename	job	sal	hiredate	deptno
1	103	Smith	CLERK	1500	2000-01-01 00:00:00.000	20
2	102	Jak	PRESIDENT	3000	2001-01-10 00:00:00.000	10
3	104	scott	SALESMAN	2500	1998-02-01 00:00:00.000	30
4	101	jone	SALESMAN	2000	2004-08-20 00:00:00.000	10
5	107	Kit	CLERK	1600	1999-02-01 00:00:00.000	30
6	105	tiger	SALESMAN	1560	1999-10-15 00:00:00.000	10
7	106	Mark	SALESMAN	1500	1997-08-11 00:00:00.000	10

图 10-5　未创建聚集索引时的 emp 表

	empno	ename	job	sal	hiredate	deptno
1	101	jone	SALESMAN	2000	2004-08-20 00:00:00.000	10
2	102	Jak	PRESIDENT	3000	2001-01-10 00:00:00.000	10
3	103	Smith	CLERK	1500	2000-01-01 00:00:00.000	20
4	104	scott	SALESMAN	2500	1998-02-01 00:00:00.000	30
5	105	tiger	SALESMAN	1560	1999-10-15 00:00:00.000	10
6	106	Mark	SALESMAN	1500	1997-08-11 00:00:00.000	10
7	107	Kit	CLERK	1600	1999-02-01 00:00:00.000	30

图 10-6　创建聚集索引后的 emp 表

聚集索引对于那些经常要搜索范围值的列特别有效。使用聚集索引找到包含第一个值的行后，便可以确保包含后续索引值的行在物理上相邻。

当索引值唯一时，使用聚集索引查找特定的行也很有效率。例如，使用唯一雇员 empno 列查找特定雇员的最快速的方法，是在 empno 列上创建聚集索引或 PRIMARY KEY 约束。

如果该表上尚未创建聚集索引，且在创建 PRIMARY KEY 约束时未指定非聚集索引，PRIMARY KEY 约束会自动创建聚集索引。

假如员工按姓名排序的话,也可以在 lname（姓氏）列和 fname（名字）列上创建聚集索引。

每个表都应有一个聚集索引，以加快数据检索过程。创建聚集索引时应注意以下几点：

（1）选择唯一值比例高的列。一般应选择主键列。

（2）先创建聚集索引，再创建非聚集索引。

（3）在经常被使用联接或 GROUP BY 子句的查询访问列上创建聚集索引；一般说来，这些是外键列。对 ORDER BY 或 GROUP BY 子句中指定的列进行索引，可以使 SQL Server 不必对数据进行排序，因为这些行已经排序。这样可以提高查询性能。

（4）聚集索引不适用于频繁更改的列，因为这将导致整行移动。

2. 非聚集索引

非聚集索引指定表的逻辑顺序。因此，一个表可以有多个非聚集索引（最多为249个）。非聚集索引类似于图书的索引。数据存储在一个位置，索引存储在另一个位置，索引中包含指向数据存储位置的指针。

索引中的项按照索引键值的顺序存储，但表中信息的顺序保持不变。非聚集索引中索引的逻辑顺序与各行在磁盘上的存储顺序即物理顺序并不匹配。

SQL Server按以下方式搜索数据值：搜索非聚集索引以找到数据值在表中的位置，然后直接从该位置检索数据。这个过程类似于图书索引的用法。如果基表使用聚集索引进行排序，则位置就是聚集键值；否则，位置将是行ID，此行ID包括文件编号、页码和行的位置编号。

例如，要使用empDB数据库的emp表的ename列创建非聚集索引，可以使用以下语句：

```
CREATE  NOCLUSTERED  INDEX  NCLINDX_ename  ON emp(ename)
```

在创建非聚集索引之前，应先了解数据是如何被访问的。可考虑将非聚集索引用于以下几种情况中：

- 包含大量非重复值的列。如果只有很少的非重复值，如只有1和0，则大多数查询将不使用索引。
- 使用JOIN或GROUP BY子句的查询。
  应为联接和分组操作中所涉及的列创建多个非聚集索引，为任何外键列创建一个聚集索引。
- 包含经常包含在查询的搜索条件（如返回完全匹配的WHERE子句）中的列。
- 在特定的查询中覆盖一个表中的所有列，这将完全消除对表或聚集索引的访问。

10.2.5 索引的特性和创建索引的指导原则

将索引创建为唯一索引或组合索引，可以进一步增强聚集索引和非聚集索引的功能。唯一索引不允许索引列中存在重复的值，组合索引则允许在创建索引时使用两列或更多的列。

1. 唯一索引

唯一索引不允许两行具有相同的索引值。如果表中数据存在重复的键值，则数据库不允许创建唯一索引。当新数据使表中的键值重复时，数据库也拒绝接受此数据。例如，如果在emp表中的员工姓名列上创建了唯一索引，则所有的员工都不能重名。

以下实例演示了如何创建唯一索引：

```
SET  NOCOUNT ON
USE empDB
IF EXISTS(SELECT  * FROM  INFORMATION_SCHEMA.TABLES
        WHERE  TABLE_NAME='emp_pay')
    DROP  TABLE  emp_pay
GO
USE empDB
IF EXISTS(SELECT  * FROM  sysindexes
```

```
        WHERE  name='empno_ind')
    DROP  INDEX  emp.empno_ind
GO
USE emp
GO
CREATE TABLE  emp_pay
(
    empid  INT NOT NULL,
    base_pay   money   NOT  NULL,
    commission  decimal(2,2)  NOT NULL
)
GO
INSERT INTO  emp_pay  VALUES(1,400,0.10)
INSERT INTO  emp_pay  VALUES(3,550,0.06)
INSERT INTO  emp_pay  VALUES(4,700,0.05)
INSERT INTO  emp_pay  VALUES(6,1000,0.07)
INSERT INTO  emp_pay  VALUES(9,800,0.03)
GO
SET NOCOUNT OFF
CREATE  UNIQUE  CLUSTERED  INDEX  empno_ind
  ON  emp_pay(empno)
    GO
```

聚集索引和非聚集索引都可以是唯一的。因此，只要列中的数据是唯一的，就可以在同一个表上创建一个唯一的聚集索引和多个唯一的非聚集索引。

创建唯一索引需要注意以下事项：

（1）只有当唯一性是数据本身的特征时，指定唯一索引才有意义。如果必须实施唯一性以确保数据的完整性，则应在列上创建 UNIQUE 或 PRIMARY KEY 约束，而不要创建唯一索引。

（2）创建 PRIMARY KEY 或 UNIQUE 约束会在表中指定的列上自动创建唯一索引。

2．组合索引

组合索引包含两个或更多为创建索引而组合在一起的列。最多可以组合 16 列，组合索引与单列索引相比，在数据操纵过程中所需的开销较小，并可替代多个单列索引。

例如，stuDB 数据库的成绩表 grade，在学号 sno 和课程号 cno 列的组合上创建聚集索引。在这两个列上创建索引，可以确保每行都有唯一的值。语句如下：

```
CREATE  UNIQUE  CLUSTERED  INDEX  UPKCL_grade
ON  grade(sno,cno)
```

创建组合索引时应遵循下列原则：

- 当需要频繁地将两个或多个列作为一个整体进行搜索时，可以创建组合索引。
- 创建组合索引时，先列出唯一性最好的列。
- 组合索引中列的顺序和数量会影响查询的性能。

3. 创建索引的指导原则

使用索引虽然可以加快数据检索速度，但没必要为每个字段都建立索引，因为索引本身会占用一定的资源，所以在创建索引时通常遵循以下原则：

在经常要搜索的列上创建索引，例如：

- 主键所在的列。
- 外键或在联接表中经常使用的列。
- 以排序次序访问的列。
- 在聚合过程中被划分为一组的列。

不需要索引的列，例如：

- 在查询中很少引用的列。
- 由 text、ntext 或 image 数据类型定义的列，具有这些数据类型的列不能进行索引。

10.2.6 删除索引

使用 DROP INDEX 语句可以删除表的索引。在删除索引时，需要注意以下事项：

- 不能将 DROP INDEX 语句用于由 PRIMARY KEY 或 UNIQUE 约束创建的索引，必须先删除这些约束才能删除索引。
- 在删除表时，该表所有的索引也将随之删除。
- 在删除聚集索引时，表中所有的非聚集索引都会被自动重建。

语法格式如下：

```
DROP  INDEX  表名.索引名
```

示例：

```
/*--从 emp 表中删除 IX_emp_sal 索引--*/
USE  empDB
DROP  INDEX   emp. IX_emp_sal
```

10.3 视图

视图是存储在数据库中的 SQL 查询，并赋予了一个名称，通过视图可以看到查询的结果。使用视图主要是因为：①出于安全上考虑，用户不必看到整个数据库结构，从而可以隐藏部分数据；②符合用户日常业务逻辑，使他们对数据更容易理解。

10.3.1 视图的概念及优点

视图是从不同的视角查看数据库中一个或多个表中数据的方法。视图是一种虚拟表，它的数据并不真正存储，仅保存视图定义。视图中列都可以追溯到基表，通常是作为来自一个或多个表的行或列的子集创建的。

视图充当着查询中指定的表的筛选器。定义视图的查询可以基于一个或多个表，也可以基于其他视图、当前数据库或其他数据库。

视图通常用来：

- 筛选表中的行。
- 防止未经许可的用户访问敏感的数据。
- 降低数据库的复杂程度。
- 将多个物理数据表抽象为一个逻辑数据表。

使用视图具有以下优点，具体如下：

- 对最终用户的好处：
  - ➢ 使结果更容易理解。创建视图时，可以将列名改为有意义的名称，使用户更容易理解列所代表的内容。
  - ➢ 获取数据更容易。对于不了解 SQL 的人来说，创建对多个表的复杂查询很困难。因而可以通过创建视图来方便用户访问多个表中的数据。
- 对开发人员的好处：
  - ➢ 简化查询。视图可以从几个不同表中提取数据，并以单表形式显示，这样将多表查询转化为对照视图的单表查询。
  - ➢ 限制数据检索。开发人员有时需要隐藏某些行或列中的信息。通过使用视图，用户可以灵活地访问他们需要的数据，同时保证同一个表或其他表中其他数据的安全性。维护应用程序更方便。调试视图比调试查询更容易。

10.3.2 创建视图

创建视图的方法有两种：使用 SSMS 和 T-SQL 语句。

假定希望查看员工的姓名、工种、工资、参加工作日期及部门名称等。

1. 使用 SSMS 创建视图

展开数据库 empDB，如图 10-7 所示，单击右键，在弹出的快捷菜单中选择“新建视图”命令。

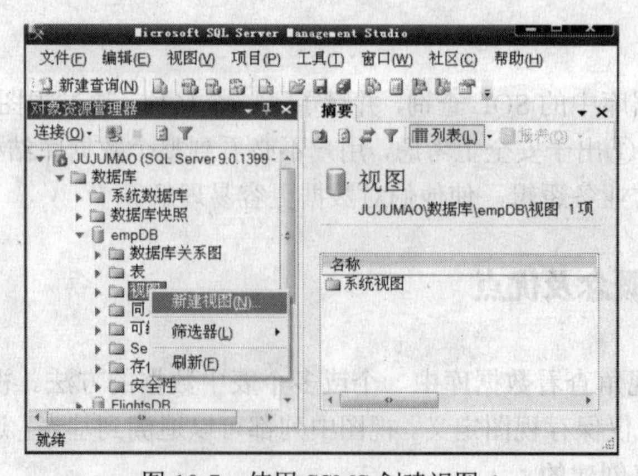

图 10-7 使用 SSMS 创建视图-1

在打开的窗口中选择添加表，如图 10-8 所示。选择表 dept 和 emp。因为两表之间已建立关系（主外键约束），所以两表之间自动出现连接（默认为内部连接），窗口下方自动生成相应的 T-SQL 语句。

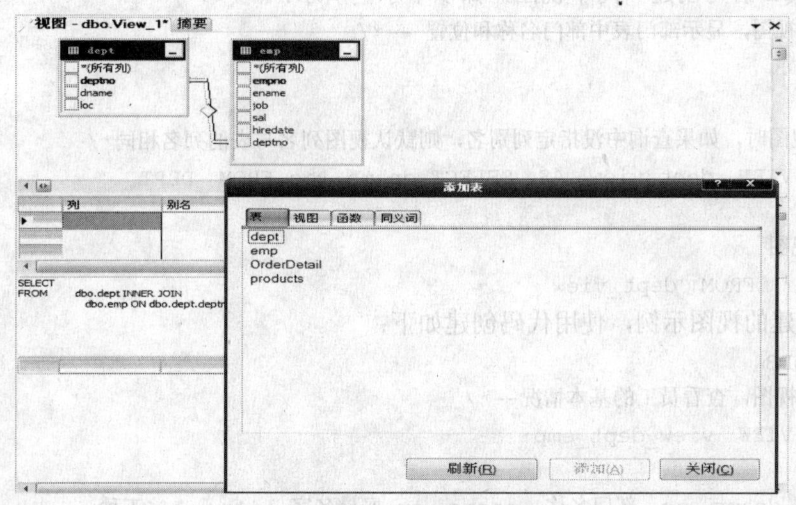

图 10-8 使用 SSMS 创建视图-2

选择希望查看的列：姓名、工种、工资、参加工作日期及部门名称，并在别名栏填写对应的别名，然后单击！运行，所得结果如图 10-9 所示。

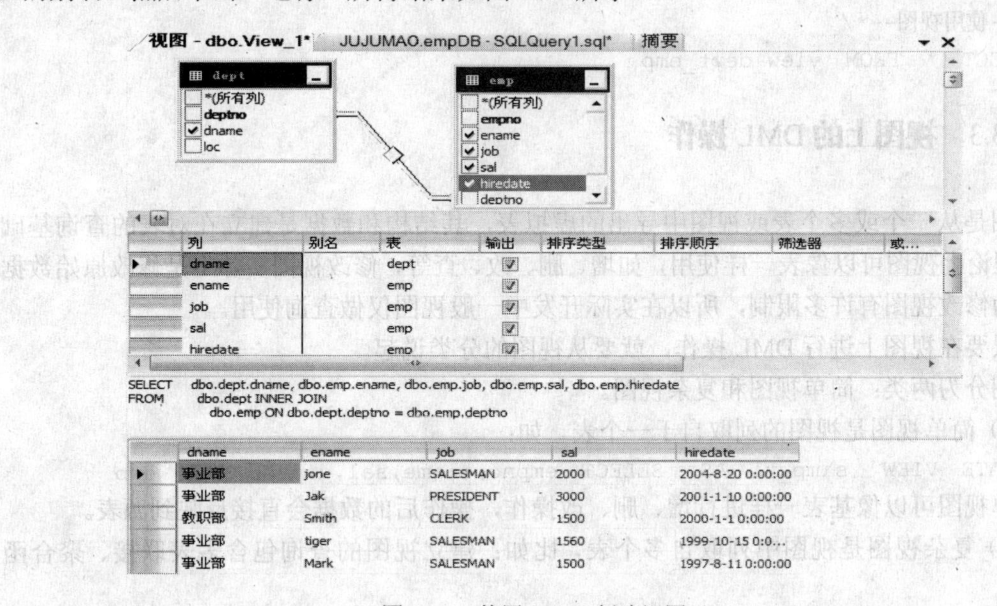

图 10-9 使用 SSMS 创建视图-3

还可以直接修改下方窗口的 T-SQL 语句，直到满意为止，最后单击按钮保存。SQL Server 将如图 10-9 所示的记录结果保存为虚拟表，然后就可以像打开普通表一样使用它。

2．使用 T-SQL 语句创建视图

T-SQL 语句创建视图的语法格式为：

```
CREATE  VIEW  view_name
AS
<select 语句>
```

使用 T-SQL 语句创建一简单视图，如以下示例所示：

```
/*--创建视图，显示部门表中部门名称和位置 --*/
USE empDB
GO
/* 创建视图时，如果查询中没指定列别名，则默认视图列名与表的列名相同*/
CREATE  VIEW  dept_view  AS  SELECT dname,loc FROM  DEPT
GO
-- 使用视图
SELECT  *  FROM  dept_view
```

SSMS 创建的视图示例，使用代码创建如下：

```
USE  empDB
/*--创建视图，查看员工的基本情况--*/
CREATE  VIEW  view_dept_emp
AS
SELECT  dname  as  部门名称, ename  as 雇员名字, job  as  工种,
Sal  as  工资, hiredate  as  参加工作日期
FROM  dept  INNER  JOIN  emp  ON  dept.deptpno=emp.deptno
GO
/*--使用视图--*/
SELECT  *  FROM  view_dept_emp
```

10.3.3 视图上的 DML 操作

视图是从一个或多个表或视图中导出的虚拟表，其结构和数据是建立在对表的查询基础上的。理论上视图可以像表一样使用，如增、删、改、查等，修改视图实际上是修改原始数据表。因为修改视图有许多限制，所以在实际开发中一般视图仅做查询使用。

如果要在视图上进行 DML 操作，就要从视图的分类说起。

视图分为两类：简单视图和复杂视图。

（1）简单视图是视图的列取自于一个表，如：

```
CREATE  VIEW   simp_v1  AS   SELECT  empno,ename,sal,deptno FROM  emp
```

简单视图可以像基表一样进行增、删、改操作，操作后的数据会直接反映到源表。

（2）复杂视图是视图中列取自多个表，比如：建立视图的查询包含多表联接、聚合函数等。

```
CREATE VIEW  complex_view AS
SELECT  deptno ,COUNT(*) AS 'Pcount' FROM  emp
GROUP BY deptno
```

而复杂视图不能直接进行增、删、改操作，如果进行修改操作，要通过 INSTEAD OF 触发器进行。

10.3.4　修改和删除视图

视图创建完后，也可以进行修改，即修改视图定义，修改视图的语法格式是：

```
ALTER  VIEW   view_name
AS
  <select  语句>
```

删除视图的语法格式是：

```
DROP  VIEW  视图名
```

如删除上面创建的视图：

```
DROP  VIEW  view_dept_emp
```

（1）事务提供了一种机制，可用来将一系列数据库更改归入一个逻辑操作。更改数据库后，所做的更改可以作为一个单元来提交或取消。

（2）事务可确保遵循原子性、一致性、隔离性和持续性（ACID）这几种属性，以使数据能够正确地提交到数据库中。

（3）事务可以分为以下类型：

①显式事务。

②隐式事务。

③自动提交事务。

（4）T-SQL 使用下列语句来管理事务：

①BEGIN TRANSACTION。

②COMMIT TRANSACTION。

③ROLLBACK TRANSACTION。

（5）建立索引有助于快速检索数据，索引分为唯一索引、组合索引、聚集索引和非聚集索引。

（6）聚集索引基于数据行的键值在表内排序和存储这些数据。一个表只能有一个聚集索引，这是因为聚集索引决定数据的物理存储顺序。非聚集索引指定表的逻辑顺序。因此，一个表可以有多个非聚集索引。

（7）视图是一种虚拟表，通常是作为执行查询的结果而创建的，视图充当对查询中指定表的筛选器。

习题

老板关心员工的档案，包括员工编号、姓名、工资和参加工作日期以及其所属的部门名称，请根据 dept 表和 emp 表，使用 T-SQL 创建老板关心的员工视图。视图的查询结果如图 10-10 所示。

	员工编号	员工姓...	工资	参加工作日期	部门名称
1	101	jone	2000	2004-08-20 00:00:00.000	事业部
2	102	Jak	3000	2001-01-10 00:00:00.000	事业部
3	103	Smith	1500	2000-01-01 00:00:00.000	教职部
4	104	scott	2500	1998-02-01 00:00:00.000	市场部
5	105	tiger	1560	1999-10-15 00:00:00.000	事业部
6	106	Mark	1500	1997-08-11 00:00:00.000	事业部
7	107	Kit	1600	1999-02-01 00:00:00.000	市场部

图 10-10　有关员工档案的视图

第11章 存储过程

目标

- 了解存储过程的优点
- 掌握常用的系统存储过程
- 掌握如何创建存储过程
- 掌握如何调用存储过程

11.1 存储过程介绍

T-SQL 语言的作用是充当 SQL Server 数据库和用户应用程序间的编程接口。存储和执行 T-SQL 程序的方法有两种：一种方法是在本地存储程序，然后创建应用程序来将命令发送到 SQL Server 并对结果进行处理；另一种方法是将程序存储为 SQL Server 中的存储过程，然后创建应用程序来执行存储过程，并对结果进行处理。

数据库开发人员或管理员可以通过编写存储过程来运行经常执行的管理任务，或者应用复杂的业务规则。存储过程包含数据操纵或数据检索语句。

SQL Server 提供了一些预编译的存储过程，用以管理 SQL Server 和显示有关数据库和用户的信息。这些存储过程称为“系统存储过程”。

SQL Server 中的存储过程与其他语言中的过程或函数类似，它们的共同特征如下：

- 它们都接收输入参数，并向调用过程或语句返回值。
- 它们都包含在数据库中执行操作或调用其他存储过程的编程语句。
- 它们都向调用过程返回状态值，指示执行过程是否成功。

存储过程可以只包含一条 SELECT 语句，也可以包含一系列使用控制流的 SQL 语句，如图 11-1 所示，存储过程可以包含个别或全部的控制流结构。

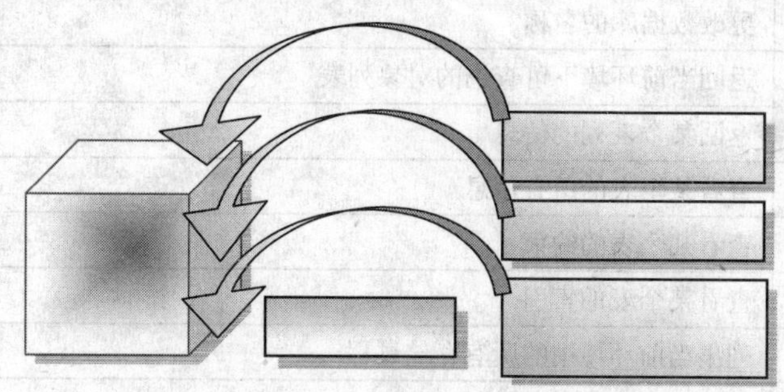

图 11-1 存储过程中的语句

存储过程有下列优点：

（1）允许模块化程序设计。只需创建过程一次并将其存储在数据库中，以后即可在程序中调用该过程任意次。存储过程可由程序员创建，并可独立于程序源代码而单独修改。

（2）允许更快执行。如果某操作需要大量 T-SQL 代码或需重复执行，存储过程将比 T-SQL 批代码执行得要快。将在创建存储过程时对其进行分析和优化，并可在首次执行该过程后使用该过程的内存中版本。每次运行 T-SQL 语句时，都要从客户端重复发送，并且在 SQL Server 每次执行这些语句时，都要对其进行编译和优化。

（3）减少网络流量。一个需要几十行 T-SQL 代码的操作由一条执行过程代码的单独语句就可实现，而不需要在网络中发送数百行代码。

（4）可作为安全机制使用。即使对于没有直接执行存储过程中语句权限的用户，也可授予他们执行该存储过程的权限。

存储过程分系统存储过程、用户定义的存储过程这两类。

11.2 常用的系统存储过程

SQL Server 提供系统存储过程，它们是一组预编译的 T-SQL 语句。系统存储过程提供了管理数据库和更新表的机制，使用系统存储过程可以快速地从系统表中检索数据。

通过配置 SQL Server，可以生成对象、用户和权限的信息和定义，这些信息和定义存储在系统表中。每个数据库都分别有一个包含配置信息的系统表集，用户数据库的系统表是在创建数据库时自动创建的。用户可以通过系统存储过程访问和更新系统表。

所有系统存储过程的名称都以_sp 开头。系统存储过程位于 master 数据库中。系统管理员拥有这些过程。可以在任何数据库中运行系统存储过程，但执行的结果会反映在当前数据库中。

表 11-1 列出了一些常用的系统存储过程。

表 11-1 常用的系统存储过程

系统存储过程	说明
sp_databases	列出服务器上的所有数据库
sp_helpdb	报告有关指定数据库或所有数据库的信息
sp_renamedb	更改数据库的名称
sp_tables	返回当前环境下可查询的对象列表
sp_columns	返回某个表列的信息
sp_help	查看某个表的所有信息
sp_helpconstraint	查看某个表的约束
sp_helpindex	查看某个表的索引
sp_stored_procedures	列出当前环境中的所有存储过程
sp_helptext	显示默认值、未加密的存储过程、用户定义的存储过程、触发器或视图的实际文本

还有一个常用的扩展存储过程 xp_cmdshell，它可以完成 DOS 命令下的一些操作，诸如创建文件夹、列出文件等。

其具体语法格式为：

```
EXEC  xp_cmdshell    DOS 命令  [NO_OUTPUT]
```

其中 EXEC 表示调用存储过程，NO_OUTPUT 为可选参数。

示例：设置执行 DOS 命令后是否输出返回信息，具体使用示例如下：

```
-- xp_cmdshell 扩展存储过程的使用
USE  master
GO
/*--创建数据库 empDB，要求保存在 H: \prod-- */
exec  xp_cmdshell  'mkdir  H:\prod',NO_OUTPUT   --创建文件夹 H:\prod
---创建数据库 prodDB
CREATE  DATABASE   prodDB
ON
(
   NAME='prodDB_data',
   FILENAME='H:\prod\prodDB_data.mdf',
   SIZE=3mb,
   FILEGROWTH=15%
)
LOG  ON
(
   NAME='prodDB_log',
   FILENAME='H:\prod\prodDB_log.ldf',
   SIZE=1mb,
   FILEGROWTH=15%
)
GO

EXEC  xp_cmdshell  'dir  H:\prod\'   --查看文件
```

以上代码的输出结果如图 11-2 所示。

```
--------------------------------------------------------------------------------
 驱动器 H 中的卷是 second
 卷的序列号是 644D-F104
NULL
 H:\prod 的目录
NULL
2008-05-05  22:40    <DIR>          .
2008-05-05  22:40    <DIR>          ..
2008-05-05  22:40         2,097,152 prodDB_data.mdf
2008-05-05  22:40         1,048,576 prodDB_log.ldf
               2 个文件      3,145,728 字节
               2 个目录 11,546,861,568 可用字节
NULL

(12 行受影响)
```

图 11-2 扩展存储过程 xp_cmdshell 的应用

11.3　用户定义的存储过程

除了使用系统存储过程，用户还可以创建自己的存储过程。在 SQL Server 中，可以使用 SSMS 或 T-SQL 语句创建存储过程，使用 SSMS 创建存储过程类似于视图，在这里重点介绍使用 T-SQL 语句创建存储过程。

在 SQL Server 中使用 CREATE PROCEDURE 语句创建存储过程。所有的存储过程都创建在当前数据库中，下面将详细介绍如何使用 T-SQL 语句来创建存储过程。

11.3.1　创建不带输入参数的存储过程

使用 T-SQL 语句创建存储过程的语法格式为：

```
CREATE  PROC[EDURE]   存储过程名
    [ {@参数1   数据类型} [=默认值]  [OUTPUT],
      .......,
      {@参数n   数据类型} [=默认值]  [OUTPUT]
    ]
  AS
      SQL语句
```

其中，参数部分可选，先讨论不带参数的存储过程的用法。

示例：查看部门的平均工资以及各部门工资不超过 2000 的员工，并根据工资数额显示加薪信息。

其具体代码如下：

```
USE empDB
GO
/*--创建存储过程---*/
CREATE PROCEDURE  proc_emp
AS
DECLARE @salAvg  float, @salSum float
SELECT @salAvg=AVG(sal),@salSum=sum(sal) FROM  emp
print  '员工平均工资：' + convert(varchar(10),@salAvg)
print  '  员工总工资：' + convert(varchar(10),@salSum)
IF (@salAvg>2000)
   print  '员工不需要加薪'
ELSE
   print  '员工需要加薪'

print  '--------------------------------------------'
print  '                部门需要加薪的员工：'
SELECT   dname,empno,ename,sal  FROM   dept
INNER JOIN emp   ON  dept.deptno=emp.deptno  WHERE sal<2000
```

```
GO
/*-- 调用存储过程--*/
EXEC  proc_emp       --调用存储过程的语法: EXEC  过程名  [ 参数]
```

以上代码的输出结果如图 11-3 所示。

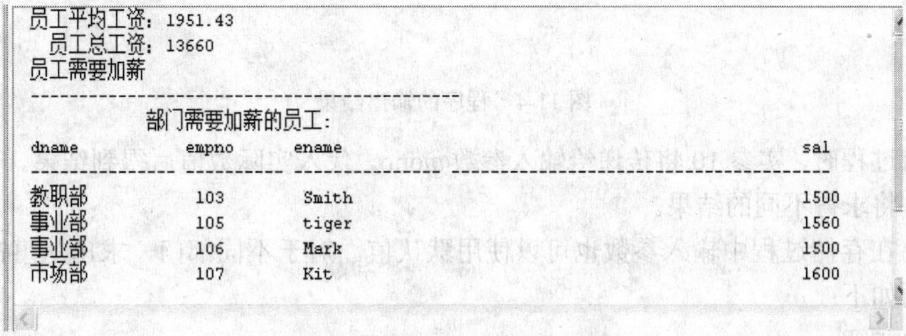

```
员工平均工资: 1951.43
  员工总工资: 13660
员工需要加薪
----------------------------------------
          部门需要加薪的员工:
dname      empno      ename          sal
---------- ---------- -------------- ----
教职部     103        Smith          1500
事业部     105        tiger          1560
事业部     106        Mark           1500
市场部     107        Kit            1600
```

图 11-3　不带参数的存储过程

11.3.2　创建带输入参数的存储过程

在其他语言中，调用带参数的函数时，需要传递实际参数值给形式参数（形参）。例如，在 C 语言中，调用两个数之和的函数 int sum(int　a,　int　b)，求 2 和 3 之和，则调用形式为：c=sum(5,8)，返回值将赋给变量 c。输入参数允许向存储过程中输入信息。为了定义接受输入参数的存储过程，在 CREATE PROCEDURE 语句中声明一个或多个变量作为参数。

```
@参数  数据类型[=默认值]
```

存储过程中的参数与此非常类似，存储过程中的参数分为以下两种：

- 输入参数：可以在调用时向存储过程传递参数,此参数可用来在存储过程中传入值。
- 输出参数：和其他语言中的函数一样，如果希望返回值，则可以使用输出参数，输出参数后有 OUTPUT 标记，执行存储过程后，将把返回值存放在输出参数中，可供其他 T-SQL 语句读取访问。

emp 表中，当部门不同时，需要加薪的员工和部门的平均工资会有所不同。

示例：给定部门号，求该部门的平均工资。其具体代码如下：

```
USE  empDB
GO
/*--创建存储过程--*/
CREATE PROCEDURE  pro_emp
@dno  int
AS
declare  @salavg float
SELECT   @salavg=AVG(sal)   FROM  emp  WHERE deptno=@dno
print  '部门平均工资为: ' +  convert(varchar(10),@salavg)
GO
/*-- 调用存储过程 --*/
--给定部门号 10，求出该部门的平均工资
EXEC  pro_emp  10
```

以上程序的输出结果如图 11-4 所示。

```
结果
部门平均工资为: 2015
```

图 11-4　程序的输出结果

调用该过程时，实参 10 将传递给输入参数@dno，代入实际数值后得到结果。对于给定不同的部门，将求得不同的结果。

另外，在存储过程中输入参数也可以使用默认值。对于不同部门，求出从事销售工作的人数，示例如下：

```
USE  empDB
GO
/*--创建参数带默认值的存储过程--*/
CREATE PROCEDURE proc_job
@dno int=20,
@jb  varchar(20)='SALESMAN'
AS
declare  @rs  int
print  '部门:' +  convert(varchar(5),@dno)   + '   工作:' + @jb
print '-----------------------------------------'
SELECT  @rs=COUNT(*)  FROM  emp  WHERE  deptno=@dno and job=@jb
print  '人数: ' + convert(varchar(10),@rs)
GO
/*-- 调用存储过程--*/
EXEC proc_job      --都采用默认值， 得到 10 部门，从事销售工作的人数
EXEC proc_job  30   --部门号为 30，工种采用默认值
EXEC  proc_job  20, 'CLERK'  --都不采用默认值，部门号位 0，工种为'CLERK'

--错误的调用方式: EXEC   proc_job   ,'CLERK'   -部门号为默认值
--正确的调用方式: EXEC   proc_job  @jb='CLERK'   -部门号为默认值
```

其输出结果如图 11-5 所示。

```
结果
部门:20    工作:SALESMAN
-----------------------------------------
人数: 0
部门:30    工作:SALESMAN
-----------------------------------------
人数: 1
部门:20    工作:CLERK
-----------------------------------------
人数: 1
```

图 11-5　程序的输出结果

11.3.3　创建带输出参数的存储过程

如果希望调用存储过程后，返回一个或多个值，就需要使用输出（OUTPUT）参数了。

为了使用输出参数，必须在 CREATE PROCEDURE 语句和 EXECUTE 语句中指定 OUTPUT 关键字。在执行存储过程时，如果忽略 OUTPUT 关键字，存储过程仍然会执行但不返回值。

例如，在上述存储过程中，如果把调用过程时返回的值放到一个变量里供其他程序使用，则可以使用输出参数。

示例：创建一存储过程，求出在某部门从事某工作的人数，其具体代码如下：

```
USE  empDB
GO
CREATE PROCEDURE pro_job
@dno int=20,
@jb  varchar(20)='SALESMAN',    --默认参数放后
@rs  int  output   --OUTPUT关键字，否则视为输入参数
AS
print   '部门:' +  convert(varchar(5),@dno)    + '     工作:' +  @jb
print '---------------------------'
SELECT  @rs=COUNT(*)  FROM  emp  WHERE  deptno=@dno and job=@jb
print  '人数：' + convert(varchar(10),@rs)
GO

/*--调用存储过程--*/
declare @no  int     --定义变量，用于存放调用存储过程时返回的结果
exec  pro_job   30, 'CLERK',@no output  --调用时要带有 OUTPUT 关键字
print '求得的人数是：' +  convert(varchar(10),@no)
```

其输出结果如图 11-6 所示。

图 11-6　带输出参数的存储过程

示例：创建一个名为 MathProd 的存储过程，用以计算出两个数字的乘积，然后声明一个变量以打印字符串"The result　is:"，具体代码如下：

```
USE  empDB
GO
CREATE  PROCEDURE  MathProd
  @m1  smallint,
  @m2  smallint,
```

```
  @result smallint OUTPUT
AS
  SET  @result=@m1 *  @m2
GO
/*调用存储过程，传递两个实参 5 和 6，将求得结果输出到变量@answer*/
DECLARE @answer  smallint
EXEC  MathProd 5,6,@answer  OUTPUT
SELECT  'The result is: ',@answer
```

该程序输出结果如图 11-7 所示。

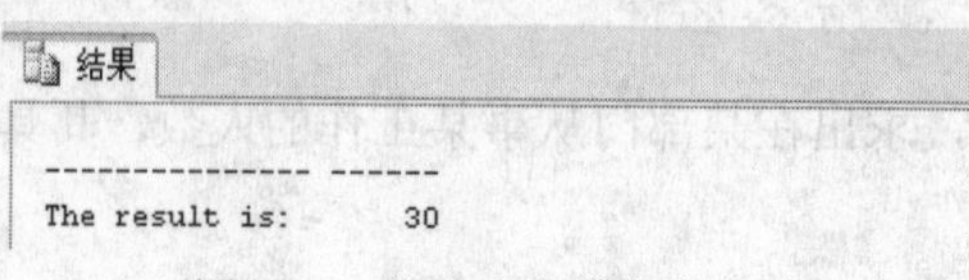

图 11-7　带输出参数的存储过程

需要强调的是，如果想通过调用存储过程得到一个或多个值，需要使用输出参数，那么就需要在创建存储过程时在参数后面跟随 OUTPUT 关键字，调用时也需要在变量后跟随 OUTPUT 关键字。

11.3.4　修改和删除存储过程

1．修改存储过程

可以通过 SSMS 或 T-SQL 语句修改存储过程。

使用 ALTER PROCEDURE 语句来修改现有的存储过程，在使用 ALTER PROCEDURE 进行修改时，SQL Server 会覆盖存储过程以前的定义。

2．删除存储过程

使用 DROP PROCEDURE 语句从当前的数据库删除用户定义的存储过程。

语法格式如下：

```
DROP  PROCEDURE  存储过程名
```

示例：删除存储过程 MathProd.。具体代码如下：

```
USE  empDB
GO
DROP  PROCEDURE  MathProd
GO
```

11.3.5　错误信息处理

为了提高存储过程的效率，存储过程应该包含与用户进行交互的状态（成功或失败）的错误信息，在错误发生时，尽可能给客户提供足够多的信息。在错误处理中可以检查以下内容：SQL Server 错误和自定义的错误信息。

1. @@error

这个系统函数包含最近一次执行的 T-SQL 语句的错误编号。当语句执行时，对错误编号进行清除并重新设置。

示例：在 empDB 数据库中创建名为 AddRec 的存储过程，该存储过程使用@@error 系统函数来确定在每个 INSERT 语句执行时是否发生错误。如果发生错误，事务将回滚。具体代码如下：

```
USE  empDB
GO
CREATE  PROCEDURE  AddRec
@deptno  int=NULL,
@dname  varchar(20)=NULL,
@loc  varchar(20)=NULL
AS
BEGIN TRANSACTION       --事务开始
INSERT INTO DEPT(deptno,dname,loc)
VALUES(@deptno,@dname,@loc)
IF @@error<>0             --判断 T-SQL 语句是否有错，如果有错@@error 不为 0
BEGIN
ROLLBACK  TRAN        --事务回滚
RETURN          --返回
END
COMMIT TRANSACTION       --事务结束
/*--执行存储过程--*/
EXEC  AddRec   50, '采购部', '天河南一路'    --执行正确，事务提交
EXEC  AddRec  'aa','自动化部','天河南一路'  --执行错误，事务回滚
```

2. RAISERROR

如果存储过程在执行过程中可能会出现错误，则需要在存储过程中加入错误检查语句。在存储过程中，可以使用 PRINT 语句显示用户定义的错误信息。但是，这些信息是临时的，且只能显示给用户，使用 RAISERROR 语句能返回用户定义的错误信息，并设置一个系统标志来记录已经发生的错误。在使用 RAISERROR 语句时必须指定错误严重级别和信息状态。

RAISERROR 语句的语法如下：

```
RAISERROR({msg_id | msg_str } {, severity , state } )[WITH  option[,...n] ]
```

其中，

- msg_id：在 sysmessages 系统表中指定的用户定义错误信息。
- msg_str：用户定义的特定信息，最长为 255 个字符。
- severity：与特定信息相关联，表示用户定义的严重性级别。用户可使用的级别为 0～18 级。19～25 级是为 sysadmin 固定角色的成员预留的，并且需要指定 WITH LOG 选项。20～25 级错误被认为是致命错误。
- state：表示错误的状态，是 1～127 的值。
- option：指示是否将错误记录到服务器错误日志中。

示例：接本小节第一个示例，当用户调用存储过程时，传入的部门号为负数时，将弹出错误警告，终止存储过程的执行。

```
USE  empDB
GO
/*--创建存储过程--*/
CREATE PROCEDURE  pro_emp
@dno   int
AS
   /*----------------错误处理------------------*/
   IF (@dno<0)
       BEGIN
         RAISERROR('部门号错误,请指定一个正整数,程序退出',16,1)
         RETURN   --立即返回，退出存储过程
       END
declare  @salavg float
   SELECT   @salavg=AVG(sal)   FROM  emp  WHERE deptno=@dno
   print  '部门平均工资为：' +  convert(varchar(10),@salavg)
GO
/*-- 调用存储过程 --*/
DECLARE  @t   int
EXEC  pro_emp  -10        --部门号误输入为负值
SET  @t=@@ERROR           --如果出现了错误，执行了 RAISERROR 语句，系统全局
                          --@@error 将不等于 0，表示有错
print  '错误号：' +  convert(varchar(5), @t)
IF  @t<>0
RETURN  --退出批处理，后续语句不再执行
print '-----------------------------------------------------'
```

上面示例的输出结果如图 11-8 所示。当调用存储过程时将部门号误输入为-10 ，将执行：

```
RAISERROR('部门号错误',请指定一个正整数,程序退出',16,1)
```

引发系统错误，指定错误的严重级别为 16，调用状态为 1（默认）。错误的严重级别大于 10，将自动设置系统全局变量@@error 为非零，表示语句执行出错。所以，在调用存储过程后，根据全局变量@@error 是否为 0，决定是否还继续执行后续语句。

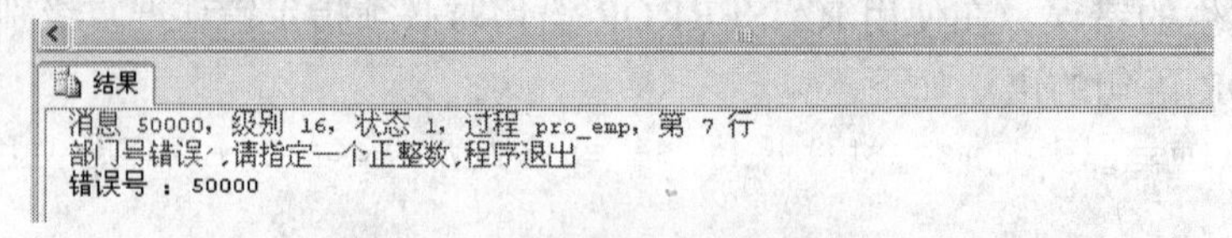

图 11-8　使用 RAISERROR 语句

（1）存储过程是一组预编译的 SQL 语句，可以包含数据操纵语句、逻辑控制语句或数据检索语句。

（2）数据库开发人员或管理人员可以通过编写存储过程来运行经常执行的任务，或者应

用复杂的业务规则。

（3）存储过程可提高应用程序访问数据的速度，帮助实现模块化编程，提高数据库性能和数据安全性。

（4）存储过程可分为：

- 系统存储过程。
- 用户定义的存储过程。

（5）CREATE PROCEDURE 语句用于创建用户定义的存储过程。

（6）EXECUTE 语句用于运行存储过程。

（7）存储过程的参数分为输入参数和输出参数，输入参数用来向存储过程传入值，输出参数从存储过程中返回（输出）值。

（8）RAISERROR 语句用来向用户报告错误。

习题

编写存储过程来完成：

（1）创建一个名为 CheckGen 的存储过程，该过程接受一个名称作为其参数并检查名称的前缀为 Ms.还是 Mr.。如果前缀为 Ms.则显示信息“您输入的是女性的姓名；”如果前缀为 Mr.，则显示信息“您输入的是男性的姓名。”

（2）执行存储过程 CheckGen，以参数的形式传递字符串"Mr. Smith. Ken"。

（3）创建一个显示两个数相加的存储过程 ResultAdd，该过程接受两个数字作为输入参数，结果为输出参数，调用该存储过程并打印输出结果。

第12章 触发器

目标

- 了解触发器的用途
- 理解触发器的工作原理
- 掌握如何使用 inserted 表和 deleted 表
- 掌握如何创建 INSERT、UPDATE、DELETE 触发器

12.1 触发器介绍

触发器是在数据库中发生事件时自动执行的特殊存储过程，这些事件主要是发生在表上的 DML（INSERT、UPDATE、DELETE）操作，所以触发器与数据操作有关，通过创建触发器来强制实现不同表中逻辑相关数据的引用完整性或一致性。到目前为止，要在数据库服务器端实现或者执行业务规则的方法如下：

- 使用存储过程实现业务规则。用户必须首先创建存储过程，然后由客户来调用存储过程以执行业务规则。
- 使用约束强制实现业务规则。比如创建了一个检查约束，在向表中输入数据时，将强制性地保证表中的数据满足约束条件。

SQL Server 提供了两种机制来强制业务规则数据完整性，即约束和触发器。触发器还可以查询其他表，并可以包含复杂的 T-SQL 语句。将触发器和触发它的语句作为可在触发器内回滚的单个事务对待。如果检测到严重错误（如取钱时余额不足），则这个事务自动回滚，它可以实现比 CHECK 约束更复杂的数据完整性。

12.2 触发器的作用

12.2.1 触发器的特点

触发器是在对表进行插入、更新或删除操作时自动执行的存储过程。它不同于前面介绍过的存储过程，触发器主要是通过事件进行触发而被执行的，而存储过程可以通过存储过程名

字而被直接调用。触发器主要有以下特点：

（1）与表相关联。触发器定义在表上，这个表称为触发表。

（2）自动触发。当对表中的数据进行插入、更新或者删除操作时，如果在该表上对指定操作定义了触发器，则该触发器自动执行。

（3）不能直接调用。与存储过程不同，触发器不能直接被调用，也不能传递或者接受参数。

（4）是事务的一部分。可以将触发器和触发它的语句作为可在触发器内回滚的单个事务对待。

12.2.2 触发器的作用

触发器主要用于维护底层数据的完整性，而不是返回查询结果。触发器的主要优点是可以包含复杂的处理逻辑。触发器能够对数据库中的相关表进行级联修改，强制比 CHECK 约束更复杂的数据完整性，并自定义错误以及比较数据修改前后的状态。

1. 数据库相关表间的级联修改

用户能够使用触发器对数据库中的相关表进行级联修改和删除。例如，empDB 数据库中的 Dept 表上的删除触发器，可以删除 Emp 表中与要删除的 DeptNO 值相匹配的行。触发器使用 Emp 表的 DeptNO 外键来查找该表中的相应记录，从而执行相应的删除操作。

2. 强制比 CHECK 约束更复杂的数据完整性

与 CHECK 约束不同，触发器可以引用其他表中的列，能够实现比 CHECK 更为复杂的约束。约束和触发器在特殊情况下各有优势。触发器的主要好处在于它们可以包含使用 T-SQL 代码的复杂处理逻辑。因此，触发器可以支持约束的所有功能；如果能够用约束实现就最好不使用触发器。在约束所支持的功能无法满足应用程序的功能要求时，触发器就非常有用。

3. 自定义错误信息

当执行触发器的条件被满足时，通过使用触发器可以调用动态自定义的错误信息。

4. 比较修改前后数据的状态

触发器提供了引用 INSERT、UPDATE、DELETE 语句引起的数据变化的能力，并允许在触发器中引用被修改语句所影响的数据行。

12.3 触发器的种类

SQL Server 支持两种类型的触发器，即 AFTER 触发器和 INSTEAD OF 触发器。

AFTER 触发器要求只有执行某一操作 INSERT、UPDATE、DELETE 之后触发器才被触发且只能在表上定义。可以为表的同一操作定义多个触发器。对于 AFTER 触发器可以定义哪一个触发器被最先触发、哪一个触发器被最后触发，通常使用系统存储过程 sp_settriggerorder 来完成此任务。

INSTEAD OF 触发器表示并不执行其所定义的操作 INSERT、UPDATE、DELETE，而仅是执行

触发器本身。既可在表上定义 INSTEAD OF 触发器，也可以在视图上定义 INSTEAD OF 触发器。但对同一操作只能定义一个 INSTEAD OF 触发器。

执行 INSTEAD OF 触发器代替通常的触发动作，比如 INSERT、UPDATE、DELETE 动作。INSTEAD OF 触发器还可以在带有一个或多个基表的视图上定义。

12.4　触发器的工作过程

设计触发器时，了解触发器的工作方式是十分重要的。由于触发器是通过事件触发而被执行的，这些事件通常就是对表的数据操作，主要包括 INSERT、UPDATE、DELETE。因此触发器可分为 INSERT 触发器、DELETE 触发器及 UPDATE 触发器。本章重点讨论这几种触发器的工作过程。

（1）INSERT 触发器：当向表中插入数据时触发，自动执行触发器所定义的 SQL 语句。

（2）UPDATE 触发器：当更新表中某列、多列时触发，自动执行触发器所定义的 SQL 语句。

（3）DELETE 触发器：当删除表中记录时触发，自动执行触发器所定义的 SQL 语句。

触发器有两个特殊的表：插入表（inserted 表）和删除表（deleted 表）。这两个表是逻辑表，并且是由系统管理的，存储在内存中，不是存储在数据库中，因此，不允许用户直接对其修改。

这两个表与被触发器作用的表有相同的表结构。这两个表是动态驻留在内存中的，当触发器工作完成时，它们也被删除。这两个表主要保存因用户操作而被影响到的原数据值或新数据值。另外这两个表是只读的，即用户不能向其写入内容，但可以引用表的数据。例如可用语句查看 inserted 表中的信息：

```
select * from inserted
```

（1）inserted 表：在执行 INSERT 或 UPDATE 语句时，即当 INSERT 触发器或 UPDATE 触发器触发时，新加行或被更新后的记录行同时添加到 inserted 表和触发器表中。inserted 表用于存储 INSERT 和 UPDATE 语句所影响的行的副本，即在 inserted 表中临时保存了被插入或被更新后的记录行。由此可以从 inserted 表检查插入的数据是否满足业务需求。如果不满足，就可以向用户报告错误消息，并回滚撤消操作。

（2）deleted 表：在执行 DELETE 或 UPDATE 语句时，即当 DELETE 触发器或 UPDATE 触发器触发时，行从触发表中删除，并传输到 deleted 表中。deleted 表存储了 DELETE 和 UPDATE 语句所影响的行的副本，即在 deleted 表中临时保存了被删除或被更新前的记录行。由此可以从 deleted 表中检查删除的数据行是否能删除。如果不能，就可以回滚撤消此操作，因为触发器本身就是一个特殊的事务单元。

更新（UPDATE）语句可看成两步操作，即捕获数据前的 DELETE 语句和捕获数据后的 INSERT 语句。当在定义有触发器的表上执行 UPDATE 语句时，原始行被移入到 deleted 表中，更新行被移入到 inserted 表中。

综上所述，inserted 表和 deleted 表用于临时存放对表中数据行的修改信息，它们在具体的增加、删除、更新操作时的情况如表 12-1 所示。

表 12-1 inserted 表和 deleted 表

修改操作	inserted 表	deleted 表
增加（INSERT）记录时	存放新增记录	—
删除（DELETE）记录时	—	存放被删除的记录
修改（UPDATE）记录时	存放用来更新的新记录	存放更新前的记录

12.5 创建触发器

创建触发器有两种方法：使用 SSMS 创建和使用 T-SQL 语句创建。本章将重点介绍使用 T-SQL 语句创建 INSERT、UPDATE、DELETE 触发器。

12.5.1 使用 SSMS 创建触发器

用户可以在 SSMS 中选中某个表，然后单击“+”号展开，选中触发器后单击右键，在弹出的快捷菜单中选择“新建”命令，如图 12-1 所示，然后在弹出的窗口中编写触发器定义的 T-SQL 语句。

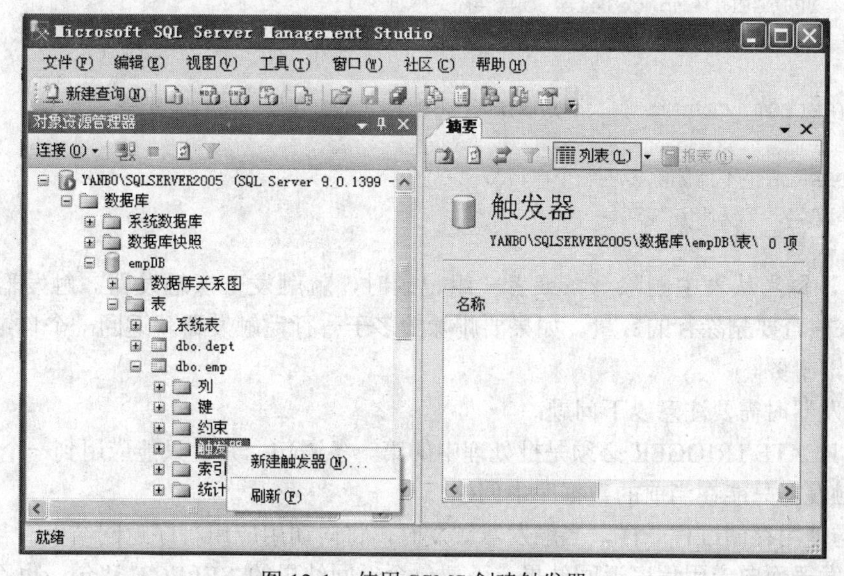

图 12-1 使用 SSMS 创建触发器

12.5.2 使用 T-SQL 语句创建触发器

使用 T-SQL 语句可创建 INSERT 触发器、DELETE 触发器和 UPDATE 触发器，这是本章的重点内容。

创建触发器的 T-SQL 语法格式如下：

```
CREATE  TRIGGER  Trigger_name
ON  table_name
[WITH  ENCRYPTION]
FOR  {[DELETE,INSERT,UPDATE]}
AS  SQL  语句
```

对参数的说明如下：

（1）Trigger_name：是触发器的名称。触发器名称必须符合标识符规则，并且在数据库中必须唯一。

（2）table_name：是在其上执行触发器的表或视图，有时称为触发器表或触发器视图。

（3）WITH ENCRYPTION：加密 syscomments 表中包含 CREATE TRIGGER 语句文本的条目。

（4）{[DELETE,INSERT,UPDATE]}：是指定在表或视图上执行哪些数据修改语句时将激活触发器的关键字。必须至少指定一个选项。在触发器定义中允许使用以任意顺序组合的这些关键字。如果指定的选项多于一个，需用逗号分隔这些选项。

示例：在 empDB 表上创建一个触发器，该触发器保证每次最多只能删除一个雇员，具体代码如下：

```
USE empDB
GO
/*--创建触发器--*/
CREATE  TRIGGER  emp_delete  ON  emp
FOR  DELETE
AS
   IF (SELECT  COUNT(*)  FROM  Deleted)>1
BEGIN
   RAISERROR('不能删除多于一个雇员', 16, 1)
   ROLLBACK  TRANSACTION
END
```

该例中，每当从表中删除一条或者一组记录时，就触发一次触发器。触发器通过查询 deleted 表来核查要删除行的数量。如果要删除的多于一行，触发器就返回一个自定义错误信息，并且回滚事务。

创建触发器时需要注意以下问题：

（1）CREATE TRIGGER 必须是批处理中的第一条语句，并且只能应用到一个表中。

（2）触发器只能在当前的数据库中创建。

（3）与使用存储过程一样，当触发器触发时，将向调用应用程序返回结果。若要避免由于执行了触发器而向应用程序返回结果，不要包含返回结果的 SELECT 语句，也不要包含在触发器中进行变量赋值的语句。如果必须在触发器中进行变量赋值，则应该在触发器的开头使用 SET NOCOUNT 语句以避免返回任何结果集。

12.5.3 更改和删除触发器

1. 修改触发器

如果需要改变现有触发器的定义，则只需修改触发器而不必删除它。

修改触发器的语法格式如下：

```
ALTER TRIGGER Trigger_name
ON table_name
   [WITH ENCRYPTION]
   FOR {[DELETE,INSERT,UPDATE]}
   AS SQL 语句
```

2. 禁用或启用触发器

用户可以禁用、启用一个指定的触发器或一个表的所有触发器。当禁用一个触发器后，它在表上的定义仍然存在。但是，当对表执行 INSERT、UPDATE 或 DELETE 语句时，并不执行触发器动作，直到重新启用触发器为止。

可以使用 ALTER TABLE 语句禁用或启用触发器。

禁用或启用触发器的语法格式如下：

```
ALTER TABLE emp
{ENABLE | DISABLE } TRIGGER
{ALL | trigger_name[,…n]}
```

下面的语句禁用了 emp 表上的 emp_delete 触发器：

```
ALTER TABLE emp DISABLE TRIGGER emp_delete
```

3. 删除触发器

可以通过删除触发器的方法移除触发器。当触发器所关联的表被删除时，将自动删除触发器。

删除触发器的语法格式如下：

```
DROP TRIGGER trigger_name
```

示例：

```
DROP TRIGGER emp_delete
```

12.6 触发器的应用

下面对各种类型的触发器进行详细描述，并且通过实例让学生掌握这些类型触发器的应用。

12.6.1 INSERT 触发器

当试图向表中插入数据时，将执行 INSERT 触发器。INSERT 触发器可以确保添加到表中的数据是有效的。要插入的数据先保存在逻辑 inserted 表中，然后添加到触发器表中。对于插入操作，由于没有删除数据，因此不使用逻辑 deleted 表。

当试图向表中插入数据时，INSERT 触发器执行下列操作：

（1）向 insertd 表中插入一个新行的副本。

（2）检查 inserted 表中的新行，确定是否要阻止该插入操作。

（3）如果所插入的行中的值是有效的，则将该行插入到触发器表中。

示例：当在员工表（emp）中输入数据时，确保输入的员工工资不超过 5000 元人民币。

分析：在 empDB 数据库中的 emp 表上创建一个 INSERT 触发器 CheckSal。该触发器确保任一个员工的工资不超过 5000 元。触发器代码如下：

```
CREATE TRIGGER  CheckSal
  ON  emp
  FOR INSERT,DELETE,UPDATE
AS
  DECLARE @sal money
  SELECT  @sal=sal  FROM  inserted
    IF @sal > 5000
    BEGIN
      PRINT '工资不能超过 5000'
      PRINT '请将工资修改为小于 5000 的值'
      ROLLBACK  TRANSACTION
    END
```

示例：假设数据库设计需要两张表：产品表（products）存放产品信息；订单明细表（OrderDetail）存放每次订购的产品信息。如何实现无论何时订购产品（无论何时向 OrderDetail 表中插入一条记录），触发器都将更新 products 表的一列（UnitsInStock），即自动减少产品库存。

T-SQL 语句实现代码如下：

```
/*----------------------建表-----------------------*/
USE  empDB
GO
--创建产品表 products 和订单明细表 OrderDetail
IF EXITS(SELECT  * FROM  sysobjects  WHERE  name='products')
DROP  TABLE  products
IF EXITS(SELECT  * FROM  sysobjects  WHERE  name='OrderDetail')
DROP  TABLE  OrderDetail
GO
CREATE TABLE  products      --产品信息表
(
  ProductID int primary key,       --产品编号
  ProductName  varchar(40),        --产品名称
```

```
  SupplierName varchar(50),     --供应商
  UnitPrice money check(UnitPrice>0) default 0,     --单价
  UnitInStock smallint check(UnitInStock>0) default 0     --库存
)
GO
CREATE TABLE OrderDetail
(
  OrderID int primary key, --订单号
  ProductID int foreign key references Products(productID),-- 产品编号
  UnitPrice money CHECK(UnitPrice>=0),-- 单价
  Quantity  int CHECK(Quantity>=0),-- 数量
  Discount  real          --折扣
)
GO
/*--- 给订单明细表添加约束：折扣界于0和1之间,数量默认为1
ALTER TABLE OrderDetail
    ADD CONSTRAINT CK_Discount CHECK(Discount>=0 and Discount<=1)
ALTER TABLE OrderDetail
    ADD CONSTRAINT CK_Quantity DEFAULT 1 FOR Quantity
/*插入测试数据，3个产品 */
INSERT INTO products(ProductID,ProductName,SupplierName,UnitPrice,
                  UnitInStock) VALUES(1,'保暖内衣','广东布衣一厂',59,30)
INSERT INTO products(ProductID,ProductName,SupplierName,UnitPrice,
                  UnitInStock) VALUES(2,'绿色风衣','顺德针织',120,22)
INSERT INTO products(ProductID,ProductName,SupplierName,UnitPrice,
                  UnitInStock) VALUES(3,'外套','顺德针织',100,50)
/*--插入测试数据：订购保暖内衣5件--*/
INSERT INTO OrderDetail(OrderID, ProductID, UnitPrice, Quantity, Discount)
                  VALUES(11,1,49,5,0)
--查看结果
SELECT * FROM products
SELECT * FROM orderdetail
```

上面的代码显示结果如图12-2所示。

	ProductID	ProductName	SupplierName	UnitPrice	UnitInStock
1	1	保暖内衣	广东布衣一厂	59.00	30
2	2	绿色风衣	顺德针织	120.00	22
3	3	外套	顺德针织	100.00	50

	OrderID	ProductID	UnitPrice	Quantity	Discount
1	11	1	49.00	5	0

图12-2 使用触发器前表的数据

示例：当在OrderDetail中插入一条记录时，即订购产品时，产品信息表products中库存UnitInStock应相应减少，因此在OrderDetail表中创建插入触发器，具体代码如下：

```
CREATE TRIGGER OrdDet_Insert
ON OrderDetail
FOR INSERT
```

```
AS
UPDATE P  SET
UnitInStock=P.UnitInStock - I.Quantity
FROM products  AS P  INNER  JOIN  Inserted  AS  I
ON  P.ProductID=I.ProductID

/*--测试--*/
/* 删除订单明细表原来的数据 */
DELETE   FROM   OrderDetail
/*--插入测试数据：订购保暖内衣 5 件- -*/
INSERT INTO  OrderDetail(OrderID, ProductID, UnitPrice, Quantity, Discount)
VALUES(11,1,49,5,0)
--查看结果
SELECT  *  FROM  products
SELECT  * FROM  orderdetail
```

这一示例的输出结果如图 12-3 所示。当订购一个“保暖内衣”产品时（在订单明细表中插入记录），将触发订单表上的 INSERT 触发器，自动减少该商品的库存数量。

	ProductID	ProductName	SupplierName	UnitPrice	UnitInStock
1	1	保暖内衣	广东布衣一厂	59.00	25
2	2	绿色风衣	顺德针织	120.00	22
3	3	外套	顺德针织	100.00	50

	OrderID	ProductID	UnitPrice	Quantity	Discount
1	11	1	49.00	5	0

图 12-3　使用 INSERT 触发器后产品表的数据变化

12.6.2　DELETE 触发器

当 DELETE 触发器触发时，需要考虑以下事项和原则：

（1）当某行被添加到 deleted 表时，它就不再存在于数据库表中，因此 deleted 表和数据库表没有相同的行。

（2）创建 deleted 表时，空间是从内存中分配的。deleted 表总是被存储在高速缓存中。

当试图从表中删除数据行时，DELETE 触发器会执行下列操作：

（1）从触发器表中删除行。

（2）将删除的行插入到 deleted 表中。

（3）检查 deleted 表中的行，以确保是否需要或应如何执行触发操作。

DELETE（删除）触发器的典型应用就是数据备份。某些表需要定期删除部分数据，当删除数据时，一般需要自动备份，以方便查询使用。比如：当订单明细表的数据过多时，为了加快系统的数据访问速度，需定期删除部分数据。

示例：当删除订单明细表时，自动备份被删除的数据到表 backupTable 中。

分析：应在订单明细表上创建 DELETE 触发器，则被删除的数据可以从 deleted 表中获取。

T-SQL 代码如下：

```
USE empDB
GO
/*---检测是否存在，触发器存放在系统表 sysobjects 中--------*/
IF EXISTS (SELECT name FROM sysobjects WHERE name='trig_delete_order')
   DROP TRIGGER trig_delete_order
GO
/*----创建 DELETE 触发器：在 OrderDetail 表上创建删除触发器-----*/
CREATE TRIGGER trig_delete_order
ON OrderDetail
FOR DELETE
AS
   print '开始数据备份，请稍侯......'
   IF NOT EXISTS(SELECT * FROM sysobjects WHERE name='backupTable')
      SELECT * INTO backupTable FROM deleted --从 deleted 表中获取被删除的数据
   ELSE
      INSERT INTO backupTable SELECT * FROM deleted
   print '备份数据成功，备份表中的数据为：'
   SELECT * FROM backupTable
GO
/*--测试触发器：删除数据--*/
SET NOCOUNT ON --不显示 T-SQL 语句影响的记录行数
DELETE FROM OrderDetail
--查看结果
print '订单明细表中的数据：'
SELECT * FROM OrderDetail
```

本示例的输出结果如图 12-4 所示。订单明细表中的数据被删空，备份到表 backupTable 中。

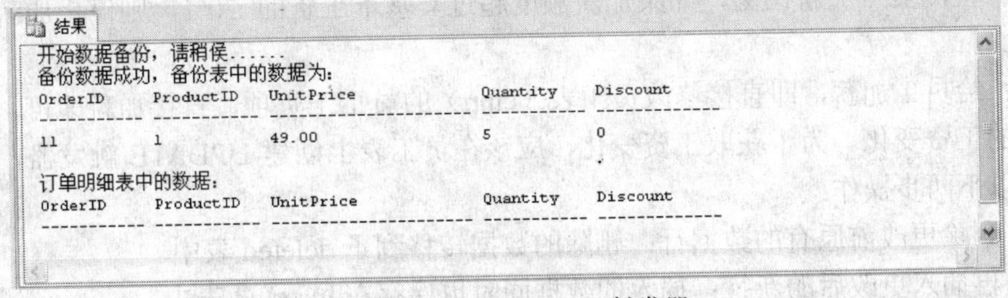

图 12-4 使用 DELETE 触发器

示例：不允许从雇员信息表中删除职位是 PRESIDENT 的员工记录。

分析：在 emp 表上创建一个 DELETE 触发器，以确保总经理不会被从 emp 表中删除。

T-SQL 代码如下：

```
CREATE TRIGGER NoDeletePresident
ON emp
FOR DELETE AS
IF (SELECT job FROM deleted)='PRESIDENT'
BEGIN
   print '不能删除职位是总经理的信息....'
   ROLLBACK TRANSACTION
END
```

其输出结果如图 12-5 所示，当删除职位是 PRESIDENT 的记录时，显示如图 12-5 所示的信息。

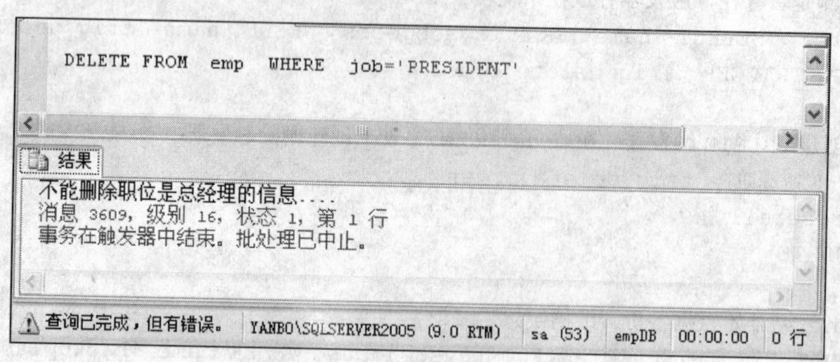

图 12-5　使用 DELETE 触发器

12.6.3　UPDATE 触发器

如果在表上定义了 UPDATE 触发器，当对表执行更新操作时，UPDATE 触发器将被触发，同时会执行下列操作：

（1）将原始行移到逻辑 deleted 表中。

（2）将更新行移到逻辑 inserted 表中。

（3）触发器检查 deleted 表和 inserted 表，以确定是否需要进行干预。

UPDATE（更新）触发器主要用于跟踪、检测数据的变化。典型的应用就是检查员工加薪额度。一般要求员工加薪不能超过其规定的限额。

示例：检测员工加薪比例，如果加薪额度超过其基本工资的 20%，则停止加薪，并给出错误提示。

分析：给员工加薪，即直接修改员工表（emp）的员工工资项，直接加薪即可，但要控制加薪前后的工资变化。为了获取工资变化，应该在员工表上创建 UPDATE 触发器，更新操作可以视为以下两步操作：

（1）删除更改前原有的数据行：删除的数据转移到了 deleted 表中。

（2）再插入更改后的新行：插入的数据同时也保存在 inserted 表中。

既然更改前的原有数据保存在 deleted 表中，更改后的数据保存在 inserted 表中，只需将更改前后的余额进行比较，就可以知道加薪的额度是否超过了 20%。

T-SQL 的具体实现如下：

```
USE  empDB
GO
/*---检测是否存在，触发器存放在系统表 sysobjects 中--------*/
IF EXISTS  (SELECT  name  FROM  sysobjects  WHERE  name=' trig_update_emp')
   DROP  TRIGGER  trig_update_emp
GO
/*----创建 UPDATE 触发器：在表 emp 上创建更新触发器*/
CREATE  TRIGGER  trig_update_emp
ON emp
```

```
FOR UPDATE
AS
   DECLARE @beforeSal Money,@afterSal Money      --定义变量
   SELECT  @beforeSal=sal  FROM  deleted       --获取加薪前的工资
   SELECT  @afterSal=sal  FROM inserted        --获取加薪后的工资
   select  @afterSal,@beforeSal
  IF  ABS(@afterSal-@beforeSal)>=@beforeSal*0.2        --判断加薪额度是否超过%
   BEGIN
      print  '加薪额度：'
          +convert(varchar(8),ABS(@afterSal-@beforeSal))
      RAISERROR ('加薪额度不能超过其工资的 20%,加薪失败',16,1)
      ROLLBACK  TRANSACTION         --回滚事务，撤消加薪
END
GO
/*--测试触发器：修改工资额--*/
SET  NOCOUNT ON  --不显示 T-SQL 语句影响的记录行数
UPDATE  emp  SET  sal=sal+sal*0.2  WHERE  empno=102
--如不指定哪个员工，在修改第一个员工工资时，触发器就会触发

--查看结果
print '工资表的数据：'
SELECT  *  FROM  emp
```

其输出结果如图 12-6 所示。

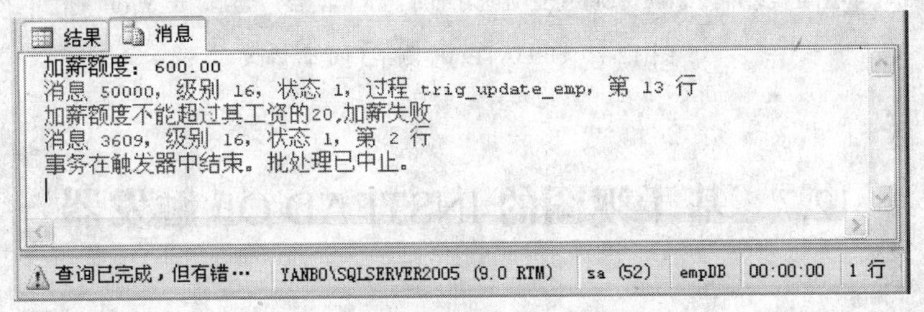

图 12-6　使用 UPDATE 触发器

当在表 empDB 上执行 UPDATE 操作时，触发了 empDB 表上的 UPDATE 触发器。报告了错误，取消加薪。如加薪小于工资的 20%，就正常加到了员工工资上。

可以使用 IF UPDATE 语句定义一个监视指定列数据更新的触发器。当它检测到指定列已经更新时，触发器就会进一步执行适当的动作。例如，发出错误信息指出该列不能更新，或者根据新的更新的列值执行一系列动作语句。

UPDATE 触发器的语法格式如下：

```
IF  UPDATE(<column_name>)
```

示例：阻止用户修改 emp 表中的 empno 列。T-SQL 代码如下：

```
USE  empDB
GO
/*--创建 UPDATE 触发器：在雇员表 emp 上创建更新（列）触发器 --*/
CREATE TRIGGER  emp_update
```

```
    ON  emp
    FOR  UPDATE
AS
IF UPDATE(empno)
BEGIN
   print  '修改失败....'
   RAISERROR('****不允许修改雇员号！',16,1)
   ROLLBACK  TRANSACTION      --回滚事务，撤消操作
END
GO
/*--测试触发器：修改雇员编号*/
--SET NOCOUNT ON
UPDATE EMP SET EMPNO=111 WHERE EMPNO='101'
GO
```

其输出结果如图 12-7 所示。

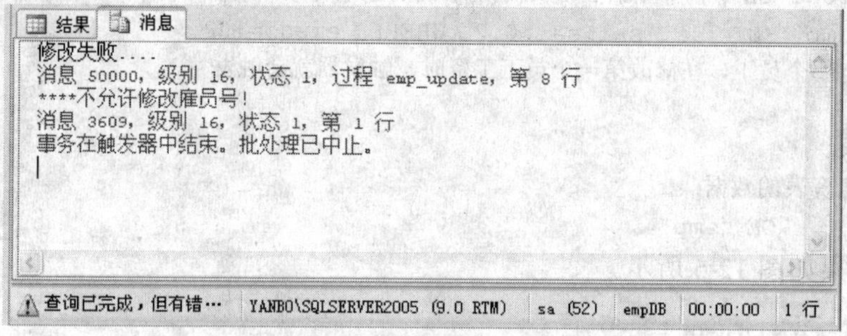

结果　消息

修改失败....
消息 50000，级别 16，状态 1，过程 emp_update，第 8 行
****不允许修改雇员号!
消息 3609，级别 16，状态 1，第 1 行
事务在触发器中结束。批处理已中止。

查询已完成，但有错…　YANBO\SQLSERVER2005 (9.0 RTM)　sa (52)　empDB　00:00:00　1 行

图 12-7　UPDATE()检测某列是否修改

12.7　基于视图的 INSTEAD OF 触发器

前面曾讲过，触发器分为 AFTER 触发器和 INSTEAD OF 触发器，AFTER 触发器是在表上执行 DML 操作时触发的，而 INSTEAD OF 触发器主要是针对不可更新的视图而定义的。

可以在表或视图上定义 INSTEAD OF 触发器，执行这种触发器就能够替代原始的触发动作。

INSTEAD OF 触发器扩展了视图更新的类型。对于每个触发动作（INSERT、UPDATE 或 DELETE），每个表或视图只能有一个 INSTEAD OF 触发器。

INSTEAD OF 触发器被用于更新那些没有办法通过正常方式更新的视图。例如，通常不能在一个基于联接的视图上进行 DELETE 操作。然而，可以编写一个 INSTEAD OF DELETE 触发器来实现删除。INSTEAD OF 触发器包含代替原始数据操作语句的代码。

下面，首先创建一个基于 dept 表和 emp 表的视图。

```
USE  empDB
GO
```

```
/*--创建基于两个表emp和dept联接的视图--*/
CREATE VIEW emp_dept
AS
SELECT empno,ename,sal,dname
FROM  emp  e, dept  d
WHERE e.deptno=d.deptno
/*--查看视图数据--*/
SELECT  *  FROM  emp_dept
/*--测试：试图从视图中删除数据--*/
DELETE  FROM  emp_dept  WHERE  empno='101'
```

该操作的结果产生如图 12-8 所示的信息。

图 12-8 删除联接视图时产生的信息

要使得能够对 emp_dept 视图进行更新，必须通过 INSTEAD OF 触发器来删除数据。

示例：通过视图删除数据。

```
/*--创建INSTEAD OF触发器--*/
CREATE TRIGGER  del_emp
ON  emp_dept
INSTEAD  OF  DELETE
AS
   DELETE  emp  WHERE empno IN
      (SELECT  empno  FROM  DELETED)
/*--测试：使用视图删除数据 --*/
SET  NOCOUNT  ON
DELETE  FROM  emp_dept  WHERE empno='101'
```

结果数据从基表中成功删除了。

使用触发器时应该注意的事项如下：

（1）大多数触发器是后反应的，而约束和 INSTEAD OF 触发器是前反应的。

当在定义触发器的表中执行插入、删除或者更新语句后，触发器才会执行。例如，一条 UPDATE 语句更新表中的一行，则该表上的触发器自动执行。约束将在 INSERT、UPDATE 或 DELETE 语句执行之前被检查。

（2）首先检查约束。如果在触发器表上存在约束，则在触发器执行之前检查约束，如果违反约束，则触发器不执行。

（3）表可以拥有多个任意动作的触发器。SQL Server 2005 允许在一个表上嵌套多个触发器。一个表可以定义多个触发器，每个触发器可以是为一个或多个动作定义的。

（4）触发器可以处理多行动作。一个 AFTER 触发器的 INSERT、UPDATE 或 DELETE 动作能够影响多行数据。不管影响的行数是多少，触发器只对每个 UPDATE、INSERT 或者

DELETE 语句执行一次。不要认为每行或每个事务都执行一次触发器。

（1）触发器是在对表进行 INSERT、UPDATE 和 DELETE 操作时自动执行的存储过程。

（2）触发器通常用于强制业务规则。

（3）触发器是一个特殊的事务单元，当出现错误时可以执行 ROLLBACK TRANSACTION 回滚撤消操作。

（4）触发器可以使用临时表 deleted 表和 inserted 表，它们动态驻留在内存中，当触发器工作完成后，它们也被删除；它们存放了被删除或插入记录的行副本。

（5）触发器从触发的动作来分，包括：

- INSERT 触发器：当试图向表中插入数据时，将执行 INSERT 触发器。这种触发器可以确保插入到表中的数据是有效的。
- UPDATE 触发器：当对表执行更新操作时，将执行 UPDATE 触发器。
- DELETE 触发器：当从表中删除数据时，将执行 DELETE 触发器。

（6）INSTEAD OF 触发器包含代替原始数据操作语句的代码。

习题

1．在 emp 表上创建 INSERT 触发器，当新来一个员工时，保证将员工分配到部门表已存在的部门中；如果分配的部门不存在，打印显示“不存在该部门，请重新输入”。假设 dept 表和 emp 表没有建立主外键关系。

2．在 dept 表上创建删除触发器，当删除部门表中的一个部门时，保证对应部门的员工信息也被删除。假设 dept 表和 emp 表没有建立级联删除。

实验 1 创建数据库

实验目的

掌握数据库的基本操作：

- 创建登录
- 创建数据库
- 附加数据库
- 分离数据库

问题：

某机票代理公司代理销售国内各个航空公司的机票，需要一个专门查询航空公司机票信息的网站。经过分析和调研决定采用 SQL Server 2005 作为后台数据库进行信息管理，前台采用 ASP.net 技术。

在本书的实验中，将完成数据库的创建、表创建、数据录入，并根据用户的需求设计和实现后台的查询功能。

注意 在后续的实验中，将继续使用本阶段的数据库及表结构，所以要保存好数据库。

本实验主要完整以下 4 个任务。

1. 创建航空信息数据库

具体步骤如下：

（1）打开 SQL Server 2005 的数据库管理器（SSMS），在“开始”菜单中，依图 1-1 所示启动 SSMS。

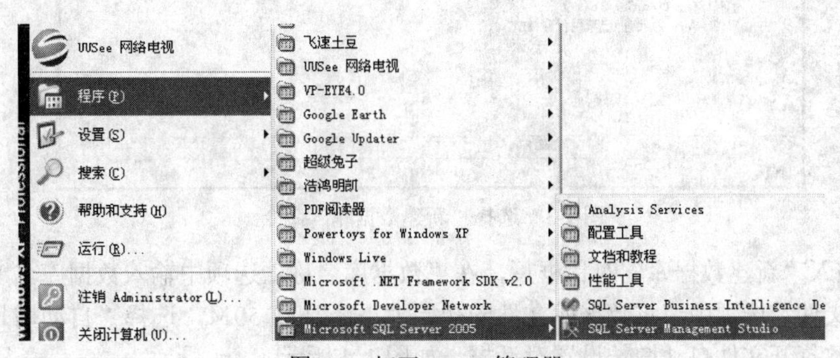

图 1-1　打开 SSMS 管理器

（2）进入连接服务器，其连接界面如图 1-2 所示。

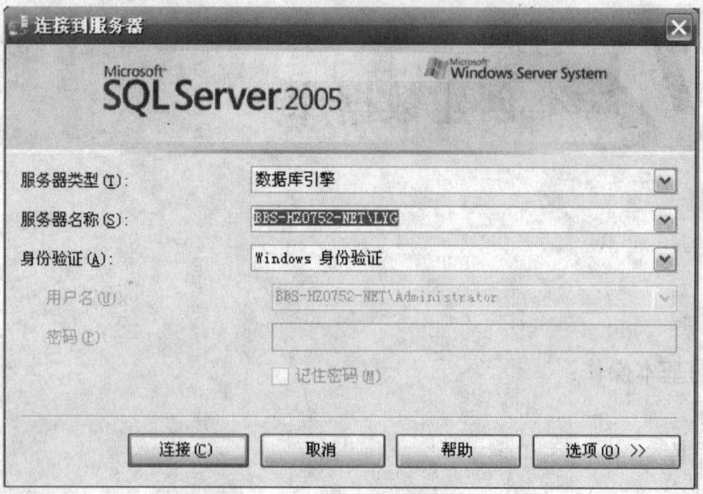

图 1-2　“连接到服务器”对话框

选择要连接的服务器名称及身份验证方式。如果选择了“Windows 身份验证”则直接单击“连接”按钮，如果选择“SQL Server 混合验证”则需要输入用户名和密码。接下来进入 SSMS 主界面进行数据库创建。

（3）在“对象资源管理器”窗口，右键单击“数据库”，在弹出的快捷菜单中选择“新建数据库”命令，如图 1-3 所示。

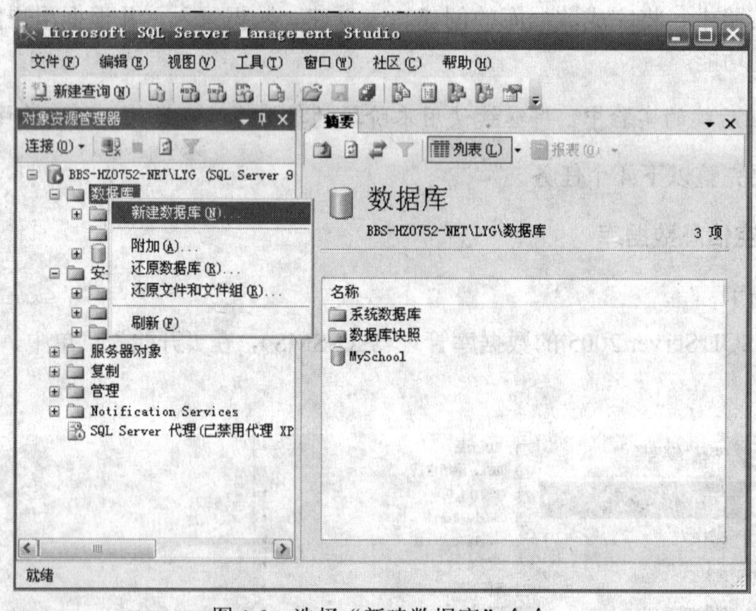

图 1-3　选择“新建数据库”命令

（4）进入“新建数据库”对话框后，在“数据库名称”选项中输入数据库名 FlightsDB，在“数据库文件”选项中，将数据库文件的初始大小修改为 50M，选择“自动增长”中日志文件的按钮，打开文件自动增长设置对话框，如图 1-4 所示。

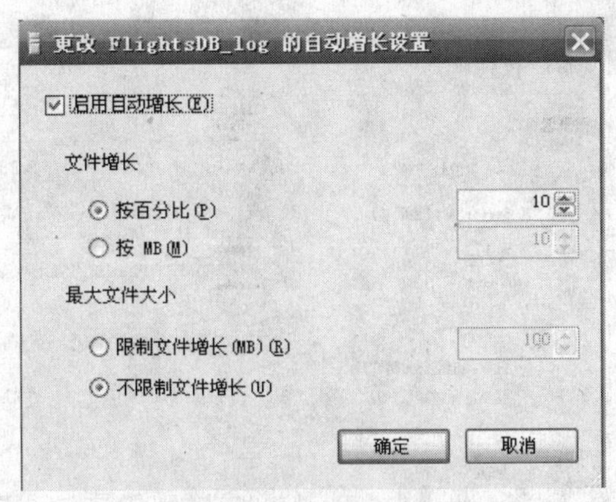

图 1-4　文件自动增长设置对话框

（5）修改“最大文件大小”项，选择“限制文件增长”单选按钮，并修改为 50。这样避免日志文件无限制地增大，浪费磁盘空间。单击“确定”按钮回到数据库新建窗口，在路径选项中，将数据库文件和日志文件的路径都修改为 D 盘的 FlightsSystem 文件夹，如果文件夹不存在则手动创建。其余的选项都采用系统的默认设置。单击“确定”按钮后，对话框关闭。在“对象资源管理器”窗口的“数据库”选项下面就可以看到新建的 FlightsDB 数据库了。

2. 创建登录名

为了使用户能按照自己的登录名方便地管理数据库，可以创建一个登录名。

具体步骤如下：

（1）在主界面“对象资源管理器”中，右键单击“安全性”→“登录名”，然后在弹出的快捷菜单中选择“新建登录名”命令，如图 1-5 所示。

图 1-5　选择“新建登录名”命令

（2）接着进入“登录名－新建”窗口，输入登录名 MyUser，选择“SQL Server 身份验证”单选按钮，输入密码和确认密码并保持一致，取消“强制密码过期”和“用户在下次登录时必须更改密码”复选框，在“默认数据库”下拉列表框中选择 FlightsDB 选项，如图 1-6 所示。

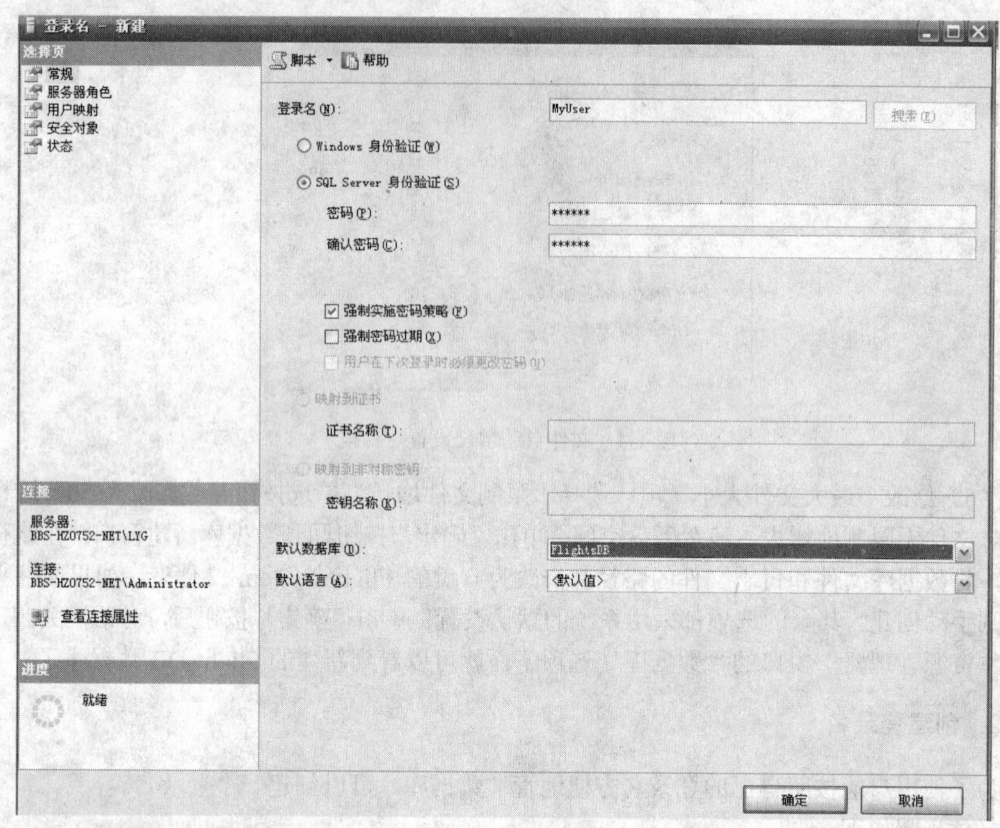

图 1-6 “登录名”窗口

（3）单击“确定”按钮，完成登录名的创建。登录名创建后，用户可以用 MyUser 登录名、SQL Server 身份验证方式登录数据库。

3．分离数据库

完成本实验后，用户需要将数据库移植到其他位置。可以将数据库分离出来，然后通过移动设备移植到其他位置。

具体步骤如下：

（1）在 FlightsDB 数据库上，右键单击“任务”，在弹出的快捷菜单中选择“分离”命令，进入“数据库分离”对话框，单击“确定”按钮完成分离。

（2）在 D 盘 FlightsSystem 文件夹下面可以看到数据库文件 FlightsDB.mdf 和日志文件 FlightsDB_log.ldf。

（3）现在数据库已经分离，用户可以直接复制上述两个文件。

4．附加数据库

在目标设备上，通过“数据库附加”命令将数据库文件恢复为数据库。

具体步骤如下：

（1）右键单击选中数据库选项，在弹出的快捷菜单中选择“附加”命令，进入“数据库附加”对话框。单击“添加”按钮选择要附加数据库文件。

（2）单击“确定”按钮完成数据库的附加。

练习

SQL Server 2005 数据库启动时，数据库 FlightsDB 的物理文件 FlightsDB.mdf 可以被删除或者复制吗？如果不能，请问怎样才可以完成这些操作？

实验 2 数据库表管理

实验目的

掌握 SSMS 工具：

- 创建表
- 创建约束
- 创建表之间的关系

问题：

在上一实验的航班查询系统中，用户要求能够按多种条件查询航班的信息。当今的实际情况是国内有很多个航空公司，每个航空公司又有多条航线。有些城市拥有多个机场，每个航线又有多个航班。根据以上需求分析得出该系统需要如表 2-1 所示信息。

表 2-1　航班信息系统

表名	中文名	备注
Airways	航空公司	航空公司的基本信息
Airdrome	机场	机场的基本信息
FlightInfo	航线	各个航线的详细信息
City	城市	城市信息

各个表的详细结构如表 2-2 至表 2-5 所示。

表 2-2　航空公司表 Airways 的结构

字段名	数据类型	是否为空	主键	备注
AirCode	char(2)	否	是	大写 2 位字母，如南航：CZ
AirName	varchar(50)	否	否	航空公司名称
Phone	varchar(100)	是	否	客服电话，允许有多个电话，用“，”分隔

表 2-3　城市表 City　的结构

字段名	数据类型	是否为空	主键	备注
CityID	int	否	是	自动增长列
CityName	varchar(50)	否	否	城市名

表 2-4 机场表 Airdrome 的结构

字段名	数据类型	是否为空	主键	备注
DromeCode	char(3)	否	是	机场代码用 3 位字母表示
DromeName	varchar(50)	否	否	机场名
CityId	int	否	否	所属城市编号

表 2-5 航线表 FlightInfo 的结构

字段名	数据类型	是否为空	主键	备注
FlightId	int	否	是	自动编号
FlightNo	char(6)	否	否	前两位是字母，后 4 位是数字，如 MU5102
StartTime	varchar(20)	否	否	起飞时间
EndTime	varchar(20)	否	否	到达时间
StartPort	char(3)	否	否	起飞机场 外键
EndPort	char(3)	否	否	到达机场 外键
Price	money	否	否	机票价格（全价）
AirCode	char(2)	否	否	航空公司，外键
FlightType	varchar(20)	否	否	飞机型号

本实验的主要任务就是完成表 2-2 至表 2-5 所示的创建。

1. 创建 FlightInfo 表

具体步骤如下：

（1）进入 SSMS 管理工具中的 FlightsDB 数据库。

在 FlightsDB 上右键单击“表”，在弹出的快捷菜单中选择“新建表”命令，进入表设计视图。

（2）在表设计器中按照表 2-5 所示要求创建各个字段，将 FlightID 字段设置为标识种子，并设为主键，并在设计器中单击右键，在弹出的快捷菜单中选择“CHECK 约束”命令，如图 2-1 所示。

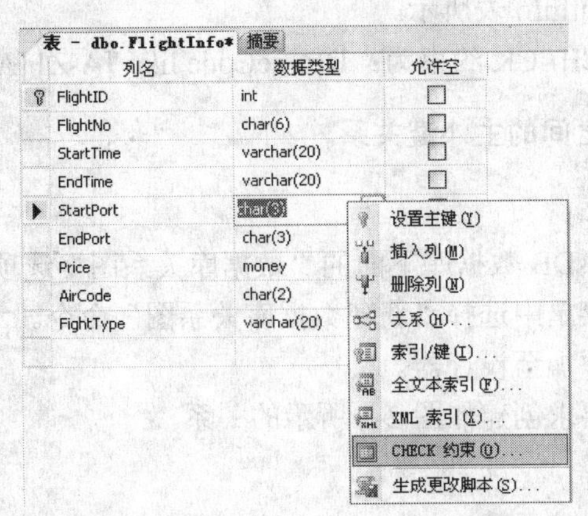

图 2-1 选择“CHECK 约束”命令

（3）进入“CHECK 约束”对话框，单击“添加”按钮添加一个约束，将“名称”改为 CK_FlightNo，单击“表达式”项中的按钮，进入“CHECK 约束表达式”对话框，如图 2-2 所示。

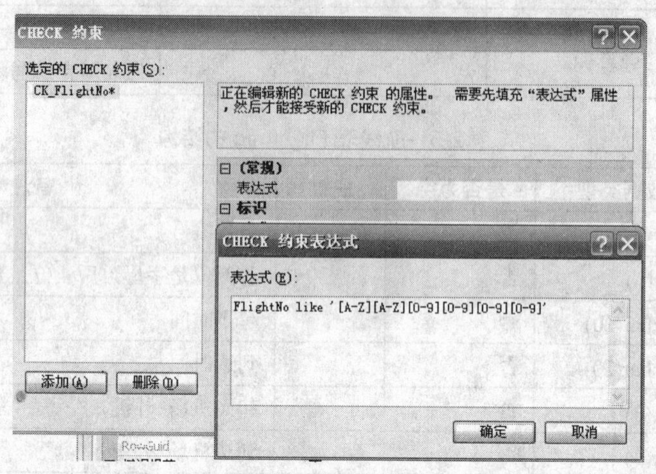

图 2-2　约束表达式

（4）按照图 2-2 所示创建完约束后，单击“确定”按钮，关闭约束创建窗口，完成约束的创建。

（5）单击工具栏上的“保存”按钮，将表名设置为 FlightInfo，关闭表设计器。

2．按照表 2-2 所示要求创建表 Airways

参考步骤如上述 FlightInfo 表所示。

字段 AirCode 的 CHECK 约束为：AirCode like '[A-Z] [A-Z]'

3．按照表 2-3 所示要求创建表 City

参考步骤如上述 FlightInfo 表所示。

4．按照表 2-4 所示要求创建表 Airdrome

参考步骤如上述 FlightInfo 表所示。

字段 DromeCode 的 CHECK 约束为：DromeCode like '[A-Z] [A-Z] [A-Z]'

5．创建上述 3 个表之间的主外键关系

具体步骤如下：

（1）右键单击 FlightsDB 数据库下面的“数据库关系图”选项。

（2）在弹出的快捷菜单中选择“新建数据库关系图”命令。

（3）将上述 4 个表添加至设计器。

（4）按照上述表格要求创建如图 2-3 所示的关系。

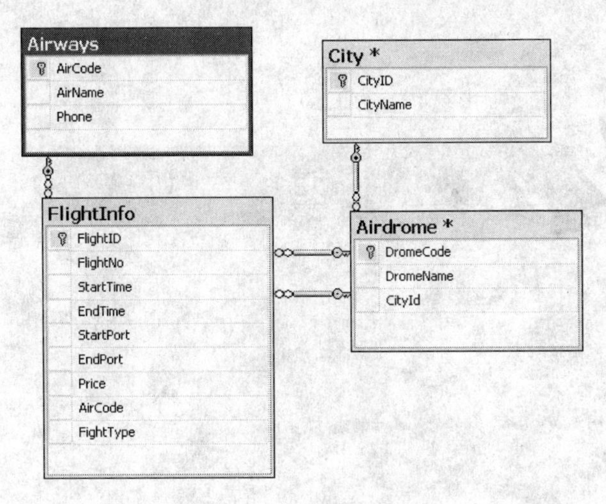
Airways
AirCode
AirName
Phone
City *
CityID
CityName
FlightInfo
FlightID
FlightNo
StartTime
EndTime
StartPort
EndPort
Price
AirCode
FightType
Airdrome *
DromeCode
DromeName
CityId

图 2-3　数据库关系图

实验 3 数据管理

实验目的

通过 T-SQL 实现：

- 数据的增加
- 数据的删除
- 数据的修改

问题：

数据库表创建好以后就要往表中添加数据，按照表之间的关系首先应该给主表航空公司表 Airways、城市表 City 和机场表 Airdrome 添加数据，最后再给 FlightInfo 表添加。以免由于外键关系导致数据发生冲突。

插入数据有以下两种方式：

（1）在查询窗口编写 T-SQL 代码。

（2）在数据窗口中直接输入数据。

在本实验中将通过这两种形式实现对航空信息系统表的数据管理。

本实验的主要内容是完成以下两个任务。

1．对基础表 Airways、Airdrome 及 City 采用直接输入的方式输入数据

具体步骤如下：

（1）进入 SSMS，选择 FlightsDB 数据库中的“表”，右键单击 Airways，在弹出的快捷菜单中选择“打开表”命令，在出现的对话框中录入如图 3-1 所示的数据。

表 - dbo.Airways　摘要

AirCode	AirName	Phone
CA	中国国际航空公司	4008100999
MU	中国东方航空公司	95108
CZ	中国南方航空公司	950333
HU	海南航空公司	8008768999
SC	山东航空公司	0531-96777
SU	四川航空公司	010-65222258,010-64590362
ZH	深圳航空公司	010-64594874
FM	中国上海航空公司	8008201018
MF	中国厦门航空公司	8008582666

图 3-1　Airways 表的数据

（2）进入 SSMS，选择 FlightsDB 数据库中的“表”，右键单击 City，在弹出的快捷菜单中选择“打开表”命令，在出现的对话框中录入如图 3-2 所示的数据。

表 - dbo.City | 摘要

CityID	CityName
1	北京
2	广州
3	重庆
4	成都
5	长沙
6	福州
7	上海
8	沈阳
9	武汉
10	兰州
11	西安
12	天津
13	桂林
14	洛阳
15	厦门
16	贵阳
17	三亚
18	深圳
19	青岛

图 3-2　City 表的数据

（3）进入 SSMS，选择 FlightsDB 数据库中的“表”，右键单击 Airdrome，在弹出的快捷菜单中选择“打开表”命令，在出现的对话框中录入如图 3-3 所示的数据。

表 - dbo.Airdrome | 表 - dbo.City | 摘要

DromeCode	DromeName	CityId
CAN	白云国际机场	2
CKG	江北机场	3
CSX	黄花机场	5
CTU	双流国际机场	4
FOC	长乐国际机场	6
PEK	首都国际机场	1
PVG	浦东国际机场	7
SHA	虹桥国际机场	7
SHE	桃仙国际机场	8
SIA	咸阳国际机场	11
TSN	滨海国际机场	12
WUH	天河机场	9
ZGC	中川机场	10

图 3-3　Airdrome 表的数据

2．采用 T-SQL 的形式给表 FlightInfo 输入数据

具体步骤如下：

（1）单击工具栏上的“新建查询”项，然后选择“数据库”下拉列表框中的 FlightsDB 数据库，系统会打开一个 T-SQL 的窗口，如图 3-4 所示。

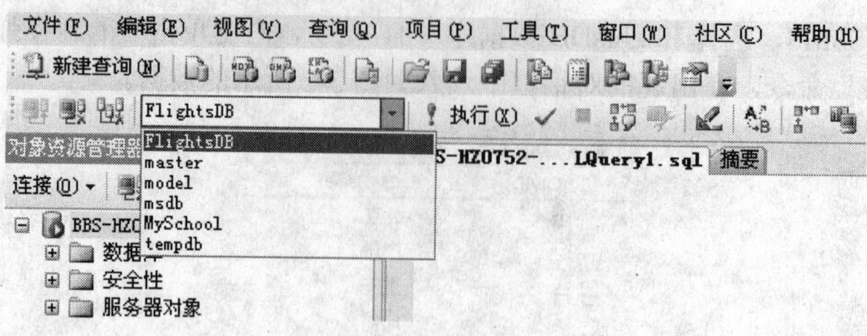

图 3-4 新建查询

（2）在查询窗口输入如图 3-5 所示的 SQL 语句。

```
INSERT INTO FlightInfo
(FlightNo,StartTime,EndTime,StartPort,EndPort,Price,AirCode,FlightType)
VALUES('CA1315','11:10','14:10','PEK','CAN',1700,'CA','74E');

INSERT INTO FlightInfo
(FlightNo,StartTime,EndTime,StartPort,EndPort,Price,AirCode,FlightType)
VALUES('CZ3106','13:15','16:05','PEK','CAN',1700,'CZ','332');

INSERT INTO FlightInfo
(FlightNo,StartTime,EndTime,StartPort,EndPort,Price,AirCode,FlightType)
VALUES('CZ3112','11:15','14:20','PEK','CAN',1700,'CZ','77A');

INSERT INTO FlightInfo
(FlightNo,StartTime,EndTime,StartPort,EndPort,Price,AirCode,FlightType)
VALUES('HU7803','19:20','22:30','PEK','CAN',1700,'HU','738');

INSERT INTO FlightInfo
(FlightNo,StartTime,EndTime,StartPort,EndPort,Price,AirCode,FlightType)
VALUES('MU5301','08:00','10:10','SHA','CAN',1280,'MU','738');

INSERT INTO FlightInfo
(FlightNo,StartTime,EndTime,StartPort,EndPort,Price,AirCode,FlightType)
VALUES('CZ3610','20:30','23:00','PVG','CAN',1280,'CZ','733');

INSERT INTO FlightInfo
(FlightNo,StartTime,EndTime,StartPort,EndPort,Price,AirCode,FlightType)
VALUES('CZ380','13:00','15:15','PVG','CAN',1280,'CZ','319');
```

图 3-5 插入语句

（3）执行 SQL 语句。上述 SQL 语句执行完成后，单击工具栏上的✓按钮，进行语法分析。如果语法检查成功，则单击 ! 执行(X) 按钮，系统提示执行完成。显示受影响的行数以及“查询已成功执行”的消息。

为了后面的查询，需要给表多添加一些记录，如图 3-6 所示，用户直接打开表，通过数据窗口直接插入数据。在实际应用中，不是通过 T-SQL 或者查询窗口录入数据，而是通过一些程序实现录入界面。

注意 因为 FlightID 是自增长类型的字段，所以如果对记录进行删除操作后，该字段的值就不再连续了。

FlightID	FlightNo	StartTime	EndTime	StartP...	EndPort	Price	AirCode	FlightType
8	CA1315	11:10	14:10	PEK	CAN	1700.0000	CA	74E
9	CZ3106	13:15	16:05	PEK	CAN	1700.0000	CZ	332
10	CZ3112	11:15	14:20	PEK	CAN	1700.0000	CZ	77A
11	HU7803	19:20	22:30	PEK	CAN	1700.0000	HU	738
12	MU5301	08:00	10:10	SHA	CAN	1280.0000	MU	738
13	CZ3610	20:30	23:00	PVG	CAN	1280.0000	CZ	733
14	CZ3801	13:00	15:15	PVG	CAN	1280.0000	CZ	319
16	CA4320	10:45	12:30	CAN	CKG	1175.0000	CA	737
17	MU2406	22:25	23:40	CTU	ZGC	940.0000	MU	320
18	MF8402	11:55	13:20	CTU	CSX	900.0000	MF	738
19	CZ6469	08:20	11:45	SHE	SIA	1500.0000	CZ	M90
21	CZ6401	17:30	19:30	SHE	SIA	1500.0000	CZ	M90
22	MU2305	08:20	12:35	ZGC	CAN	1900.0000	MU	320
24	ZH9554	19:45	22:35	ZGC	CAN	1900.0000	ZH	319
25	CZ3205	16:00	18:55	CAN	ZGC	1900.0000	CA	319
26	MF8456	19:00	22:40	CKG	TSN	1450.0000	MF	200
28	FM9391	12:10	14:00	PVG	CSX	888.0000	FM	738
29	HU7142	20:50	23:10	CTU	PEK	1450.0000	HU	738
30	MF8137	09:10	10:30	FOC	WUH	780.0000	MF	738
31	MU5600	13:40	14:55	FOC	SHA	775.0000	MU	319

图 3-6 FlightInfo 表的数据

（4）录入过程中如果录入错误可以通过 SQL 语句或者查询窗口直接修改。

修改记录的语法格式如下：

```
UPDATE 表名 SET 字段=表达式 WHERE 条件
```

（5）在数据窗口中录入数据错误，可以右键单击要删除的记录，在弹出的快捷菜单中选择“删除”命令即可删除记录。

删除记录的语法格式如下：

```
DELETE FROM 表 WHERE 条件
```

实验 4 数据查询

实验目的

- 编写 Select 语句
- 使用 T-SQL 提供的函数

问题：

飞机是一种省时又安全的交通工具，如今很多人外出远行都会选择乘坐飞机，所以很多用户会在网上查询航班信息。

本章的任务主要是完成以下 4 个查询。

- **查询“北京”飞往“广州”的航班信息。**

具体步骤如下：

（1）打开 SQL Server 2005，进入 SMSS 管理工具。

（2）单击工具栏“新建查询”按钮，选择FlightsDB数据库。

（3）在 FlightInfo 表中的航班信息只有机场信息没有城市信息，所以需要先查询城市表 City 获取城市编号，再根据编号查询机场表 Airdrome 得到机场编号，最后查询航班表 FlightInfo 获取航班信息。

（4）在 T-SQL 查询窗口编写如图 4-1 所示的 SQL 语句，并单击工具栏上的执行(X)按钮执行 SQL 语句。

（5）获取城市编号，北京为“1”、广州为“2”。

（6）查询北京的机场得到编码 PEK，如图 4-2 所示。

```
SELECT * FROM CITY
```

结果 消息

	CityID	CityName
1	1	北京
2	2	广州
3	3	重庆
4	4	成都
5	5	长沙

图 4-1 编写 SQL 语句并执行

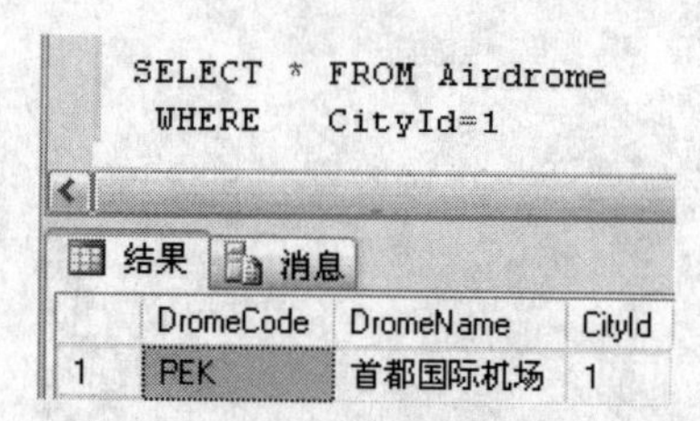

图 4-2 查询北京的机场编码

（7）查询广州的机场得到机场编码 CAN，如图 4-3 所示。

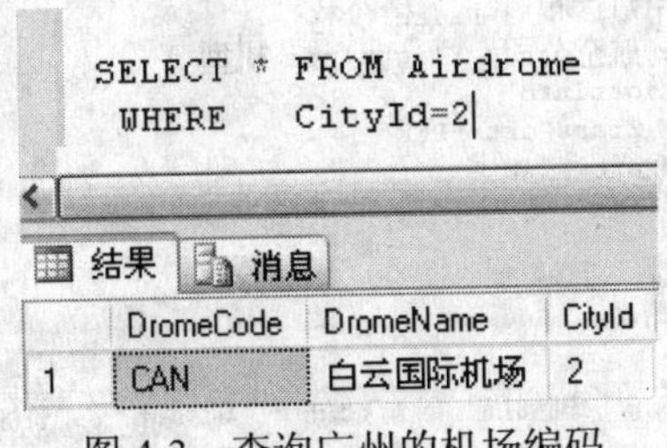

	DromeCode	DromeName	CityId
1	CAN	白云国际机场	2

图 4-3 查询广州的机场编码

（8）根据机场编码查询 FlightInfo，如图 4-4 所示。

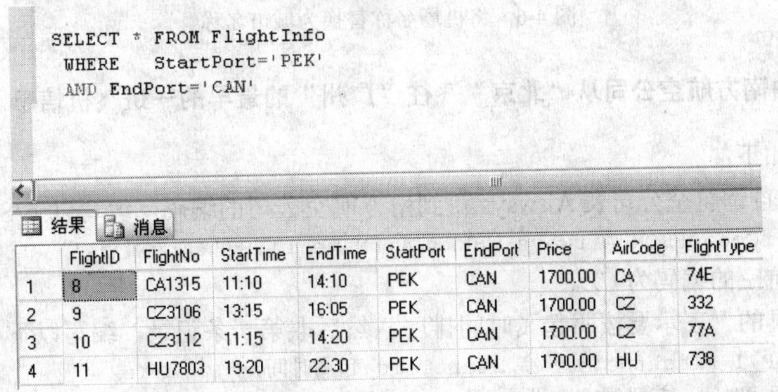

	FlightID	FlightNo	StartTime	EndTime	StartPort	EndPort	Price	AirCode	FlightType
1	8	CA1315	11:10	14:10	PEK	CAN	1700.00	CA	74E
2	9	CZ3106	13:15	16:05	PEK	CAN	1700.00	CZ	332
3	10	CZ3112	11:15	14:20	PEK	CAN	1700.00	CZ	77A
4	11	HU7803	19:20	22:30	PEK	CAN	1700.00	HU	738

图 4-4 查询 FlightInfo

（9）为了给用户更直观的查询结果，将所有的字段名替换为中文名，如图 4-5 所示。

```
SELECT FlightNo 航班号,StartTime 起飞时间,
       EndTIme 到达时间,StartPort 起飞机场,
       EndPort 到达机场, Price 价格,
       AirCode 航空公司, FlightType 机型
       FROM FlightInfo
       WHERE  StartPort='PEK'
       AND EndPort='CAN'
```

结果　消息

	航班号	起飞时间	到达时间	起飞机...	到达机场	价格	航空公司	机型
1	CA1315	11:10	14:10	PEK	CAN	1700.00	CA	74E
2	CZ3106	13:15	16:05	PEK	CAN	1700.00	CZ	332
3	CZ3112	11:15	14:20	PEK	CAN	1700.00	CZ	77A
4	HU7803	19:20	22:30	PEK	CAN	1700.00	HU	738

图 4-5 替换为中文字段名

- **按时间的早晚顺序显示从“北京”到“广州”的航班信息并将机场名称替换为城市名称。**

具体步骤如下：

按照题目 1 的方式查询出航班信息，然后排序，用“北京”替换 PEK，用“广州”替换 CAN，如图 4-6 所示。

```
SELECT FlightNo 航班号,StartTime 起飞时间,
       EndTIme 到达时间, 起飞城市='北京',
       到达城市='广州', Price 价格,
       AirCode 航空公司, FlightType 机型
       FROM FlightInfo
       WHERE   StartPort='PEK'
       AND EndPort='CAN'
ORDER BY StartTime
```

结果 | 消息

	航班号	起飞时间	到达时间	起飞城市	到达城市	价格	航空公...	机型
1	CA1315	11:10	14:10	北京	广州	1700.00	CA	74E
2	CZ3112	11:15	14:20	北京	广州	1700.00	CZ	77A
3	CZ3106	13:15	16:05	北京	广州	1700.00	CZ	332
4	HU7803	19:20	22:30	北京	广州	1700.00	HU	738

图 4-6　将机场名称替换为城市名称

- **显示由南方航空公司从“北京”飞往“广州”的最早的一班飞机信息。**

具体步骤如下：

（1）首先查询航空公司表 Airways 得到南方航空公司的编码，编写以下 SQL 语句：

```
SELECT AirCode FROM Airways WHERE AirName LIKE '%南方航空%'
```

得到南方航空的编码为 CZ。

（2）“最早的”表示要按照起飞时间排序，然后取第一条记录，编写以下 SQL 语句：

```
SELECT TOP 1 FlightNo 航班号,StartTime 起飞时间,
EndTIme 到达时间, 起飞城市='北京',
到达城市='广州', Price 价格,
AirCode 航空公司, FlightType 机型
FROM FlightInfo
WHERE   StartPort='PEK'
AND EndPort='CAN'
AND AirCode='CZ'
ORDER BY StartTime
```

- **现在正是旅游淡季，所以机票特价打折，从“广州”飞往“北京”的机票只有 2 折，实际的机票价格由折后的机票再加 150 元的燃油费和 50 元机场建设费。要求显示“广州”到“北京”的航班信息及实际价格。**

具体步骤如下：

在这里要多一个计算列“实际价格”。编写的 SQL 语句如下：

```
SELECT  FlightNo 航班号,StartTime 起飞时间,
EndTIme 到达时间, 起飞城市='北京',
到达城市='广州', Price 价格,
Price*0.2+150+50 实际票价,
AirCode 航空公司, FlightType 机型
FROM FlightInfo
WHERE   StartPort='PEK'
AND EndPort='CAN'
ORDER BY StartTime
```

实验 5 复杂查询

实验目的

- 掌握多表关联查询
- 掌握聚合函数

问题：

在航班查询系统中，用户有各种各样的查询需求。在上一实验中仅仅做了一些简单的查询，稍微复杂一些的查询就要花多个步骤来完成，在实际应用中这是不现实的。在这一实验中通过多表连接，可以一次完成复杂的查询需求。

本实验的主要任务是完成以下 7 个查询功能。

注意 本章查询都通过 T-SQL 完成，所以要求用户打开 SSMS 工具，选择 FlightsDB 数据库，新建一个查询窗口。

1. 查询起飞时间在 11：00 到下午 2 点的航班信息

具体语句如下：

```
SELECT * FROM  FlightInfO
WHERE  StartTime Between '11:00' AND '14:00'
```

练习：用另外一种语法来实现本查询。

2. 统计各个航空公司的航班信息，按照航班数量降序排列

具体步骤如下：

（1）将航空表中的数据按照航空公司代码进行分组，count 函数统计航班。

（2）按照图 5-1 所示输入 SQL 语句。

练习：按照机型统计航班信息。

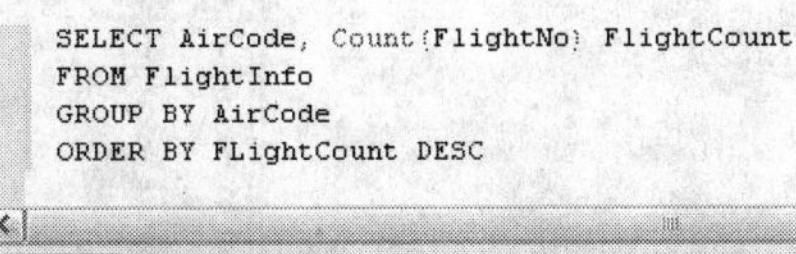

```
SELECT AirCode, Count(FlightNo) FlightCount
FROM FlightInfo
GROUP BY AirCode
ORDER BY FLightCount DESC
```

结果　消息

	AirCode	FlightCount
1	CZ	6
2	MU	4
3	MF	3
4	CA	3
5	HU	2
6	FM	1
7	ZH	1

图 5-1　输入 SQL 语句

3. 统计各个机场起飞的状况

具体语句如下：

```
SELECT  StartPort 起飞,COUNT(StartPort) 数量
FROM FlightInfo
GROUP BY StartPort
```

```
ORDER BY COUNT(StartPort) DESC
```

练习：统计停靠飞机最多的 3 个机场。

4．显示各个城市的机场信息

具体步骤如下：

（1）城市表只有城市信息，机场表包含机场信息和城市编号，如图 5-2 所示。

	CityID	CityName
1	1	北京
2	2	广州
3	3	重庆
4	4	成都
5	5	长沙
6	6	福州
7	7	上海
8	8	沈阳
9	9	武汉
10	10	兰州
11	11	西安
12	12	天津
13	13	桂林
14	14	洛阳
15	15	厦门
16	16	贵阳
17	17	三亚
18	18	深圳
19	19	青岛

	DromeCode	DromeName	CityId
1	CAN	白云国际机场	2
2	CKG	江北机场	3
3	CSX	黄花机场	5
4	CTU	双流国际机场	4
5	FOC	长乐国际机场	6
6	PEK	首都国际机场	1
7	PVG	浦东国际机场	7
8	SHA	虹桥国际机场	7
9	SHE	桃仙国际机场	8
10	SIA	咸阳国际机场	11
11	TSN	滨海国际机场	12
12	WUH	天河机场	9
13	ZGC	中川机场	10

图 5-2　机场信息和城市信息

（2）将两个表进行内连接，得到如图 5-3 所示的结果集。

```
SElECT B.CityID 城市编号,B.CityName 城市名
A.DromeCode 机场代码,A.DromeName 机场名
FROM Airdrome A
INNER JOIN City B
ON A.CityId=B.CityID
```

结果　消息

	城市编号	城市名	机场代码	机场名
1	2	广州	CAN	白云国际机场
2	3	重庆	CKG	江北机场
3	5	长沙	CSX	黄花机场
4	4	成都	CTU	双流国际机场
5	6	福州	FOC	长乐国际机场
6	1	北京	PEK	首都国际机场
7	7	上海	PVG	浦东国际机场
8	7	上海	SHA	虹桥国际机场
9	8	沈阳	SHE	桃仙国际机场
10	11	西安	SIA	咸阳国际机场
11	12	天津	TSN	滨海国际机场
12	9	武汉	WUH	天河机场
13	10	兰州	ZGC	中川机场

图 5-3　结果集

进行内连接以后，得到的结果是有机场的城市信息，而没有机场的城市信息被过滤了。

练习：显示所有的城市信息及机场信息。

5. 显示机场数量大于一个城市信息

具体步骤如下：

（1）既要机场信息又要城市信息，将这两个表做内连接。

（2）按照城市编号分组，再用 Having 进行筛选。

（3）输入以下 SQL 语句。

```
SElECT B.CityName 城市名,COUNT(A.DromeCode)机场数量
FROM Airdrome A
INNER JOIN City B
ON A.CityId=B.CityID
GROUP BY B.CityName
HAVING COUNT(A.DromeCode)>1
```

6. 查询南航的所有航班信息

具体步骤如下：

（1）航班表中只有航空公司编号，所以需要和航空公司表关联。

（2）内连接之后按名称进行模糊查询。

（3）输入如图 5-4 所示的 SQL 语句。

```
SELECT A.*,B.AirName FROM FlightInfo as A ,Airways as B
WHERE A.Aircode=B.Aircode
AND B.AirName LIKE '%南_航%'
```

结果　消息

	FlightID	FlightNo	StartTime	EndTime	StartPort	EndPort	Price	AirCode	FlightType	AirName
1	9	CZ3106	13:15	16:05	PEK	CAN	1700.00	CZ	332	中国南方航空公司
2	10	CZ3112	11:15	14:20	PEK	CAN	1700.00	CZ	77A	中国南方航空公司
3	13	CZ3610	20:30	23:00	PVG	CAN	1280.00	CZ	733	中国南方航空公司
4	14	CZ3801	13:00	15:15	PVG	CAN	1280.00	CZ	319	中国南方航空公司
5	19	CZ6469	08:20	11:45	SHE	SIA	1500.00	CZ	M90	中国南方航空公司
6	21	CZ6401	17:30	19:30	SHE	SIA	1500.00	CZ	M90	中国南方航空公司

图 5-4　输入的语句

7. 某用户要从“北京”飞往“广州”，现在需要了解所有“北京”到“广州”的班机信息

具体步骤如下：

（1）在上一实验的示例中为了获取“北京”和“广州”的航班信息需要分 4 个步骤来实现。在本中通过关联可以直接得到需要的信息。

（2）因为有起飞机场和到达机场，所以要分别关联机场信息表 Airdrome，同理，机场信息表要分别关联城市表 City。

（3）要显示航空公司名称，还要关联航空公司表 Airways。

（4）按照条件名称进行筛选。

（5）输入如图 5-5 所示的 SQL 语句。

```
SELECT  A.FlightNo 航班号,
A.StartTime 起飞时间, A.EndTime 到达时间,
D.CityName 起飞城市,B.DromeName 起飞机场,
E.CityName 到达城市,C.DromeName 到达机场,
A.Price 票价, A.FlightType 机型,
F.AirName 航空公司
FROM Flightinfo A INNER JOIN Airdrome B
ON A.StartPort=B.Dromecode
INNER JOIN Airdrome C
ON A.EndPort=C.Dromecode
INNER JOIN City D
ON B.Cityid=D.Cityid
INNER JOIN City E
ON C.Cityid=E.Cityid
INNER JOIN Airways F
ON A.Aircode=F.Aircode
WHERE (D.Cityname='北京' AND E.Cityname='广州')
```

结果 消息

	航班号	起飞时间	到达时间	起飞城市	起飞机场	到达城市	到达机场	票价	机型	航空公司
1	CA1315	11:10	14:10	北京	首都国际机场	广州	白云国际机场	1700.00	74E	中国国际航空公司
2	CZ3106	13:15	16:05	北京	首都国际机场	广州	白云国际机场	1700.00	332	中国南方航空公司
3	CZ3112	11:15	14:20	北京	首都国际机场	广州	白云国际机场	1700.00	77A	中国南方航空公司
4	HU7803	19:20	22:30	北京	首都国际机场	广州	白云国际机场	1700.00	738	海南航空公司

图 5-5　输入的语句

练习

查询“北京”到“广州”的往返航班信息。

实验6 高级查询

实验目的

- 掌握子查询的用法
- 掌握集合操作符的用法

问题：

在用户的需求中，查询往往是最为复杂的，经常有各种条件的查询需求，有一些需求通过复杂的关联可以实现，但有些需求仅靠关联还不行，需要借助于子查询才能完成。本实验就通过子查询来完成一些复杂的查询。

本实验的主要任务就是完成以下5个查询功能。

1．查询起飞飞机最多的机场名称

具体步骤如下：

（1）首先做子查询，从FlightInfo中根据StartPort分组，然后按数量降序排列，取数量最多的机场的代码。

（2）根据机场代码再查询机场表Airdrome获取机场名。

（3）输入如图6-1所示的SQL语句。

```
SELECT DromeCode,DromeName
FROM AirDrome
WHERE DromeCode=
(SELECT Top 1 MAX(StartPort) Port
FROM FlightInfo
GROUP BY StartPort
ORDER BY Count(StartPort) DESC)
```

DromeCode	DromeName
PEK	首都国际机场

图6-1　输入语句

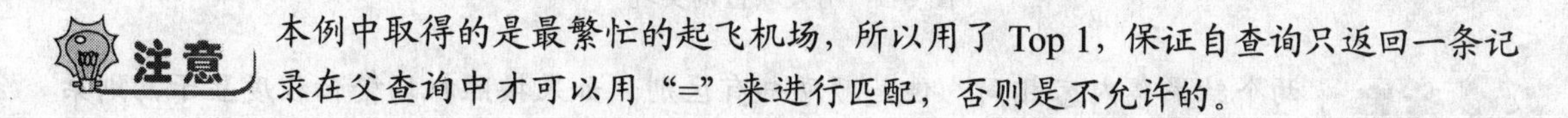

注意　本例中取得的是最繁忙的起飞机场，所以用了Top 1，保证自查询只返回一条记录在父查询中才可以用“=”来进行匹配，否则是不允许的。

2．查询起飞最繁忙的前 3 名机场及城市信息

具体步骤如下：

（1）首先做子查询，从 FlightInfo 中根据 StartPort 分组，然后按数量降序排列，取数量最多的前三名的机场代码。

（2）根据机场代码再查询机场表 Airdrome 获取机场名。

（3）机场表 Airdrome 中只有城市 ID 没有城市名，所以要将整个嵌套查询结果集作为一个新的结果集再关联城市表获取城市名。

（4）输入如图 6-2 所示的 SQL 语句。

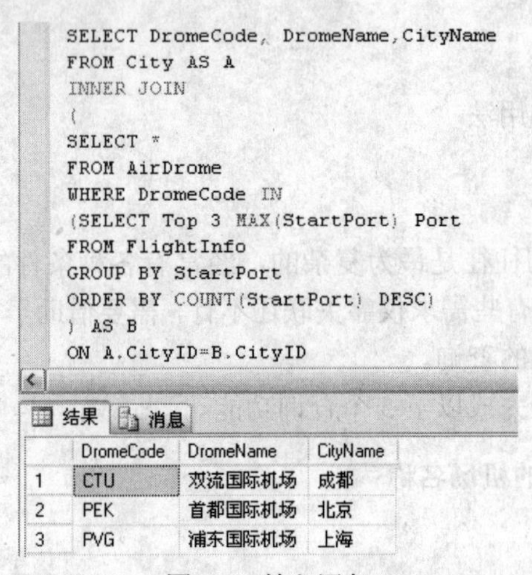

```
SELECT DromeCode, DromeName,CityName
FROM City AS A
INNER JOIN
(
SELECT *
FROM AirDrome
WHERE DromeCode IN
(SELECT Top 3 MAX(StartPort) Port
FROM FlightInfo
GROUP BY StartPort
ORDER BY COUNT(StartPort) DESC)
) AS B
ON A.CityID=B.CityID
```

结果 消息

	DromeCode	DromeName	CityName
1	CTU	双流国际机场	成都
2	PEK	首都国际机场	北京
3	PVG	浦东国际机场	上海

图 6-2 输入语句

注意 从本章理论中知道子查询有时可以和关联查询相替换，如果本例完全用关联查询实现，则如图 6-3 所示。

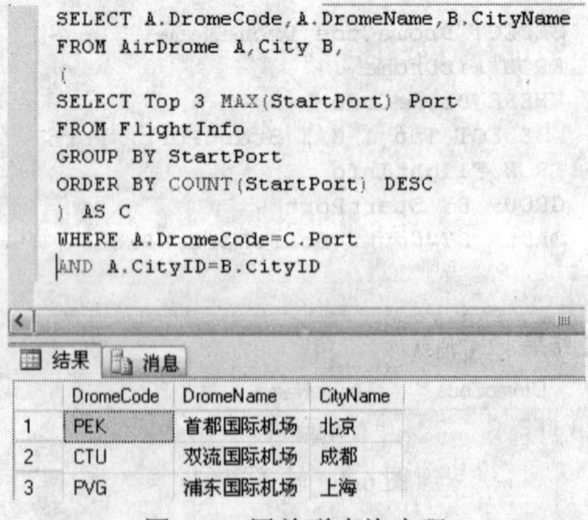

```
SELECT A.DromeCode,A.DromeName,B.CityName
FROM AirDrome A,City B,
(
SELECT Top 3 MAX(StartPort) Port
FROM FlightInfo
GROUP BY StartPort
ORDER BY COUNT(StartPort) DESC
) AS C
WHERE A.DromeCode=C.Port
AND A.CityID=B.CityID
```

结果 消息

	DromeCode	DromeName	CityName
1	PEK	首都国际机场	北京
2	CTU	双流国际机场	成都
3	PVG	浦东国际机场	上海

图 6-3 用关联查询实现

注意 两个结果集内容相同，但是顺序却有区别。如果按照机场繁忙程度显示，则第二种方法才是正确的结果。请分析一下为何第一种方法顺序不符合要求。

练习：在上述例子的要求上再显示机场起飞飞机的数量，该如何写 SQL 语句呢？

3. 查询有哪些城市还没有机场

具体步骤如下：

（1）可以先进行子查询，获取有机场的城市。

（2）在父查询中用 NOT IN 进行过滤。

（3）输入以下的 SQL 语句：

```
SELECT * FROM City
WHERE CityID
NOT IN
(SELECT CityID
FROM AirDrome)
```

除了用上述的子查询外，还可以用另外一种相关子查询得到同样的结果集：

```
SELECT * FROM CITY
WHERE NOT EXISTS
(
SELECT * FROM AirDrome
WHERE CityID=City.CityID
)
```

4. 和南方航空公司具有相同的航线有哪些？

具体步骤如下：

（1）首先通过子查询获取“南方航空”的公司代码。

（2）通过子查询，获取南方航空公司航线的起飞机场。

（3）通过子查询，获取南方航空公司航线的到达机场。

（4）在父查询中，根据起飞机场和到达机场进行筛选。

（5）根据航空公司代码进行过滤。

（6）编写如图 6-4 所示的 SQL 语句。

```
SELECT * FROM FlightInfo WHERE
StartPort IN
(
    SELECT StartPort FROM FlightInfo WHERE AirCode
    IN
    (SELECT AirCode FROM Airways WHERE AirName LIKE '%南方航空%')

)
AND EndPort IN
(
    SELECT EndPort FROM FlightInfo WHERE AirCode
    IN
    (SELECT AirCode FROM Airways WHERE AirName LIKE '%南方航空%')
)
AND AirCode<>
(
    (SELECT AirCode FROM Airways WHERE AirName LIKE '%南方航空%')
)
```

结果 消息

	FlightID	FlightNo	StartTime	EndTime	StartPort	EndPort	Price	AirCode	FlightType
1	8	CA1315	11:10	14:10	PEK	CAN	1700.00	CA	74E
2	11	HU7803	19:20	22:30	PEK	CAN	1700.00	HU	738

图 6-4 编写 SQL 语句

练习：将本查询改为内连接的语法。

5. 查询从“上海”到“广州”往返的航班信息

具体步骤如下：

（1）在实验五中查询过“北京”到“广州”的航班信息，本示例是相同的，只需要修改起飞城市和到达城市为“上海”和“广州”，并且再将筛选条件为“广州”到“上海”的结果集用 UNION 合并。

（2）编写以下 SQL 语句：

```
SELECT A.FlightNo 航班号,
A.StartTime 起飞时间,A.EndTime 到达时间,
D.CityName 起飞城市, B.DromeName 起飞机场,
E.CityName 到达城市,C.DromeName 到达机场,
A.Price 票价, A.FlightType 机型,
F.AirName 航空公司
FROM FlightInfo A INNER JOIN Airdrome B
ON A.StartPort=B.DromeCode
INNER JOIN Airdrome C
ON A.EndPort=C.Dromecode
INNER JOIN City D
ON B.Cityid=D.Cityid
INNER JOIN City E
ON C.Cityid=E.Cityid
INNER JOIN Airways F
ON A.Aircode=F.Aircode
WHERE (D.Cityname='上海' AND E.CityName='广州')
UNION
SELECT A.FlightNo 航班号,
A.StartTime 起飞时间,A.EndTime 到达时间,
D.CityName 起飞城市, B.DromeName 起飞机场,
E.CityName 到达城市,C.DromeName 到达机场,
A.Price 票价, A.FlightType 机型,
F.AirName 航空公司
FROM FlightInfo A INNER JOIN Airdrome B
ON A.StartPort=B.DromeCode
INNER JOIN Airdrome C
ON A.EndPort=C.Dromecode
INNER JOIN City D
ON B.Cityid=D.Cityid
INNER JOIN City E
ON C.Cityid=E.Cityid
INNER JOIN Airways F
ON A.Aircode=F.Aircode
  WHERE (D.Cityname='广州' AND E.CityName='上海')
```

6. 删除“东方航空”的所有航线

具体语句如下：

```
DELETE FROM FlightInfo
WHERE AirCode IN
(
SELECT AirCode
FROM Airways
WHERE AirName LIKE '%东方航空%'
)
```

练习

用连接的语法实现上述示例。

实验 7 数据库的设计

实验目的

使用 Sybase 公司的 PowerDesigner 建模工具：

- 绘制概念模型图（CDM）
- 生成物理模型图（PDM）
- 生成 SQL Server 数据库对应的脚本

在本实验数据库的设计过程中，了解到简单学生管理系统中涉及的实体及实体之间的关系，总结简单学生管理系统，主要包括以下功能：

- 系基本信息的存储与维护。
- 班级基本信息的存储与维护。
- 学生基本信息的存储与维护。
- 课程基本信息的存储与维护。
- 学生选课信息查询。

在后续的实践过程中，将深入学习学生管理数据库的 T-SQL 实现，包括数据库设计，使用 T-SQL 语句建库、建表、添加约束，创建视图、存储过程等来实现学生管理的业务需求。

本实验的目的是使用 PowerDesigner 数据库建模工具，绘制本实验理论课中设计的学生管理数据库的概念模型图，并生成物理模型图，最后自动生成 SQL 脚本的过程。

本实验主要完成使用 PowerDesigner 工具创建数据库。

1．数据库建模工具及常用的模型介绍

随着数据库应用的日益广泛，数据库建模越来越重要，手工数据库建模越来越复杂，因此各种建模工具应运而生。目前主要的建模工具有 Sysbase 公司的 PowerDesigner、Oracle 公司的 Oracle Designer、RATIONAL 公司的 Rational Rose 等，它们都是计算机辅助软件工程（CASE）工具。CASE 工具把开发人员从繁重的劳动中解脱出来，大大提高了数据库应用系统的开发质量。

PowerDesigner 是 Sybase 公司的数据库建模工具，使用它可以方便地对管理信息系统进行分析设计。利用 PowerDesigner 可以制作需求模型、生成模型报告、概念数据模型、物理数据模型，还可以生成多种客户端开发工具的应用程序。

PowerDesigner 涉及的几种模型如下：

（1）概念数据模型（Conceptual Data Model，CDM）。概念数据模型描述了与任何软件或

数据存储系统无关的数据库整体逻辑结构，与具体的数据库实现无关，它提供了一种对用于运行企业或业务行为的形象化的表达方式。类似于 E-R 图，但它采用的模型符号与标准的 E-R 图符号略有不同。

（2）物理数据模型（Physical Data Model，PDM）。物理数据模型是用于详细定义物理结构和数据查询的数据库设计工具，描述数据库的实现，需要指定具体的数据库，如 Access、SQL Server、Oracle 等。在此基础上可以建表，建约束、索引、触发器等高级数据库对象，并自动生成 SQL 脚本。可以使用 CDM 概念模型图生成 PDM 物理模型图。

（3）面向对象模型（Object Oriented Model，OOM）。面向对象模型包含一系列包、类、接口及其关系。这些对象一起形成一个软件系统逻辑设计视图的类结构。

（4）业务模型（Business Process Model，BPM）。业务模型描述业务的各种不同内在任务和内在流程，以及这些任务和流程互相影响的方式等。BPM 是从业务合伙人的观点来看业务逻辑和规则的概念模型。

2. 以简单学生管理为例，使用 PowerDesigner 完成数据库的概念模型和物理模型的设计

分析：在实际的数据库设计中，首先从概念结构设计开始，只需考虑实体与实体之间的关系，不需要考虑数据库的实际物理实现细节。

具体步骤如下：

（1）启动 PowerDesigner，如图 7-1 所示。

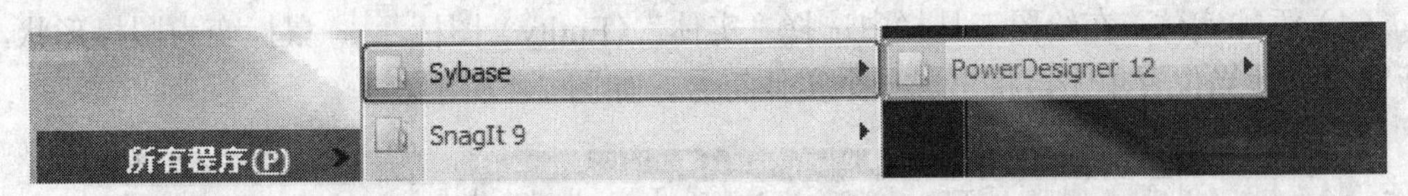

图 7-1　启动 PowerDesigner

（2）新建概念模型图。概念模型图类似于 E-R 图，只是模型符号略有不同。在打开的窗口中，选择菜单 File→New 命令，出现如图 7-2 所示的新建文件对话框，选择 Conceptual Data Model，然后单击“确定”按钮，将创建概念模型图。

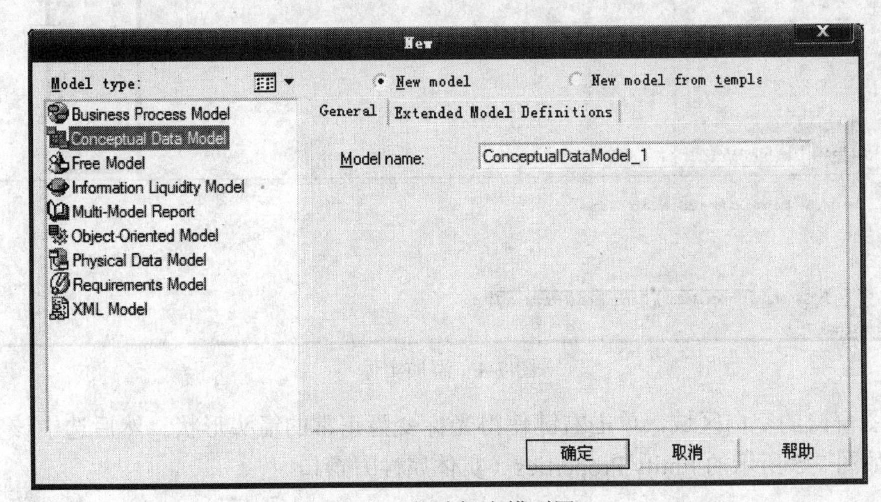

图 7-2　新建概念模型图

（3）单击“确定”按钮后，出现如图 7-3 所示的窗口。左方的浏览窗口用于浏览各种模型图，右方为绘图窗口，可以从绘图工具栏（Palette）中选择各种模型符号来绘制 E-R 图，下方为输出窗口，显示各种输出结果。

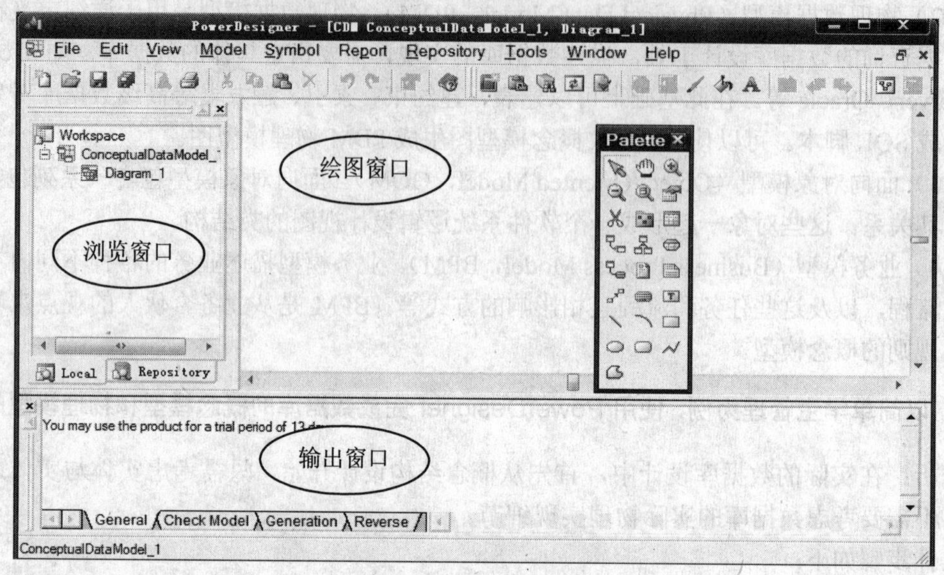

图 7-3　打开的新窗口

（4）添加实体。在绘图工具栏中选择“实体”（Entity）图标▦，鼠标变为图标形状，在设计窗口的适当位置单击，将出现一个实体符号，如图 7-4 所示。

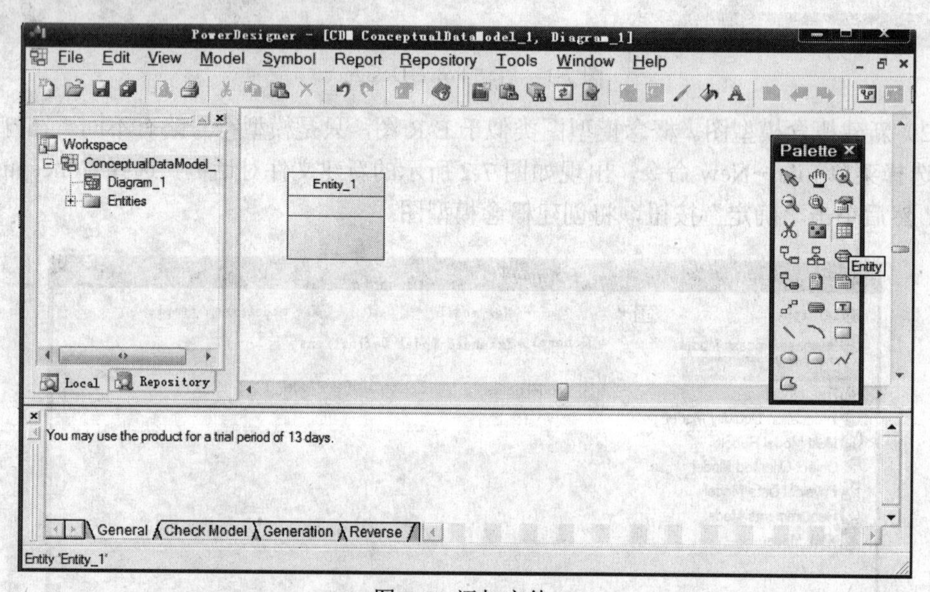

图 7-4　添加实体

在绘图窗口的空白区域，单击右键使得光标变为正常的箭头形状。然后选中该实体并双击，打开如图 7-5 所示的 Entity Properties（实体属性）窗口。

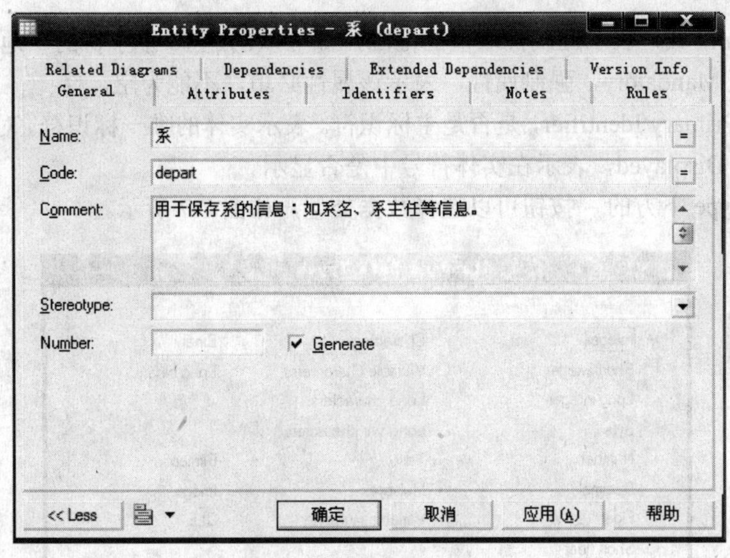

图 7-5　实体的属性窗口

其中 General 选项卡中主要选项的含义如下：

- Name：实体的名字，一般输入中文，如系。
- Code：实体代码，一般输入英文，如 depart。
- Comment：注释，输入对此实体比较详细的说明。

（5）添加属性。不像标准的 E-R 图中使用椭圆表示属性，在 PowerDesigner 中添加属性只需打开 Attributes（属性）选项卡，如图 7-6 所示。

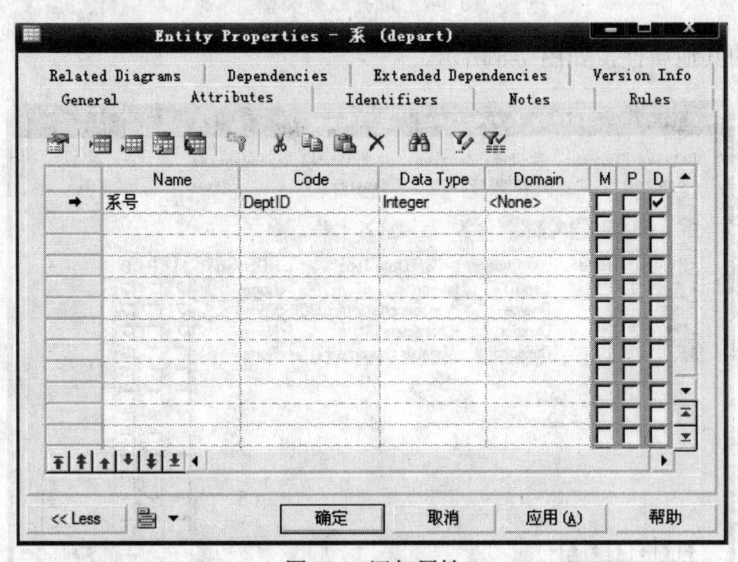

图 7-6　添加属性

其中 Attributes 选项卡中主要选项的含义如下：

- Name：属性名，一般使用中文表示，如“系号”。
- Code：属性代码，一般用英文表示，如 DeptID。
- Data Type：数据类型。

- Domain：域，表示此属性取值的范围，如可以创建 10 个字符的“地址”域。
- M：即 Mandatory，强制属性，表示该属性必填，不能为空。
- P：即 Primary Identifier，是否是主标识符。表示实体的唯一标识符。对应常说的主键。
- D：即 Displayed，表示在实体符号中是否显示。

单击 DataType 下方的 ... 按钮可以选择数据类型，如图 7-7 所示。

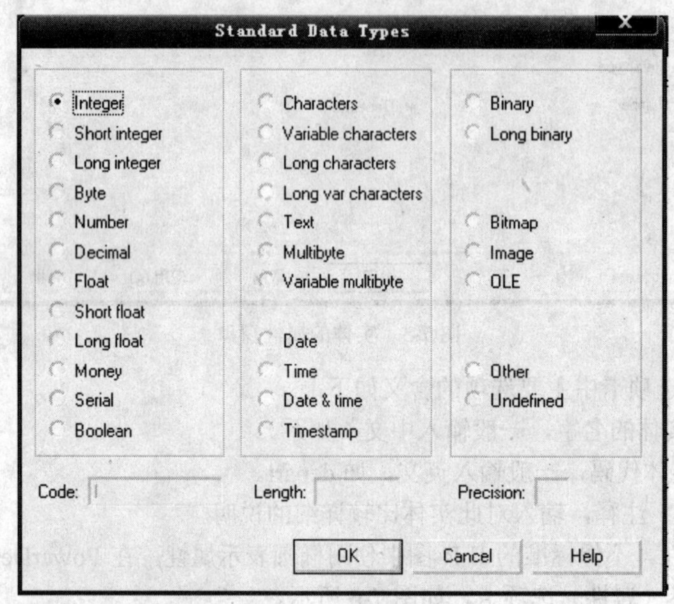

图 7-7　选择数据类型

输入实体的其他属性，如图 7-8 所示。

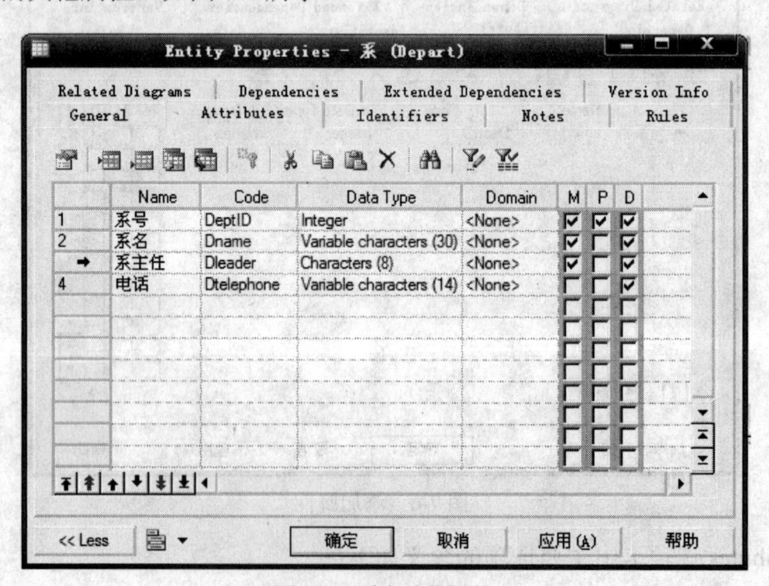

图 7-8　系实体的属性

（6）添加实体之间的关系。同理，请添加“班级”实体，如图 7-9 所示，并添加相应的属性，如图 7-10 所示。

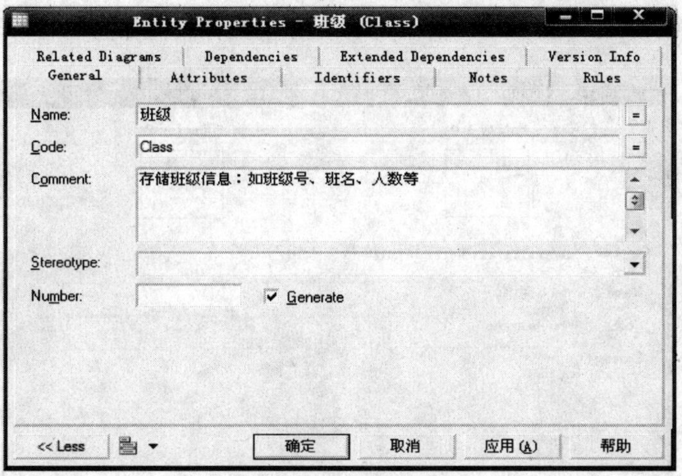

图 7-9　班级实体的信息

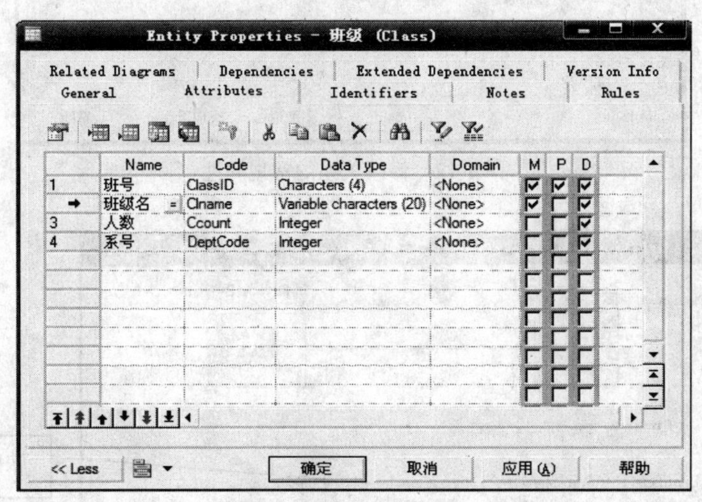

图 7-10　班级实体的属性

现在就来添加上述两个实体之间的关系。从绘图工具栏中选择（关系）图标，光标变为形状，如图 7-11 所示。

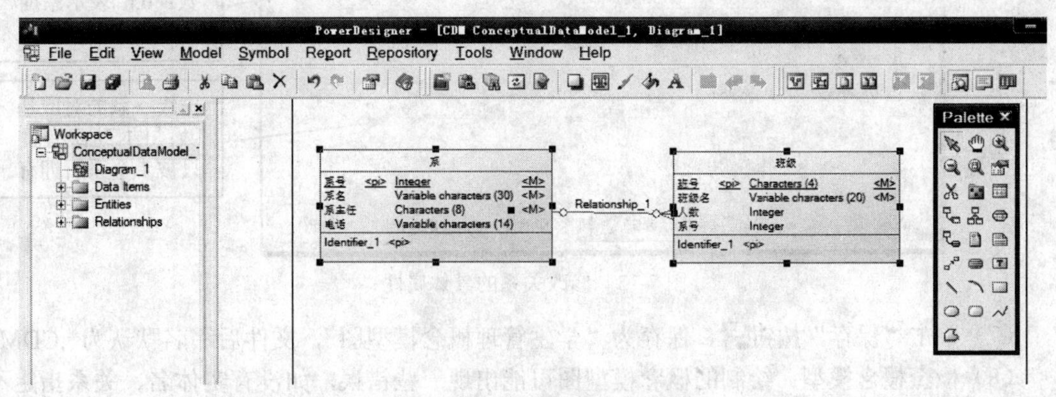

图 7-11　建立实体之间的关系

修改关系的常规属性如图 7-12 所示，修改关系的具体属性如图 7-13 所示。

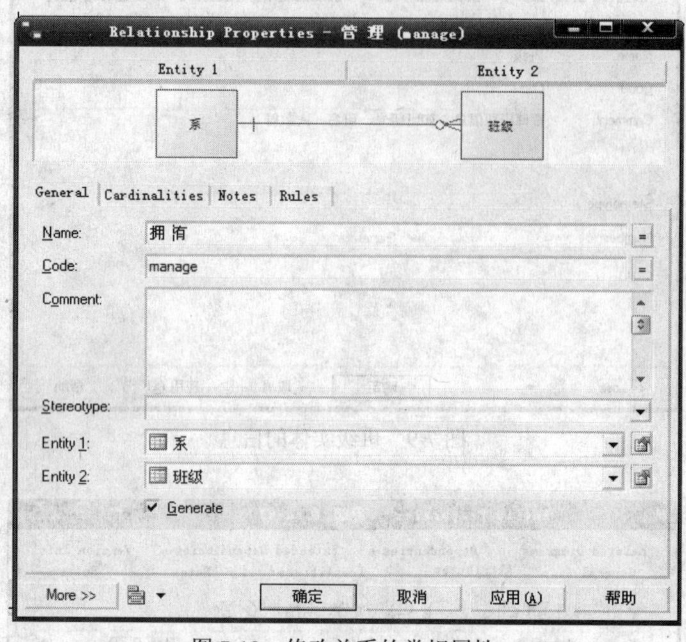

图 7-12　修改关系的常规属性

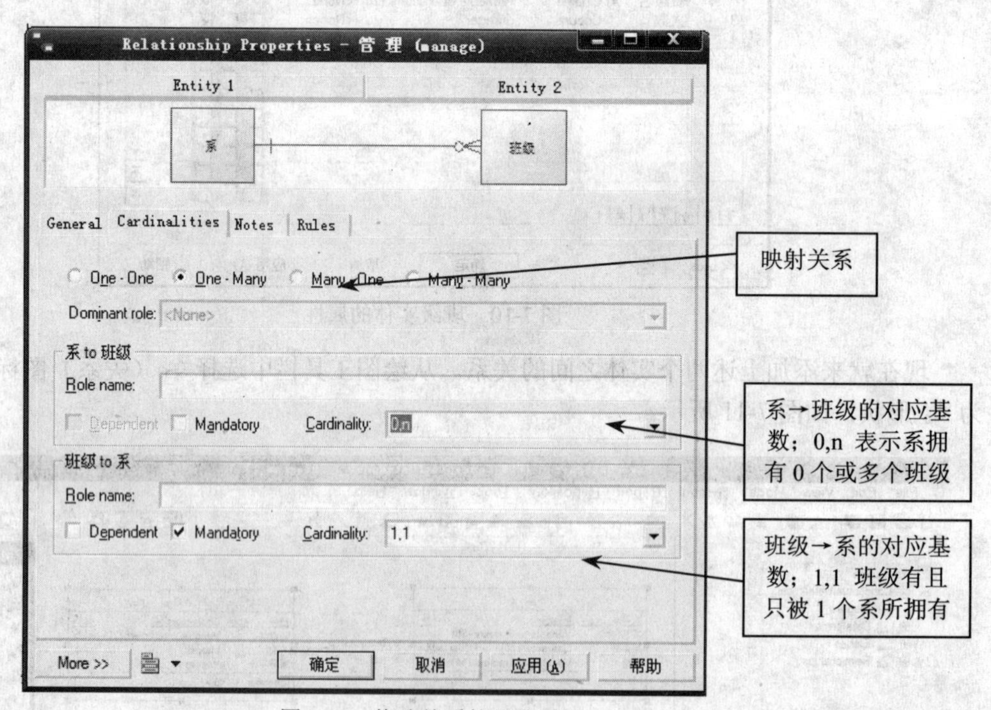

图 7-13　修改关系的具体属性

（7）单击“保存”按钮，保存为“学生管理概念模型图”，文件后缀名默认为*.CDM。

（8）检查概念模型。绘制的概念模型图可能出现一些错误，如没有实体名、关系指定不正确等，所以在绘制好概念模型图后，一般还需要做进一步的检查。

选择菜单命令：Tool→Check Model，出现如图7-14所示的检查窗口。单击“确定”按钮后出现检查结果，如图7-15所示。如果有错，将在Result List中出现错误列表，用户可以根据这些错误提示进行改正，直到出现“0 error(s)”的信息为止。

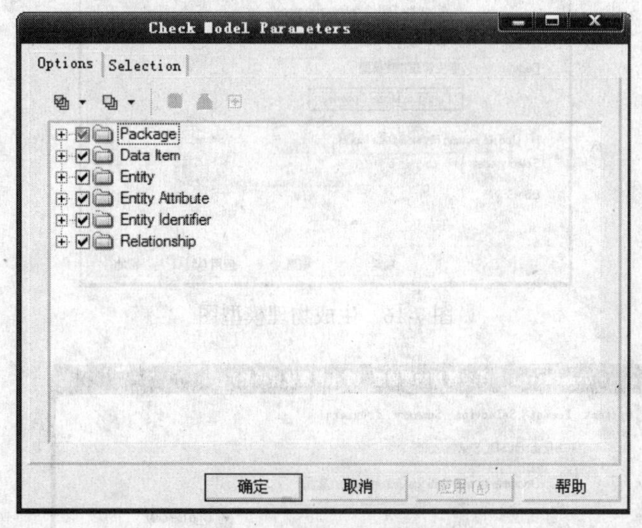

图7-14 检查概念模型图

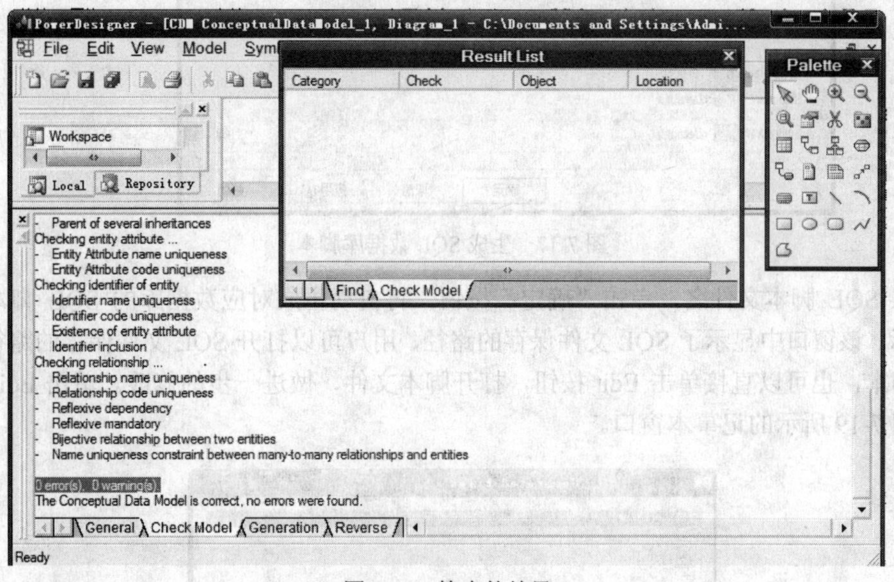

图7-15 检查的结果

（9）生成物理模型图。绘制出概念模型图并经过项目组和客户讨论决定后，可以进一步选择具体的数据库，生成物理模型图。选择菜单命令Tools→Generate Physical Data Model，出现如图7-16所示的窗口。单击“保存”按钮，保存为“学生管理物理模型图”，后缀名默认为.PDM。

（10）生成SQL数据库脚本。单击菜单命令Database→Generate Database，出现如图7-17所示的窗口。

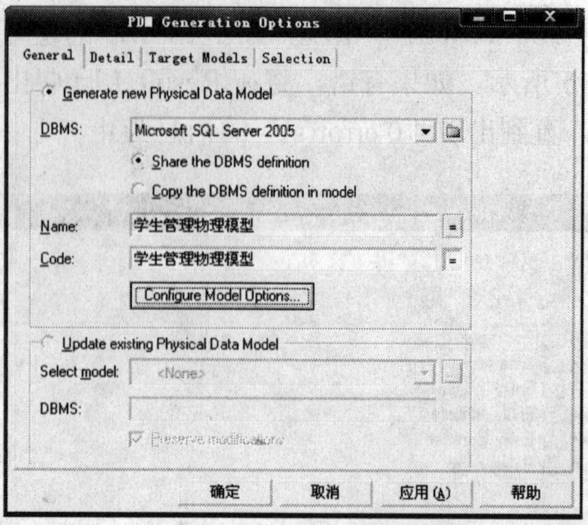

图 7-16　生成物理模型图

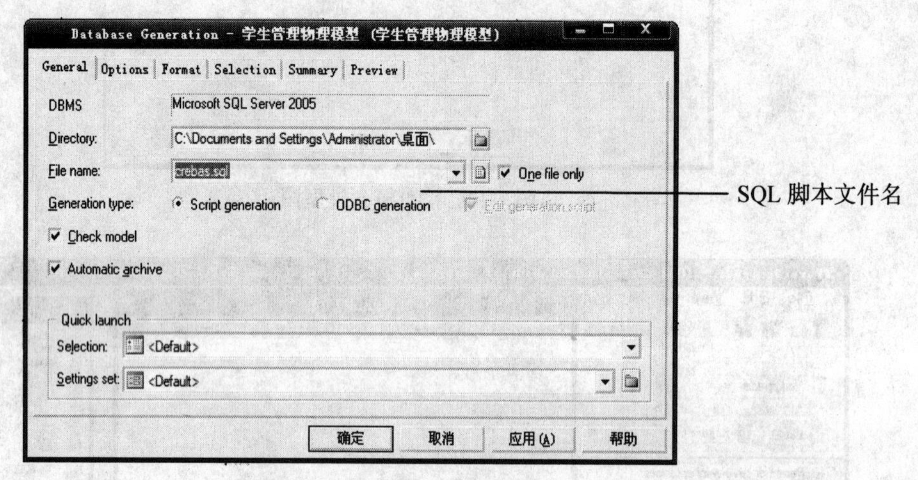

图 7-17　生成 SQL 数据库脚本

输入 SQL 脚本文件名，单击“确定”按钮，将自动生成对应数据库的 SQL 脚本，如图 7-18 所示。该窗口中显示了 SQL 文件保存的路径，用户可以打开 SQL 文件保存的路径，查看生成的脚本，也可以直接单击 Edit 按钮，打开脚本文件，做进一步的修改。单击 Edit 按钮，出现如图 7-19 所示的记事本窗口。

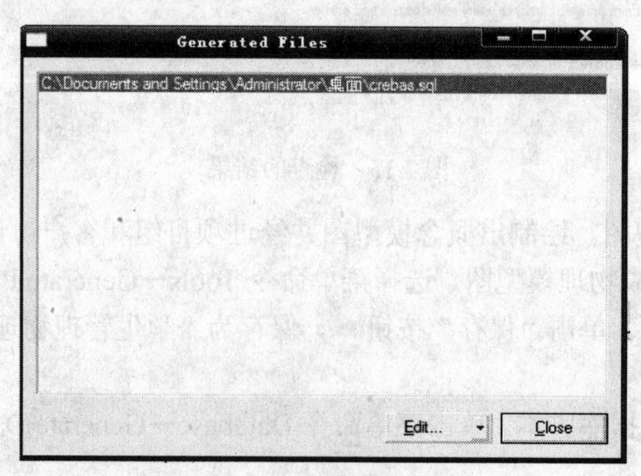

图 7-18　生成脚本文件

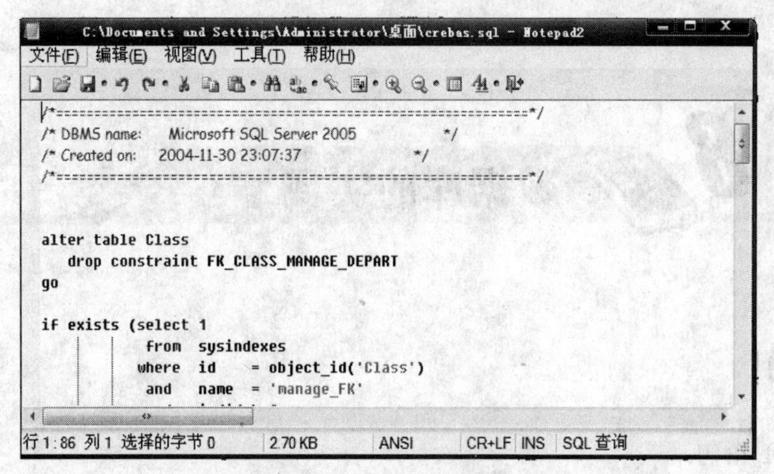

图 7-19　查看生成的脚本文件

注意 PowerDesigner 生成的 SQL 脚本没有建库语句，只有建表语句。建库语句需要手动添加，在后续的实践中将会学到。

练习

在上述学生管理概念模型中，请分别添加学生实体（Student）、课程实体（Course）和选课实体（Grade）。它们的属性及对应的英文名可参阅本实验理论部分的图 7-5。

具体要求如下：

- 添加每个实体的属性。
- 添加系、班级、学生、课程、选课实体之间的关系。
- 绘制完后对概念模型图进行检查（Check Model）。
- 再次生成物理模型图。
- 再次生成 SQL Server 对应的 SQL 脚本。

实验 8 数据库的实现

实验目的

使用 T-SQL 语句：

- 创建 STDB 数据库
- 创建 STDB 数据库的表
- 为各表添加相关约束

问题：

在实验 7 数据库设计过程中，学生管理系统共涉及 5 张表，在此将建立一个学生管理数据库 STDB，用于存放有关数据表。下面就根据系统的具体要求创建一个数据库和部分数据表，同时为表添加相应的约束。

本实验主要完成以下 3 个任务。

1．使用 T-SQL 创建 STDB 数据库

创建 STDB 系统的物理数据库，要求数据库取名为 STDB；物理文件保存在 D:\database 下；数据文件的初始大小为 8MB，允许自动增长，数据文件大小不受限制；日志文件初始大小为 1MB，最大为 10MB。

T-SQL 创建数据库的语法为格式：

```
CREATE  DATABASE   数据库名
ON  PRIMARY
(
   <文件参数> [,…n]    [<文件组参数>]
)
 [LOG ON]
(
   {<日志文件参数>  [,…n] }
)
```

具体步骤如下：

（1）进入 SSMS，新建查询后，输入创建数据库的代码，将文件保存在指定位置，为了保持良好的语句可读性，注意语句的缩进。

（2）输入 T-SQL 语句时，注意中英文单引号（'）的书写，T-SQL 中的关键字会变颜色。所有的 T-SQL 语句都通过语法检查后，单击工具栏的执行图标或按快捷键 F5，执行查询。

2．使用 T-SQL 创建数据表并添加约束

根据以下所示表结构，在 STDB 数据库中创建 3 张表，系表、班级表和学生表，并添加相应约束。

STDB 数据库有 5 张表，如表 8-1 至表 8-4 所示。

表 8-1　STDB 数据库中的表

表	表名	作用
学生表	Student	存储学生信息
系表	Depart	存储系的信息
班级表	Class	存储班级的信息
课程	Course	存储课程信息
选课	Grade	存储成绩信息

表 8-2　系表 Depart 的结构

字段名	数据类型	是否为空	主键	备注
DeptID	Int	否	是	系号，标识列、自动增长
Dname	Varchar(30)	否	否	系名
Dleader	Char(8)	否	否	系主任
Dtelephone	Varchar(14)	是	否	电话，必须为数字

表 8-3　班级表 Class 结构

字段名	数据类型	是否为空	主键	备注
ClassID	Char(4)	否	是	班级号
Clname	varchar(20)	否	否	班级名
Ccount	Int	是	否	人数
DeptID	int	是	否	系号

表 8-4　学生表 Student 的结构

字段名	数据类型	是否为空	主键	备注
StudID	Char(4)	否	是	学号
Sname	Varchar(8)	否	否	姓名
Ssex	Char(2)	否	否	性别，只能包含“男”或“女”，默认为“男”
Sage	int	否	否	年龄，必须在 15～25 之间
Saddr	Varchar(40)	是	否	住址
Stelephone	Varchar(12)	是	否	电话
Sbirth	datetime	是	否	出生日期，必须小于当前日期
ClassID	Char(4)	是	否	班号，外键，引用班级表的主键 ClassID

T-SQL 语句建表和约束的语法格式如下：

```
CREATE  TABLE  表名    --建表
(
   字段 1    数据类型    列的特征,
   字段 2    数据类型    列的特征,
   …
)
GO

ALTER  TABLE  表名
ADD  CONSTRAINT  约束名   约束类型  具体的约束说明
GO
```

在表创建后，根据表的描述，还要给表添加相关约束。以学生表为例，常用的约束可以分为以下类别：

（1）非空约束：某列是否允许为空，该约束已在建表时指定（NULL）。

（2）主键约束：StudID 列为主键。

（3）默认约束：性别：默认为“男”。

（4）检查约束。

- 性别只能包含“男”或“女”。
- 年龄在 15 岁到 25 岁之间。
- 出生日期必须小于当前日期。

（5）外键约束：班号，引用班级表的主键，两个表的班号字段数据类型和长度要一致。

具体语句如下：

```
            /*------------- 添加约束 ----------*/
ALTER  TABLE  Student  ADD  CONSTRAINT   PK_ StudID       --主键约束
PRIMARY  KEY(StudID)
ALTER  TABLE  Student  ADD  CONSTRAINT   DF_Ssex   --默认约束，性别默认为男
DEFAULT  '男' FOR  Ssex
ALTER  TABLE  Student  ADD  CONSTRAINT   CK_Ssex   --检查约束，性别为男或女
CHECK    (Ssex  IN  ('男', '女'))
ALTER  TABLE  Student  ADD  CONSTRAINT   CK_Sage   --检查约束，年龄在 15～25 之间
CHECK    (Sage  BETWEEN  15  AND 25)
ALTER  TABLE  Student  ADD  CONSTRAINT   CK_Sbirth   --出生日期必须小于当前日期
CHECK    (Sbirth <getDate())
ALTER   TABLE   Student   ADD   CONSTRAINT    FK_ClassID   FOREIGN  KEY(ClassID)
REFERENCES  Class(ClassID)          --外键约束，参照班级表（Class）的主键（ClassID）
```

注意

（1）为调试方便，需逐行执行，或插入数据进行测试。

（2）在 SSMS 中新建查询，选择 STDB 数据库，输入建表和创建约束的语句，并保存到文件。

（3）注意建表顺序：系表、班级表、学生表等，为了保持良好的语句可读性，注意约束名称的命名规范和语句的缩进。

3．输入测试数据

可以直接打开表添加数据或者在查询窗口中通过 T-SQL 语句来实现，如图 8-1 至图 8-3 所示。

	DeptID	Dname	Dleader	Dtelephone
1	1	化学系	张树林	02084567
2	2	数学系	王小东	02022223
3	3	电子工程系	董永	02033334
4	4	生物系	张东田	02023456

图 8-1　系信息表的测试数据

	ClassID	Clname	Ccount	DeptID
1	c1	电子1班	15	3
2	c2	电子2班	20	3
3	c3	化工班	25	1
4	c4	数学班	20	2

图 8-2　班级表的测试数据

	StudID	Sname	Ssex	Sage	Saddr	Stelephone	Sbirth	ClassID
1	s001	张秋丽	女	19	新疆哈达	04539999	1989-10-01 00:00:00.000	c1
2	s002	刘田	男	20	广州东蒲	02088812	1988-01-05 00:00:00.000	c1
3	s003	李红	女	20	北京海淀	01056788	1988-12-20 00:00:00.000	c2
4	s004	李文财	男	18	吉林长春	04316654	1990-10-01 00:00:00.000	c3

图 8-3　学生表的测试数据

实验 9 T-SQL 编程

实验目的

- 掌握如何定义变量并赋值
- 练习如何输出显示数据
- 掌握逻辑控制语句 IF、WHILE、CASE 和批处理

问题：

在建立完数据库、数据表并插入数据后，通常可以利用 T-SQL 语句的强大编程功能，实现数据库管理的常规操作。

本实验的主要任务是完成以下两个功能。

1．建立两个数据表并插入相应测试数据

具体步骤如下：

（1）按如表 9-1 和表 9-2 所示的结构，使用 T-SQL 语句在 STDB 数据库中建立课程信息表（course）和选课表（grade），并添加相应约束。注意：可将代码保存到文件，以便后续使用。

表 9-1　课程表 Course 的结构

列名	数据类型	是否为空	主键	备注
CID	Char(4)	否	是	课程编号
CName	Varchar(20)	否	否	课程名
CRecord	int	否	否	学分

表 9-2　选课表 Grade 的结构

列名	数据类型	是否为空	主键	备注
StudID	Char(4)	否	是	学号，外键，引用学生表的主键
CID	Char(4)	否	是	课程号，外键，引用课程表的主键
CRecord	Int	否	否	分数

（2）插入测试数据。按照图 9-1 和图 9-2 所示输入测试数据。

	CID	CName	CRecord
1	ce01	无机化学	4
2	ce02	程序设计	2
3	ce03	无线电学	3
4	ce04	組成原理	4

图 9-1　课程表的测试数据

	StudID	CID	Score
1	s001	ce03	86
2	s001	ce04	80
3	s001	ce02	86
4	s002	ce03	70
5	s002	ce01	75
6	s003	ce01	90
7	s004	ce01	83

图 9-2　选课表的测试数据

2．根据数据库提供的数据进行操作和编程（使用 T-SQL 语句）

要求的功能如下：

（1）显示系统信息：SQL Server 版本号、服务器名称及错误号等。

（2）修改李红同学的年龄为 30 岁，同时使用全局变量@@error 查看错误信息。

（3）显示张秋丽同学的学号和各科平均成绩，如果平均成绩高于 80 分，则显示“成绩优良”，否则显示“成绩一般”，并显示该学生的个人详细信息。

具体步骤如下：

（1）进入 SSMS，新建查询后，输入以下查询语句：

```
SELECT  * FROM  student
SELECT  * FROM  course
SELECT  * FROM  grade
```

（2）输出结果如图 9-3 所示，查看测试数据是否正确，以便后续使用。

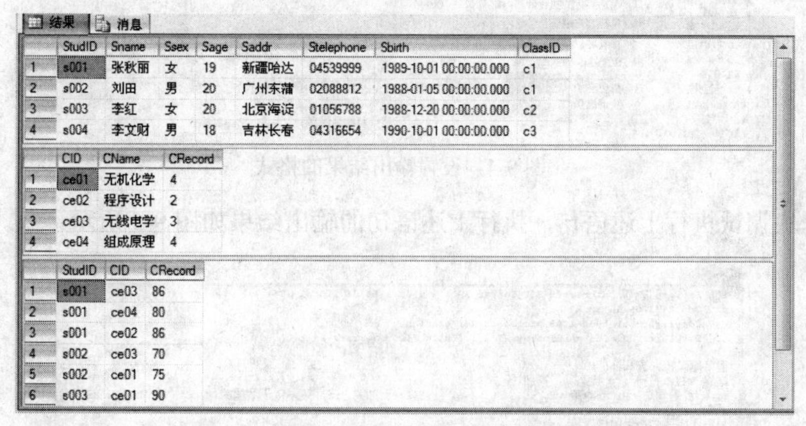

结果　消息

	StudID	Sname	Ssex	Sage	Saddr	Stelephone	Sbirth	ClassID
1	s001	张秋丽	女	19	新疆哈达	04539999	1989-10-01 00:00:00.000	c1
2	s002	刘田	男	20	广州东莆	02088812	1988-01-05 00:00:00.000	c1
3	s003	李红	女	20	北京海淀	01056788	1988-12-20 00:00:00.000	c2
4	s004	李文财	男	18	吉林长春	04316654	1990-10-01 00:00:00.000	c3

	CID	CName	CRecord
1	ce01	无机化学	4
2	ce02	程序设计	2
3	ce03	无线电学	3
4	ce04	組成原理	4

	StudID	CID	CRecord
1	s001	ce03	86
2	s001	ce04	80
3	s001	ce02	86
4	s002	ce03	70
5	s002	ce01	75
6	s003	ce01	90

图 9-3　学生表、课程表和选课表的测试数据

（3）显示系统信息，需要使用 SQL Server 的系统全局变量，以@@开头。在查询窗口输入以下参考代码：

```
--使用系统变量，查询数据库系统情况--
print 'SQL Server 的版本：' + @@VERSION
```

```
print '服务器名称：' + @@SERVERNAME
UPDATE STUDENT  SET  Sage=30  where  Sname='李红'   --年龄违反约束
print '执行上条语句产生的错误号:' + convert(varchar(5),@@ERROR)
GO
DECLARE @Sno  char(4)   --定义变量，用于存放学号
DECLARE @avgrade  INT   --定义变量，用于存放平均成绩
SELECT  @Sno=StudID FROM Student  WHERE  Sname='张秋丽'
print  ' '      --为了显示方便，打印一空行
print '张秋丽的学号：' + @Sno
SELECT  @avgrade=AVG(CRecord) FROM Grade  WHERE StudID=@Sno
print  '平均成绩:' + convert(varchar(10),@avgrade)
IF (@avgrade>80)
   print  '成绩优良'
ELSE
   print  '成绩一般'
SET  NOCOUNT  ON    --不显示T-SQL语句影响的行数
print  ' '
print  '个人信息如下：'
SELECT 学号=StudID,姓名=Sname,性别=Ssex,地址=Saddr,电话=Stelephone,
        出生日期=Sbirth,班级=ClassID  FROM  Student WHERE Sname='张秋丽'
```

（4）为了查看结果方便，需要将显示结果的格式设置为文本，如图 9-4 所示。

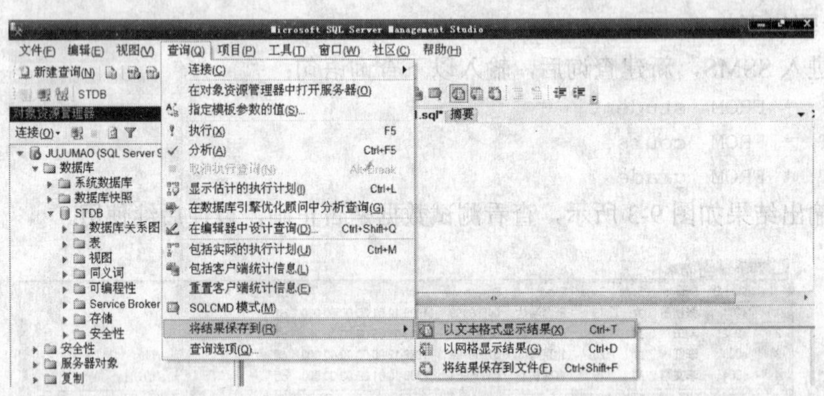

图 9-4　设置输出结果的格式

（5）分块调试执行上述语句，执行上述语句的输出结果如图 9-5 所示。

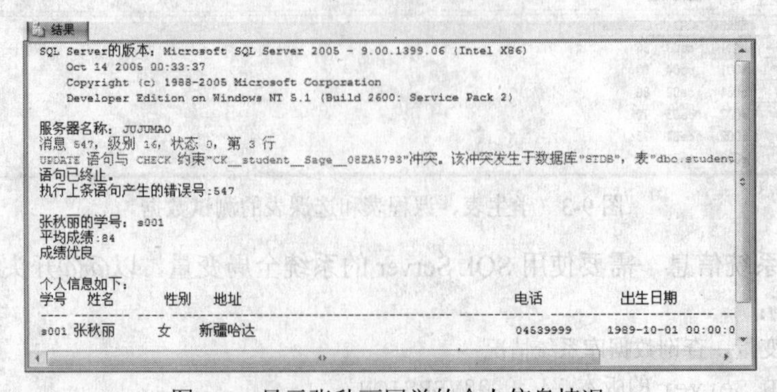

图 9-5　显示张秋丽同学的个人信息情况

练习

（1）在学生信息表中找出年龄超过张秋丽的学生。

（2）显示刘田同学选修的课程的名字。

（3）完成本实验示例（4）和示例（5），要求自己创建表格并插入实验数据、建表代码见实验8。

（4）表 tblTemp 的定义如下：

```
CREATE TABLE  tblTemp
( TempID  integer   not  null,
TempDate  datetime   not  null)
```

要求如下：

（1）编写语句来显示列 TempID 是偶数的记录中列 TempDate 的年份。

（2）编写 SQL 语句显示列 TempID 的值是该列的最大值的所有记录。

实验10 事务、索引和视图

实验目的

- 如何通过具体的事例管理事务
- 使用视图优化性能
- 使用索引提高数据库查询性能

问题：

现实应用中，有时需要将多个操作作为一个整体来进行，不可分割。例如，银行转账业务，账户金额的转出和转入必须作为一个整体来交易，否则容易出现转账错误。

本实验主要完成以下两个任务。

1. 事务应用

首先来回顾一下 SQL Server 中的事务。在 SQL Server 中。有 3 种类型的事务，即隐性事务、显式事务及自动提交事务。

（1）隐性事务。当连接以隐性事务模式工作时，在提交或回滚当前事务后，SQL Server 将自动启动一个新的事务。隐性事务模式生成一个事务链。

在 SSMS 中，新建查询，选择数据库 STDB，输入以下语句并执行。

```
CREATE TABLE A(COL1 INT, COL2 CHAR(2))
GO
SET IMPLICIT_TRANSACTIONS ON        --设置开始隐性事务
INSERT INTO A  VALUES(1,'A')
INSERT INTO A  VALUES(2,'B')
SELECT COUNT(*) as '第一次计数' FROM A
COMMIT TRANSACTION                  --提交事务
INSERT INTO A  VALUES(3,'C')        --自动开始下一个新的事务
SELECT COUNT(*) as '第二次计数' FROM A
COMMIT TRANSACTION                  --提交事务
SET IMPLICIT_TRANSACTIONS OFF       --关闭隐性事务
```

隐性事务执行一个事务链，因此两个事务一个接一个地执行，直到遇到关闭隐性事务语句。

该 SET 命令用于配置 SQL Server 会话层的设置。代码执行结果如图 10-1 所示。

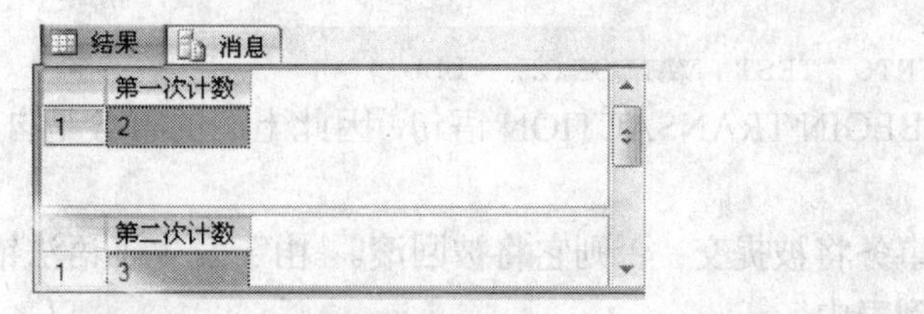

图 10-1　代码执行结果

（2）显式事务。显式事务是其中定义了事务的起始和结束的事务。显式事务也称为“用户定义的事务”。BEGIN TRANSACTION、COMMIT TRANSACTION 和 ROLLBACK TRANSACTION 语句用来定义显式事务。

在下面例子中，理解事务语句对数据修改方式的影响，同时学习如何使用全局变量@@trancount 来确定事务是否是活动的。

```
USE  STDB
SET  NOCOUNT ON
GO
/*--BEGIN TRANSACTION 开始显示事务，
COMMIT TRANSACTION 或 ROLLBACK TRANSACTION 结束显示事务--*/
BEGIN TRANSACTION       --BEGIN TRANSACTION 语句将@@TRANCOUNT 加 1
  Print  'trancount 的值:'
  SELECT @@trancount
  Print  '修改前:'
  SELECT Sname FROM Student WHERE StudID = 's002'
  UPDATE Student SET SName = '刘田田' WHERE StudID ='s002'
  Print   '修改后:'
  SELECT Sname FROM Student WHERE StudID = 's002'
  Print  'trancount 的值:'
  SELECT @@trancount
-- COMMIT TRANSACTION       --将@@TRANCOUNT 递减 1
  SELECT Sname FROM Student WHERE StudID = 's002'
```

执行脚本，查看结果，并回答问题：

1）UPDATE 语句在本事务中进行的改变提交了吗？如何确定？

2）在查询窗口中输入 COMMIT TRANSACTION 语句，选中并执行，从而完成事务，使改变是永久性的。

3）选中并执行关于 Student 表的 SELECT 语句，来验证已经完成了改变。

4）设想把 COMMIT TRANSACTION 换成是 ROLLBACK TRANSACTION，会是怎样的结果？

（3）自动提交事务。自动提交事务是默认的事务模式，只要没有将默认事务模式更改为隐性事务或显式事务模式，SQL Server 就始终以自动提交模式运行。

当 SQL Server 关闭隐性或显式事务模式后，SQL Server 返回到自动提交模式。

输入以下语句并执行，查看执行结果：

```
CREATE TABLE  TEST(Colmna   INT  PRIMARY  KEY, Columnb  CHAR(3))
GO
INSERT  INTO  TEST  VALUES(1, 'aaa')
```

```
INSERT  INTO  TEST  VALUSE(2, 'bbb')
```

由于没有 BEGIN TRANSACTION 语句，因此上面的事务是自动提交事务。如果没有发生错误。

上面这个事务将被提交；否则它将被回滚。 由于发生了语法错误，上面这个事务被回滚。没有将值插入到表中。

2．索引和视图的应用

问题：在航空信息系统中，遇到春节、寒暑假等旅游旺季，航空公司的航班非常多，航线表数据量达到高峰，为提高查询航班的响应速度和查询的便利性，提高客户的满意度，为此在系统中创建多个索引和视图以满足需要。以下题目使用代码来完成：

（1）在航线表（FlightInfo）中，在 FlightType（机型）列上创建索引 ix_flighttype。

（2）在航线表（FlightInfo）中，在 Aircode（航空公司代码）和 Price（价格）两列上创建组合索引 ix_aircode_price。

（3）创建一查询：显示机票在 1500～2000 元之间的航班号和机票价格，查询时指定使用索引 ix_aircode_price 进行查询。

（4）建立视图 view_flightInfo_1，查看航班名是“中国南方航空公司”的所有航班信息，包括航班号、起飞时间、到达时间、起飞机场、到达机场、飞机型号、航空公司代码及航空公司电话等。

（5）建立视图 view_flightInfo_2，显示各航空公司不同航班的最高机票价格。

（6）建立视图 view_city_drome，显示各个城市的机场信息，包括城市编号、城市名、机场代码及机场名。

（7）打开视图进行测试。

参照本书第 10 章索引和视图部分的语法和例子。

实验目的

- 了解和掌握常见的系统存储过程
- 学会并掌握创建带输入、输出参数的存储过程

问题：

在本实验的理论学习中，已经知道存储过程相比客户端发送 SQL 语句来讲，有更高的安全性和执行效率，所以在实际应用中数据库的逻辑总是用存储过程来实现。

本实验主要完成以下 5 个任务。

- **调用系统存储过程查看表（FlightInfo）的相关信息。**

查看存储过程、表的约束、索引等自定义的对象，可调用相关的系统存储过程。

在 SSMS 中新建查询，输入以下参考语句：

```
/--调用系统存储过程--/
USE  FlightsDB
GO
EXEC  sp_helpconstraint FlightInfo    --查看表 FlightInfo 的约束
EXEC  sp_helpindex  FlightInfo        --查看表 FlightInfo 的索引
EXEC  sp_stored_procedures            --列出当前环境中的所有存储过程
```

- **在旅行行程中，经常需要了解各航空公司的航班信息，以便更好地安排旅行计划。创建存储过程 proc_ques1 来实现：已知某航空公司的名字，求出该航空公司的航班信息。**

具体步骤如下：

（1）在 SSMS 环境新建查询窗口，选择 FlightsDB 数据库。

（2）输入以下代码：

```
--求某航空公司运营的航班号，到达时间，始飞机场和各航班的价格
USE  FlightsDB
GO
/*创建存储过程 proc_ques1 来解决上述问题*/
--检测是否存在存储过程 proc_ques1--
IF EXISTS(SELECT  *  FROM  sysobjexts  WHERE name='proc_ques1')
  DROP  PROCEDURE proc_ques1
GO
```

```
--开始创建存储过程，求某航空公司运营的航班号,到达时间，始飞机场和各航班的价格
CREATE  PROCEDURE  proc_ques1
   @AName  varchar(30)    --输入参数航空公司名字
AS
   SET  NOCOUNT  ON
   --获取航空公司对应的航班号
   DECLARE  @ACode  char(2)
   SELECT @ACode=AirCode FROM Airways WHERE AirName=@Aname
   --如果该航空公司有航班飞行
IF  EXISTS(SELECT * FROM  FlightInfo WHERE AirCode=@Acode)
   BEGIN
      print   @AName + '的航班信息如下:'
      SELECT  航班号=FlightNo, 到达时间=StartTime,
          始飞机场=CASE
              WHEN StartPort='CAN'  THEN  '白云国际机场'
              WHEN StartPort='CKG'  THEN  '江北机场'
              WHEN StartPort='CSX'  THEN  '黄花机场'
              WHEN StartPort='CTU'  THEN  '双流国际机场'
              WHEN StartPort='FOC'  THEN  '长乐国际机场'
              WHEN StartPort='PEK'  THEN  '首都国际机场'
              WHEN StartPort='PVG'  THEN  '浦东国际机场'
              WHEN StartPort='PVG'  THEN  '虹桥国际机场'
              ELSE '未知机场'
          END
        ,价格=price FROM FlightInfo WHERE AirCode=@Acode
   END
ELSE
      print   @AName + '暂时没有航班'
GO
/* 调用存储过程，查看中国国际航空公司的航班信息*/
EXEC  proc_ques1  '中国国际航空公司'
```

（3）将结果切换为文本方式，输出结果如图 11-1 所示。

```
结果
中国国际航空公司的航班信息如下:
航班号 到达时间              始飞机场      价格
------ -------------------- ------------ --------------------
CA1315 11:10                首都国际机场    1700.00
CA4320 10:45                白云国际机场    1175.00
CZ3205 16:00                白云国际机场    1900.00
```

图 11-1　航空公司的航班信息

练习：编写带参数的存储过程，求在白云国际机场起飞的所有航班的航班号、起飞时间和机票价格，并调用存储过程进行测试。

● 编写存储过程 proc_ques2，求出某个航空公司的航班号、机型和航班数量，要求得到如图 11-2 所示的结果。

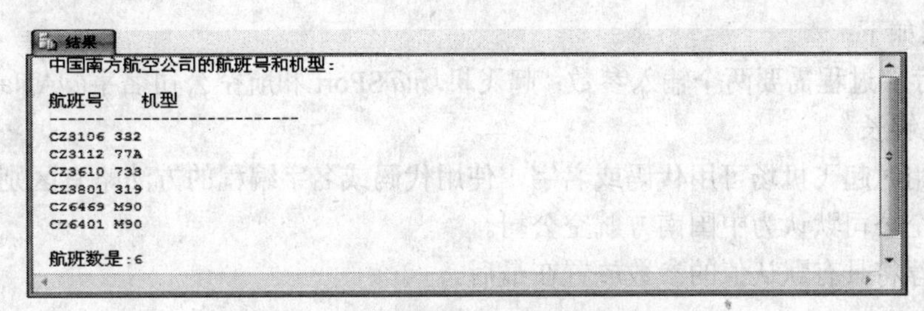

图 11-2 显示航空公司的航班数量

具体步骤如下：

（1）本题需要返回航班数量，所以应在存储过程 proc_ques1 的基础上，添加一个输出参数，关键字为 OUTPUT。

（2）复制上例语句，做部分修改。具体代码如下：

```
CREATE  PROCEDURE  proc_ques2
   @AName  varchar(30),              --输入参数航空公司名字
   @FCount INT  OUTPUT               --输出参数，航班数量
AS
  SET  NOCOUNT  ON
  --获取航空公司对应的航班号
  DECLARE  @ACode  char(2)
  SELECT @ACode=AirCode FROM Airways WHERE AirName=@Aname
  --如果该航空公司有航班飞行
  IF  EXISTS(SELECT * FROM  FlightInfo WHERE AirCode=@Acode)
    BEGIN
      --获得该航空公司的航班数，保存在输出参数中--
      SELECT  @FCount=count(FlightNo) FROM  FlightInfo WHERE AirCode=@Acode
      print   @AName + '的航班号和机型:'
      print  ' '        --为输出好看，添加一空行
      SELECT  航班号=FlightNo,机型=FlightType FROM FlightInfo WHERE AirCode=@Acode
    END
ELSE
    BEGIN
      SET  @FCount=0   --设置航班数为
      print   @AName + '暂时没有航班'
    END

/*调用存储过程获取中国南方航空公司的航班数*/
DECLARE  @fcount  int
EXEC  proc_ques2  '中国南方航空公司',@fcount  OUTPUT  --注意关键字 output
print '航班数是:' + convert(varchar(5),@fcount)
```

练习：编写存储过程 proc_city，求出某个城市的机场数量和机场名字，并调用存储过程进行测试。要求使用输出参数。

● **求南方航空公司在某起飞机场的最早一个航班的详细信息，并调用存储过程进行测试。**

具体步骤如下：

（1）该存储过程需要两个输入参数：起飞机场@SPort 和航空公司名字@AName，参数是字符类型要足够长。

（2）调用时起飞机场可用代码或名字，使用代码或名字编程的方法略有区别。

（3）航空公司默认为中国南方航空公司。

（4）推荐将具有默认值的参数放置在最后。

● **在存储过程中使用错误处理。**

参照本书第 11 章第 11.3.5 节第 9 个示例的代码，完成存储过程 Pro_emp 的创建和测试。

实验 12 触发器

实验目的

- 理解触发器的工作原理
- 学会并掌握触发器的应用

问题：

在数据库系统中通常会有一些后台自动处理的逻辑，通过数据库约束能够实现一些，还有一些则只能通过触发器来完成，本实验通过触发器来完成一些后台逻辑。

本实验的任务主要是完成以下 3 种触发器的应用。

1. Insert 触发器的应用实例

问题：在本实验的 empDB 数据库中，有产品表（products）和订单明细表（OrderDetail），每当有产品被订购时，订单明细表就增加一条记录，相应的产品表中产品库存（UnitsInStock）便会相应减少。但是没有考虑产品表中库存为 0 或客户所订购的产品不存在时的情况。

如果表存在约束影响触发器的调试，可禁用表的约束（检查约束和外键约束可以禁用）

例如：禁用检查约束 CK_Discount

ALTER TABLE　orderdetail　NOCHECK　CONSTRAINT CK_Discount

具体考步骤如下：

（1）假设在订购产品之前，产品库存和订单明细表的数据如图 12-1 所示。

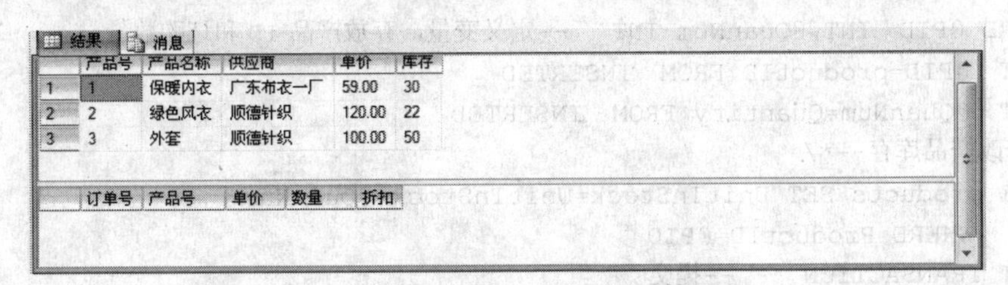

结果　消息

	产品号	产品名称	供应商	单价	库存
1	1	保暖内衣	广东布衣一厂	59.00	30
2	2	绿色风衣	顺德针织	120.00	22
3	3	外套	顺德针织	100.00	50

订单号	产品号	单价	数量	折扣

图 12-1　订购之前产品和订单的数据情况

（2）在 OrderDetail 表上创建插入触发器，每当有订购发生时，检查产品表是否有相应的产品，或所订购产品数量是否满足要求，如果满足则订购正常进行，否则交易失败。

（3）在查询窗口中输入以下参考代码：Insert 触发器.sql。

```
USE  empDB
GO
/*--检测是否存在：触发器存放在系统表 sysobjects 中--*/
IF  EXITST (SELECT  name  FROM sysobjects WHERE name=' trig_OrderDetail'
DROP  TRIGGER  trig_OrderDetail
GO
/* --创建 INSERT 触发器：在订单明细表上创建插入触发器--*/
CREATE   TRIGGER  trig_OrderDetail
ON  OrderDetail
FOR INSERT
AS

--检查数据的合法性：销售的服装是否有库存
IF NOT EXISTS (
   SELECT UnitInStock  FROM products
   WHERE ProductID IN (SELECT ProductID FROM INSERTED)
)
BEGIN
  --返回错误提示
  RAISERROR('错误！该服装不存在库存，不能销售。',16,1)
  ROLLBACK    --回滚事务
  RETURN     --返回,后面的语句不执行
END
--检查产品库存是否小于或等于 0
DECLARE  @InStock INT   --定义变量，存放产品库存
SELECT @InStock=UnitInStock  FROM  Products
WHERE ProductID IN (SELECT ProductID FROM INSERTED)
IF @InStock<=0
BEGIN
   RAISERROR('错误！该服装库存小于等于 0，不能销售。',16,1)
   ROLLBACK --回滚事务
   RETURN
END
-- 对合法的数据进行处理
DECLARE @PID  INT,@QuanNum INT   --定义变量，存放产品 ID 和订购数量
SELECT  @PID=productID FROM  INSERTED
SELECT  @QuanNum=Quantity FROM  INSERTED
/*--修改产品库存--*/
UPDATE products SET UnitInStock=UnitInStock-@QuanNum
         WHERE ProductID=@PID
COMMIT TRANSACTION     --提交
GO

/*插入测试数据，产品号 4 不存在*/
INSERT INTO OrderDetail(OrderID,ProductID,UnitPrice,Quantity,Discount)
         values(1,4,110,20,0.3)
```

```
/*插入测试数据，订购 3 号产品外,套件 30*/
INSERT INTO OrderDetail(OrderID,ProductID,UnitPrice,Quantity,Discount)
       values(2,3,99,30,0.7)
--查看结果
SELECT  * FROM products
SELECT  * FROM OrderDetail
```

（4）测试结果分别如图 12-2 和图 12-3 所示。

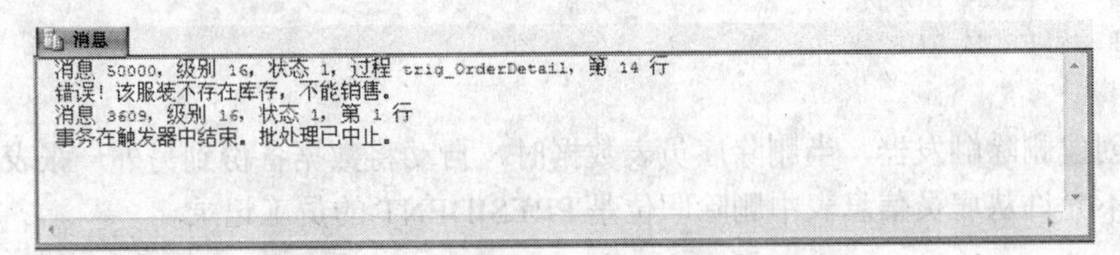

图 12-2　订购的产品不存在时的信息显示

结果　消息

	ProductID	ProductName	SupplierName	UnitPrice	UnitInStock
1	1	保暖内衣	广东布衣一厂	59.00	30
2	2	绿色风衣	顺德针织	120.00	22
3	3	外套	顺德针织	100.00	20

	OrderID	ProductID	UnitPrice	Quantity	Discount
1	2	3	99.00	30	0.7

图 12-3　订购之后产品和订单的数据情况

练习：修改上例，当订购的产品数量超过库存时，给出错误提示“库存数量不够!”；当订购的产品数量符合要求时，反映库存的变动情况。

2. 删除触发器的应用

问题：empDB 数据库中，在部门表中删除一个部门时，雇员表中相应部门的员工也应该被删除。

具体步骤如下：

（1）为演示触发器功能，Dept 表和 emp 表之间暂不考虑参照完整性。

（2）输入以下参考代码：delete 触发器.sql。

```
USE  empDB
GO
/*--检测是否存在：触发器存放在系统表 sysobjects 中--*/
IF EXITST (SELECT  name  FROM sysobjects WHERE name=' trig_dept'
DROP  TRIGGER  trig_dept
GO
CREATE TRIGGER  trig_dept
ON DEPT
FOR DELETE
AS
SET NOCOUNT ON
DECLARE @deptID  INT
SELECT @deptID=deptno FROM  DELETED
```

```
DELETE FROM emp  where deptno=@deptID
GO
SET NOCOUNT ON
--删除数据进行测试
SELECT  * FROM DEPT
SELECT  * FROM EMP
DELETE FROM  DEPT WHERE DEPTNO=30
SELECT  * FROM DEPT
SELECT  * FROM EMP
```

练习：

（1）创建删除触发器，当删除雇员表数据时，自动将数据备份到另外一张表上。

（2）不允许从雇员信息表中删除职位是 PRESIDENT 的员工记录。

3. UPDATE 触发器的应用

（1）对 emp 表，跟踪员工加薪情况，如果员工加薪额度超过现有工资的 30%，则显示停止加薪。

（2）使用 UPDATE()函数，创建触发器完成：不允许修改部门表的 deptno 列。

按照示例 1、2 的方式编写触发器，并修改数据进行测试。

4. 触发器综合应用

问题：公司规定：在 empDB 数据库中，只有在工作时间 8:00 到 17：00 点之间才能操作产品表 Products 的数据，其他时间操作数据则视为违法，系统给出提示“要在规定时间内操作数据！”。

具体代码如下：trig_No_Dml.sql。

```
USE empDB
GO
/*--检测是否存在：触发器存放在系统表 sysobjects 中--*/
IF  EXITST (SELECT  name  FROM sysobjects WHERE name='trig_OrderDetail'
DROP  TRIGGER  trig_No_Dml
GO
/*在产品表上创建触发器，只要执行任何操作 insert,update,delete,触发器就会触发*/
CREATE TRIGGER trig_No_Dml
ON  products
FOR INSERT,UPDATE,DELETE
AS
if DATEPART(hh,getdate()) not between 8 and 17
   BEGIN
      RAISERROR('****要在规定时间内操作数据！',16,1)
      ROLLBACK  TRANSACTION      --回滚事务，撤消操作
   END
GO
```

参考文献

[1] 微软公司．数据库程序设计．北京：高等教育出版社，2004．

[2] （美）Loney.K．Oracle 完全参考手册．梅钢等译．北京：机械工业出版社，1998．

[3] 程云志，张帆，崔翔．数据库原理与 SQL Server 2005 应用教程．北京：机械工业出版社，2006．

[4] 胡百敬，姚巧玫．SQL Server 2005 数据库开发详解．北京：电子工业出版社，2006．